밥만 먹고 레벨업

박민규 게임 판타지 장편소설

WISHBOOKS GAME FANTASY STORY

밥만 먹고 레벨업 8

박민규 게임 판타지 장편소설

초판 1쇄 찍은 날 | 2020년 6월 16일
초판 1쇄 펴낸 날 | 2020년 6월 23일

지은이 | 박민규
펴낸이 | 권태완 우천제

기획 | 위시북스
편집책임 | 한준만
편집 | 위시북스

펴낸곳 | ㈜케이더블유북스
등록번호 | 제25100-2015-43호
등록일자 | 2015. 5. 4
KFN | 제2-39호

주소 | 서울시 구로구 디지털로31길 38-9, 401호
전화 | 070-8892-7937 팩스 | 02-866-4627
E-mail | fantasy@kwbooks.co.kr

ISBN 979-11-293-5725-0 04810
979-11-293-4001-6(set)

※ 이 도서의 국립중앙도서관 출판시도서목록(CIP)은 서지정보유통지원시스템 홈페이지(http://seoji.go.kr)와 국가자료공동목록시스템(http://www.nl.go.kr/kolisnet)에서 이용하실 수 있습니다.

밥만 먹고 레벨업
8
Wish Books

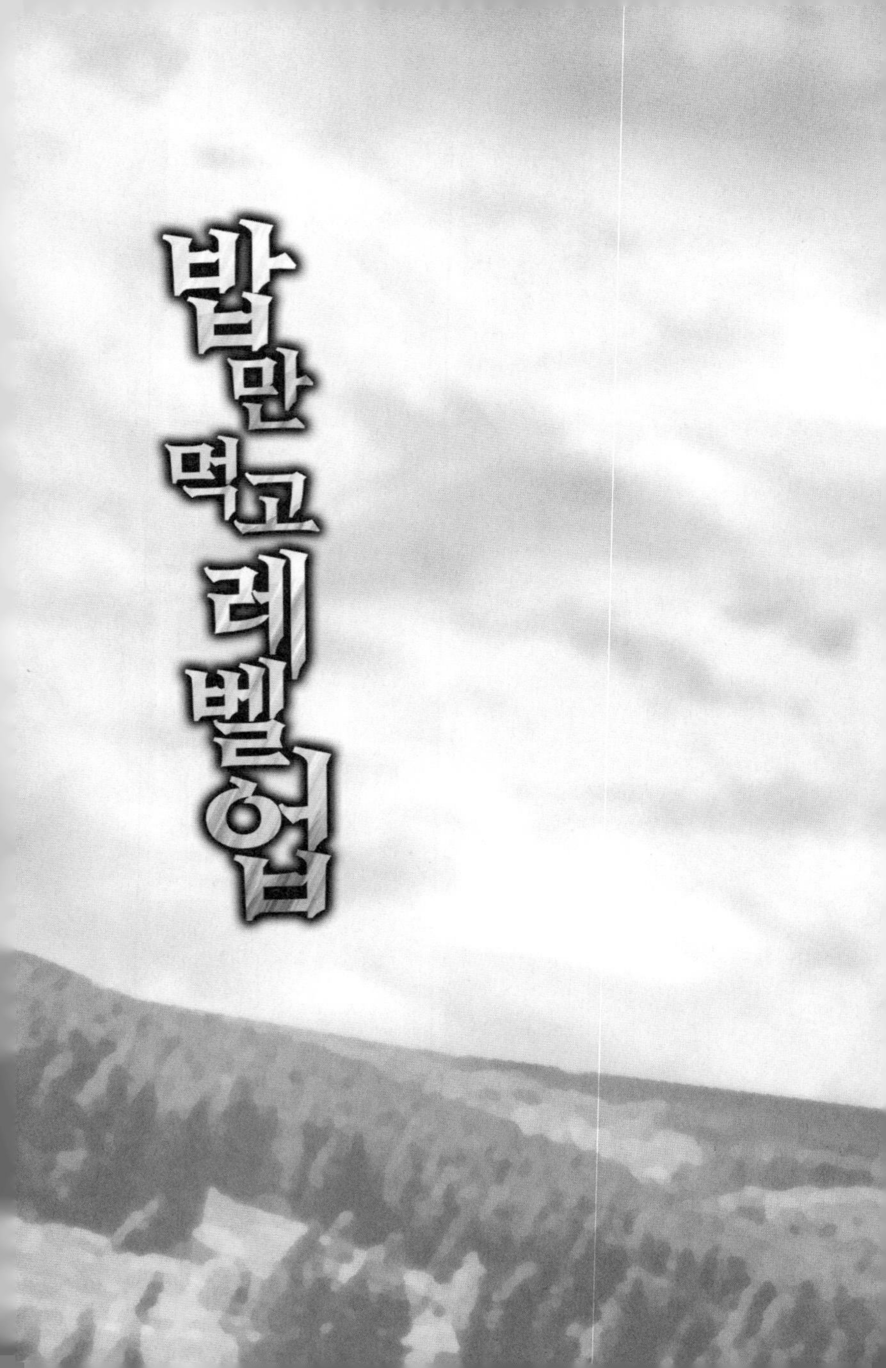
밥만 먹고 레벨업

CONTENTS

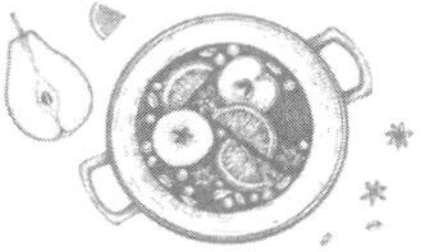

1장
루크토의 무덤(2)

"미친……!"

강제 로그아웃 당한 버클, 즉 현욱은 거친 욕설을 뱉었다.

무기류와 방어구, 그리고 골드를 드랍했다. 게다가 그뿐만이 아니라 하필이면 보상 선택 양피지까지 떨어뜨렸다.

보상 선택 양피지. 그것은 아주아주 특별한 물건이었다.

이 물건은 5차 시련을 약 40번 정도 공략했을 때 얻을 수 있었는데, 6차 시련이 시작되었을 때 보스 몬스터에게 적용시킬 수 있다. 하나의 보상을 극대화시키고 다른 보상을 포기하는 것으로.

이에 관련해서는 네 가지 목록이 제시되는데, 바로 골드와 아티팩트. 그리고 음식 재료와 경험치이다.

또한, 양피지를 적용시키고 만약 6차 시련에 실패해도 양피지는 사라지지 않는다. 40번 동안 끊임없이 도전한 자를 위한 특혜인 것이다.

버클은 이제까지 6차 시련을 시도할 때마다 이 양피지를 통해 '아티팩트'를 선택해 왔다. 혹시나 공략에 성공하면 '전설 아티팩트'를 얻을지도 모른다는 부푼 꿈을 안고 말이다.

그런데, 결국 다 잃었다. 심지어 이는 길드 마스터 클론조차도 모르게 파티원들끼리만 진행하던 일이기도 했다.

그것을 다 잃고 심지어 레벨 다운까지 당한 버클.

그리고 그는 버클뿐만이 아닌 듯했다.

[태민: 아씨, 전 루마돌의 지팡이 떨궜습니다.]

[해석: 전 카로만의 표창 떨어뜨렸어요…….]

[현우: 저도 템 엄청 떨궜음……. 망했다…… 와이프 몰래 현질했던 건데…….]

[지민: 여러분. 진지하게 대답해 주세요. 제가 몽크보다 못생겼나요?]

[태민: ?]

[해석: ?]

[현우: ?]

현욱은 미간을 찌푸렸다.

'자빈 님은 또 왜 저래?'

곧 그 생각을 접었다가 생각난 게 있었다.

"도대체 활은 왜 쓰고 있던 거야?"

이해할 수 없는 일이었다.

그가 쐈던 활, 명중률, 대미지. 어떻게 생각해 봐도 궁수가 아니라고 하면 말이 안 된다.
그때, 전화벨이 울렸다. 길드 마스터 클론이었다.

[버클 님, 강제 로그아웃 당하셨네요?]

5차 시련부터는 시련이 끝난 후, 원할 때 던전 밖으로 도망치는 게 가능했다.
또한, 6차 시련을 진행할 때에도 바깥으로 나가는 통로가 존재한다. 그 때문에 그들은 계속된 도전을 할 수 있던 것.
하지만 그 사실은 바크란 길드만 알고 있다.
"길마님, 프라이팬 살인마하고 충돌이 있었습니다."

[프라이팬 살인마요?]

현욱은 처음부터 끝까지를 설명했다.

[허어…… 그럼 혼자서 공략을 시도하겠군요?]

"그렇습니다. 하지만 절대 깰 수 없어요. 저희도 5차 시련을 깨는 데 2개월이 걸렸습니다. 또 6차 시련은 정말이지 깨기 힘든 수준이고요."
그에 클론, 즉 김주빈은 고개를 끄덕였다.

[6차 시련에서 언데드가 된 뱀파이어가 나온다고 했죠?]

[맞습니다. 그리고 그 뱀파이어가 까다로운 이유는 놈에게 피를 빨리면 상처가 모두 회복되기 때문이죠. 이제 정말 좀 있으면 놈을 사냥할 수 있을 거라 생각했는데…….]

주빈은 고개를 끄덕였다.

버클은 6차 시련의 막바지에 도달해 간다고 했었다. 아무리 어려웠어도 자그마치 60번 정도 공략했었다. 노하우가 생겼고 이제 정말 금방이었을 것이다.

주빈은 이제야 어느 정도 이해됐다.

'어째서 무덤 안에서 언데드형 뱀파이어가 나오는지.'

1~5차 시련까지는 언데드나 뱀파이어에 관련한 몬스터 자체가 없다. 그런데, 희한하게도 6차 시련엔 언데드형 뱀파이어가 나온다.

고락의 전설을 곰곰이 떠올려 보면 그의 수하들도 살아남기엔 오랜 시간이 지났을 것이다. 그렇기에 특별한 힘으로 언데드화 시켜놓은 거겠지. 그리고 그 언데드형 뱀파이어는 고락의 수하일 것이 분명하다.

놈의 추정 레벨은 420이다.

'버클 님과 파티원분들에게 최고의 아티팩트로 무장시키고 포션도 값비싼 것들을 지원한다면 금방 깨겠지.'

몇 플래티넘씩 하는 포션을 물처럼 마셔야 할 거다. 하지만 그로 인해 막바지에 이른 6차 시련을 통과한다면 훨씬 이득이었다.

블랙스톤의 켄라우헬은 재앙 아티팩트를 찾은 자에게 수십억 원을 주기로 약속했다.

'돈이 얼마나 많길래…….'

아직 서버 통합이 되지 않은 상황이다. 그 상황에서 재앙 아티팩트를 찾은 자에게 수십억 원을 준다? 정말 대단한 자다.

그리고 지금 현재 도전을 시작했다는 프라이팬 살인마.

'문제는 없겠어.'

말을 들어보니 그는 날아다니듯 하며 혼자서 길드원 넷을 잡았다고 한다. 하지만 그렇다고 해도, 각 시련은 모두 어렵고 심지어 6차 시련의 뱀파이어를 그가 사냥할 수 있을 턱이 없다.

때마침, 라크에게 귓속말이 왔다.

[라크: 저희 쪽은 무덤 앞에 도착했습니다. 현재 1차 시련을 끝내고 2차 시련을 도전하고 있다고 나오는군요.]

시련이 진행되는 동안 다른 유저들은 입장할 수 없다. 그리고 바깥의 유저들은 현재 시련의 진행도를 확인할 수 있다.

그 이유는 이 던전 자체가 이벤트성 던전에 가깝기 때문이다. 몇 번째 시련 도전 중인지 몇 초, 몇 분까지 뜨는데, 이는 그다음 도전할 자들의 의욕을 끌어올리기 위함도 있었다.

하지만 던전 자체가 너무 어려워 대부분 포기했고 그 던전은 바크란 길드가 점령한 거다.

그리고 클론은 앞에 놓인 표를 봤다. 이틀 전에 버클이 보내준 표였다. 시련마다 걸린 공략 시간표와 시련에 대해 쓰여 있었다.

클론은 라크에게 지금까지 있던 일을 설명했다.

"카이스트라."

"응?"

무덤 앞에 선 카이스트라는 눈앞에 떠 있는 걸 보고 있었다.

[2차 시련 도전 중. 3분 31초.]

계속해서 초가 올라간다.

이어 라크는 클론에게 들었던 일을 모두 설명했다.

"……프라이팬 살인마?"

"그래."

"흠……."

카이스트라는 눈살을 찌푸렸다.

그리고 라크가 펜과 종이를 꺼내는 것을 유심히 지켜봤다.

첫 번째 시련은 이미 클리어됐다. 그리고 두 번째 시련. 현재 진행 중인 것을 적어 내려갔다.

[2차 시련. 벽에서 뿜어져 나오는 독. 바크란 길드 13분 26초 소요.]

[3차 시련. 일반 오우거보다 3배 이상 방어력이 높은 미스릴 오우거 출현. 바크란 길드 17분 38초 소요.]

[4차 시련…….]

"이게 뭐야?"

"바크란 길드는 6차 시련 막바지에 이르렀었대. 총 공략 횟수가 70번 가까이 되고. 즉, 지금 이들 말고는 이 시련을 깰 수 있는 자들은 없다는 거야. 프라이팬 살인마는 사실상 걱정할 것 없겠지."

그것은 카이스트라도 동감했다.

70번 동안 이 던전에 도전한 자들. 그들은 이 던전에서만큼은 베테랑 중의 베테랑일 것이다.

그런데, 프라이팬 살인마는 이 던전이 처음이었다. 심지어 혼자. 혼자서 이 시련 자체를 깰 수 없을 거다. 그렇게 생각했다.

곧 카이스트라의 미간이 구겨졌다.

"라, 라크……."

그의 떨리는 목소리.

"응?"

라크의 고개가 돌아갔다.
"뭐야?"
라크는 지금 뜬 메시지를 보며 미간을 찌푸렸다.
"버, 버그인가?"
그렇게 생각할 정도로 말도 안 되는 문구가 떠올라 있었다.

[2차 시련 완료. 4분 1초.]

라크는 조금 전 자신이 적었던 표의 바크란 길드가 가장 빠르게 2차 시련을 통과했을 때를 확인했다.
"……!"
"……!"
이제야 상황을 인지한 두 사람의 시선이 허공에서 마주쳤다.
"미, 미친……!"
"뭐야, 이거…… 사, 상식적으로 너무 말이 안 되잖아!"
프라이팬 살인마 혼자서 넷의 유저를 사냥했다. 때문에 그가 강하다는 건 충분히 인지하고 있었다. 그렇지만 지금 이건 너무 말이 안 된다.
그리고 그 순간.

[3차 시련 시작. 1초, 2초, 3초…….]

세 번째 시련이 시작되었다. 두 사람은 숨을 죽이고 떠오른

문구에서 눈을 뗄 수 없었다.

민혁은 3차 시련을 시작했다.

2차 시련에선 각기 다양한 독들이 벽들 틈에서 쏘아져 나왔다. 공식 홈페이지에서 보기론 이 독들을 끄는 장치가 있다고 하였는데, 그 독을 찾아내는 데도 갖은 독에 중독된다고 하였다.

하지만 민혁은 가뿐히 걸어갔다.

쏴아아아아아-

초록빛 독이 벽 곳곳에서 쏘아져 나올 때, 민혁은 마치 미스트를 얼굴에 뿌리는 것 같이 시원한 느낌을 받으며 중얼거렸다.

"먹지 마세요, 피부에 양보하세요."

썩 마음에 드는 말은 아니었다.

그리고 시작된 세 번째 시련.

[HP와 MP가 모두 회복됩니다.]

[세 번째 시련이 시작됩니다.]

[제한 시간은 25분입니다.]

[시간 내로 미스릴 오우거를 사냥하시기 바랍니다.]

'방어력이 엄청 높은 오우거가 나온다고 했던가?'

그와 함께, 온몸이 쇳빛으로 번쩍이는 오우거가 등장했다.

"크아아아아아!"

놈이 괴성을 터뜨리며 달려오기 시작했다.

"갈라내는 검."

앞으로 내달리는 민혁의 대검에 붉은빛이 스며들었다.

쑤화아아아아악!

반월을 그리며 날아간 갈라내는 검.

오우거는 자신의 단단한 피부를 벨 수 없다는 듯 무시하고 달려왔다.

그 순간, 반가운 알림이 들려왔다.

[무형검]

[방어력을 무시하는 검.]

쒸아아아아악!

검기가 오우거의 몸을 훑고 지나가 등 뒤의 벽에 반월의 자국을 만들어냈다.

"크어어어?"

달려오던 오우거. 놈의 몸이 그대로 반으로 갈라졌다.

쿠우우우우웅!

[루크토의 무덤 세 번째 시련의 신기록입니다.]

[이전 신기록 달성자들과의 격차가 큽니다.]

[경험치 40,000을 획득합니다.]

[레벨업 하셨습니다.]

[신기록 및 2위와의 격차에 따른 점수가 합산되어 특별한 보상을 획득합니다.]

[특별한 포인트 30을 획득합니다.]

[보너스 포인트로 올릴 수 없는 스텟도 투자 가능한 특별한 포인트입니다.]

'오…….'

민혁은 조금 전 2차 시련에서는 경험치가 두 배가 되는 보상을 받았었다.

신기록, 그리고 이전의 유저들과의 큰 격차에 따른 보상.

'다른 유저분들, 게임 진짜 못하시나 봐…….'

그는 고개를 갸웃했다. 다른 사람들은 다섯 명씩 모여서 공략한 것을 혼자서 하고 있는데 말이다.

민혁은 특별한 포인트 전부를 손재주에 투자했다.

그렇게 세 번째 관문을 지나 네 번째 관문에 입장했다.

[HP와 MP가 모두 회복됩니다.]

[네 번째 시련이 시작됩니다.]

[제한 시간은 10분입니다.]

[다양한 트랩이 당신을 집중 공격합니다.]

[앞에 보이는 출구로 향하시기 바랍니다.]

그리고 민혁이 발을 뗀 순간이었다.
끼딕-
발밑에 있던 와이어가 작동하며, 허공에서 거대한 도끼 하나가 내려쳐졌다.
"스텝."
민혁이 두 번을 접어 빠르게 움직였다.
벽이 열리며 그 안에서 용의 머리를 한 대포가 강력한 화염을 토해냈다.
콰아아아아아앙!
"큽!"
민혁이 뒤로 퉁겨져 날아갔다.
그는 HP가 순식간에 30%가 깎여 나간 걸 볼 수 있었다.
곧이어 땅이 진동하는 걸 느낀 민혁이 번쩍 점프했다.
이윽고 땅을 비집고 수십 개의 창이 솟아올랐다.
퍼짓!
발목이 관통당했다.

[오른발에 크나큰 충격을 받습니다.]
[치유하기 전까지 오른발을 움직이는 데 제한을 받습니다.]

민혁은 눈살을 찌푸렸다.
확실히 단계가 올라갈수록 시련은 힘들어진다. 하지만 맷돌. 그 녀석으로 뜨끈뜨끈하게 김을 피우는 두부를 먹을 생각에 다리를 절뚝이면서도 움직였다.

서둘러 품에서 빵을 꺼내 먹으려는 순간.

콰아아아아앙!

또 다른 트랩이 발동하며 땅에서 솟아난 화염이 그를 집어 삼켰다.

그는 그 와중에도 빵을 서둘러 인벤토리에 넣고 보호했다.

그리고 알림을 들었다.

[HP가 50% 미만으로 하락합니다.]

[HP가 10% 미만으로 하락합니다.]

폭발은 연속적인 대미지를 안겨주었다.

민혁은 HP가 0이 되는 걸 보고 미간을 찌푸렸다.

그 순간. 아까 대검에 장착시켜 두었던 엘레의 식칼의 특수 능력. 딛고 일어서는 자가 발동되었다.

[딛고 일어서는 자]

[HP 1이 잔존하며 3초 동안 무적 상태가 됩니다.]

[3초 동안 모든 능력치가 30% 상승합니다.]

민혁은 그에 아차 했다.

목적지는 멀지 않았다.

'3초 무적이라면…….'

남은 거리는 40m.

'이거 잘만 하면 쉽게 깨겠다.'

민혁은 목적지를 향해 빠르게 달렸다.

쾅쾅쾅쾅! 쏴화아아악! 탱탱탱탱탱!

그가 달릴 때마다 그를 인식한 무수히도 많은 트랩이 발동되었다.

벽에서 쏘아진 강력한 화염이 그를 집어삼켰다. 뜨겁지 않았다.

크기가 거대한 쇠 구슬이 민혁을 가격했다. 하지만 이 역시 그 어떠한 충격도 주지 못했다.

3초간 무적. 어쩌면 딛고 일어서는 자는 이 시련에서 가장 최고의 힘을 발휘하는 능력일 것이다.

탱탱탱탱탱!

곳곳에서 던져진 창들이 민혁과 직격한 순간 허무하게 떨어져 내렸다.

그리고 민혁은 무사히 목적지에 도달할 수 있었다.

그와 함께 곧바로 HP가 1로 하락하며 몸을 감싸고 있던 특수한 힘이 사라지는 것 또한 느꼈다.

"휴~"

민혁은 조금 전 먹으려고 했던 빵을 꺼내 다시 야금야금 먹었다.

또다시 알림이 들려왔다.

[루크토의 무덤 네 번째 시련의 신기록입니다.]

[이전 신기록 달성자들과의 격차가 큽니다.]

[경험치 50,000을 획득합니다.]

[레벨업 하셨습니다.]

[신기록 및 2위와의 격차에 따른 점수가 합산되어 특별한 보상을 획득합니다.]

[특별한 포인트 40을 획득합니다.]

[3연속 신기록을 달성하셨습니다.]

[3연속 신기록에 따른 추가 보상을 획득합니다.]

[특별한 포인트 20을 획득합니다.]

"아자!"

민혁은 또다시 얻은 특별한 포인트에 흡족한 미소를 지었다.

현재 민혁의 손재주 스텟은 1,621개. 지금 받은 보상으로 이젠 1,681개가 된 셈이다.

그와 함께 다시 알림이 들렸다.

[HP와 MP가 모두 회복됩니다.]

[다섯 번째 시련이 시작됩니다.]

[제한 시간은 30분입니다.]

[4~5 클래스 화염 마법과 독 마법이 난사되며 높은 방어력을 가진 몬스터 여러 마리가 등장합니다.]

민혁은 고개를 끄덕였다.

4~5 클래스 마법이라? 일단 독은 무시해도 될 것이었다. 또한, 화염 마법. 민혁은 예전에 피닉스의 알로 만든 장조림을 먹고 불속성 저항력이 대폭 상승했었다.

그가 등 뒤에 손을 뻗었다. 마법엔 역시 프라이팬이다.

주빈. 그는 식사를 하면서 전화로 보고를 받고 있었다.

그에게 보고하는 이는 카룬이라는 닉네임의 유저였다.

[어떻게 할까요?]

"어떻게 하긴 뭘 어떻게 해? 쓸어버려."

그가 조금 전 받은 보고는 한 초라한 마을에 관련한 보고였다.

얼마 전 그 마을 인근에 광산 하나가 발견되었다. 그 광산에서 어떠한 것이 나올지는 모르지만, 그 광산을 독식해야 했다.

때문에 주빈이 내린 결정은 간단했다.

'NPC들을 모두 죽일 것.'

초라한 마을 이스든은 아주아주 오지에 있었고 외부와의 연락도 잘 닿지 않는 곳이었다. 혹시나 자신들이 광산을 점거한다면 이야기는 새어나갈 터. 그전에 미리 NPC들을 쓸어버린다.

'어차피 NPC들 따위.'

그가 실소를 흘렸다.

그에 카룬이 말했다.

[괜찮을까요? 혹시 다른 길드들이 알게 된다면…….]

"그땐 이스든 마을이 대마도사 아필드의 저주를 받았다고 얼버무리면 되지."

주빈은 짙게 웃음 지었다.

대마도사 아필드의 저주를 받아 모두 언데드가 되었기 때문에 사냥했다. 문제 있나?

물론 무척 치졸한 방법이었다.

그걸 주변에서 믿느냐? 그러지 않을 것이다. 하지만 학살했다는 사실도 명확하지 않다.

주빈은 이런 식으로 자신의 사리사욕을 챙기고 있었다.

'카이스트라와 라크가 무덤 앞에 간 결정적인 이유는 나를 못 믿어서이겠지.'

정보는 라크 쪽에서 왔다. 이는 어느 정도 분배가 필요하다.

하지만 주빈에 대한 이미지는 매우 좋지 않은 편이었다.

전설 탐사꾼 라크와 화신의 사자라는 카이스트라가 그 무거운 발걸음을 움직였다는 건 뻔하다.

그리고 현재 자신의 길드원들 스무 명도 전부 무덤 앞으로 향하고 있었다. 혹시 모를 때를 대비한 것이다.

같은 블랙스톤 멤버라고 할지라도 클론과 라크, 카이스트라는 너무 달랐다. 라크와 카이스트라는 더러운 돈은 손대지 말자는 주의가 컸기 때문이다.

'빌어먹을 아프리카 애새끼 같으니, 배고픔에 허덕여 죽어나갔을 놈이 뭘 그딴 걸 따지는지.'

주빈은 카이스트라가 진짜 돈맛을 모른다고 생각했다.

식사를 끝내고 돌아온 주빈은 아테네에 접속했다.

'프라이팬 살인마는 죽었겠군.'

버클과 그 일행들의 접속 불가 페널티가 풀리면 곧바로 투입시킬 것이다.

또한 아쉽게도 라크와 카이스트라에게도 어느 정도 공을 돌려야 할 것이다. 그 둘을 적으로 만들기엔 너무도 컸기 때문이다.

접속한 순간. 클론은 고개를 갸웃했다.

"응?"

라크에게 귓속말이 날아와 있었다.

[라크: 프라이팬 살인마가 2차 시련을 완료했습니다.]

[라크: 프라이팬 살인마가 3차 시련을 완료했습니다. 정말 바크란 길드가 보내준 표가 최선이었던 것 맞습니까? 프라이팬 살인마는 2차 시련을 4분 1초 만에 돌파했고 3차 시련을 1분 32초 만에 돌파했습니다.]

"뭔 개소리야?"

클론의 눈살이 찌푸려졌다.

4분 1초? 아니, 그것보다 미스릴 오우거를 1분 32초 만에 돌파했다? 미스릴 오우거는 일반 오우거들보다 방어력이 세 배 가까이 높은 편이었다. 그런 미스릴 오우거를 단 2분 안에 사냥했다?

오우거는 가뜩이나 질기고 단단한 피부를 가지고 있어서 사냥이 까다로운 녀석이다. 그런데, 일반 오우거보다 세 배 높은 방어력을 가졌다. 공격이 실패할 확률이 매우 높으며 간혹 성공하는 공격도 미미한 피해를 주기에 버클과 일행은 10분 이상을 소요해서 사냥했다.

그런데 2분 32초? 말도 안 된다.

그리고 이어진 귓속말.

[라크: 4차 시련, 4분 56초 돌파했습니다.]

4차 시련은 엄청난 트랩들이 난무한다. 그 트랩을 끌 수 있는 장치를 찾아야 하는데, 그것도 쉬운 일이 아니다. 사방팔방에서 쏟아지는 트랩 틈에서 장치를 찾는 게 쉬운 일이 아닐 테니까. 그런데 4분 56초라?

클론의 눈이 가늘어졌다.

'이 새끼들이…….'

라크와 카이스트라. 이들 설마 거짓말을 하려는 거 아닐까? 프라이팬 살인마가 맷돌을 가져간 척하려고?

시련이 완전히 종료되면 무덤이 어떻게 변하는지 알려지지 않는다. 그렇기 때문에 공략되었다고 거짓말하고 자신들이 380레벨에 가까운 유저들을 모아 맷돌을 얻을 수도 있다.

때마침 귓속말이 왔다.

[하우린: 길마님, 저희 전부 무덤 앞에 집결했습니다.]
[클론: 하우린! 지금 당장 문구부터 확인해 봐! 지금 몇 차 시련이야?]

이미 진작에 프라이팬 살인마는 죽었을지도 모른다.
곧이어 하우린으로부터 귓속말이 도착했다.

[하우린: 5차 시련 도전한 지 3분 36초 경과되었습니다.]

"……!"
클론은 눈을 크게 떴다.
'그, 그럼 진짜 혼자서 5차 시련을 그렇게 깬 거야?'

하우린은 미간을 찌푸렸다.
'이게 어떻게 된 거지?'
버클과 일행이 루크토의 무덤 공략에 집중할 때에 이 던전이 얼마나 어렵고 힘든지에 대해 들었다. 그런데 지금 5차 시련이 도전 중이었다.
답장 이후 조용해졌던 클론이 곧이어 지시를 내렸다.

[클론: 하우린. 내 말 잘 들어라.]

[하우린: 넵, 길마님.]

[클론: 만약 프라이팬 살인마가 시련을 전부 완수하고 밖으로 나오면 놈을 집중 공격해라.]

[하우린: 프라이팬 살인마요? 그보다 프라이팬 살인마면 레전드 길드 사람 아닙니까?]

[클론: 두 번 말하게 하지 마라, 놈을 꼭 죽여, 그리고 놈이 떨어뜨린 걸 줍고 어떤 걸 습득했는지 나한테 보고해.]

[하우린: 알겠습니다.]

하우린은 자리에 있는 길드원들한테 귓속말을 보냈고, 곧 눈빛으로 신호를 주고받기 시작했다.

라크가 카이스트라를 돌아봤다.

"카이스트라."

"……그래."

"일이 심상치 않게 돌아가는 것 같다."

카이스트라의 표정이 딱딱하게 굳어졌다.

그가 주변을 둘러봤다. 바크란 길드의 길드원들이 그와 눈을 마주치자 딴청을 피웠다. 하지만 그들은 하나같이 무기를 굳게 쥐고 있었다.

'우리를 공격할 이유는 없어…….'

그렇다는 건 프라이팬 살인마가 공략했을 시를 노리는 거다.

그리고 카이스트라가 다시 문구 쪽을 향해 고개를 돌렸다.

그의 눈이 꿈틀거렸다.

'6차 시련이 시작되었다…….'

민혁은 5차 시련조차도 신기록을 달성했다.

신기록과 이전 신기록자에 대한 격차에 따른 특혜로 공격 스킬 포인트 1을 받았다. 공격 스킬 포인트는 오로지 공격 스킬에만 올릴 수 있는 스킬 포인트였다.

그리고 신기록 4관왕에 따른 특별한 포인트 50개를 한 번에 받았다.

'연속 신기록을 달성할수록 보상이 늘어나네?'

민혁은 역시 손재주 스텟에 전부 투자했다.

손재주 스텟은 어느덧 1,700을 넘어섰다.

'1,700까지 특별한 보상 알림이 없네…….'

하지만 괜찮았다. 손재주가 높아짐에 따라 음식 맛은 더 좋아질 테니까.

민혁은 스킬 포인트 1을 엘레의 검술에 투자했다.

[1장. 분노하는 검의 강한 찌르기의 공격력이 4% 상승합니다.]

[2장. 난무하는 검의 지속 시간이 7초에서 8초로 상승합니다.]

[3장. 비산하는 검이 6번 연속 타격에서 8번 연속 타격으로 변화합니다.]

[4장. 엘레의 검술 시전 시간이 9분으로 상승하며 모든 스텟 22%가 상승합니다.]

[5장. 스텝이 '바람 같은'으로 진화합니다.]

[1m를 한 걸음씩 세 번 빠르게 이동할 수 있으며 찰나에 공격이 가능했던 스텝이 단숨에 3m를 접어 움직일 수 있게 됩니다.]

[6장. 피어나는 검의 반경이 9m로 늘어납니다.]

[7장. 갈라내는 검의 추가 공격력이 5% 상승합니다.]

"오……."

장이 있는 스킬들의 경우 장마다 올릴 수 있는 레벨이 다르다. 스텝의 경우는 이번 레벨업으로 MAX가 되어 진화한 듯싶었다.

진화한 바람 같은 경우 스텝보다 더 유용해 보였다.

스텝의 경우 두 번 1m 거리를 좁히는 것에 텀이 존재한다. 한 번 1m를 좁히고 다음으로 넘어가기 전 잠깐의 텀. 하지만 바람 같은의 경우 단숨에 3m를 이동할 수 있다는 이점이 존재한다.

그리고 민혁은 6차 시련으로 넘어갔다.

[HP와 MP가 모두 회복됩니다.]

[여섯 번째 시련이 시작됩니다.]

[언데드형 몬스터 뱀파이어 룬을 사냥하시기 바랍니다.]

"오……?"

언데드. 민혁의 입가가 찢어졌다.
그리고 그 순간, 민혁은 아까 얻었던 양피지를 찢었다.
'어떤 맛있는 걸 주려나!'
바로 보상 선택 양피지. 버클이 드랍한 녀석이었다.
그의 앞으로 홀로그램창이 떴다.

[1. 골드.]
[2. 아티팩트.]
[3. 음식 재료.]
[4. 경험치.]

당연히 민혁은 3번이었다.

[보상 선택 양피지로 3번을 선택하셨습니다.]

알림을 모두 듣기 전, 민혁이 두 입 정도 남은 피자빵을 입으로 구겨 넣으려던 때였다.
쑤화아아아아악!
강력한 힘이 느껴져 민혁은 본능적으로 몸을 비틀었다.
그리고 그가 비튼 자리로 피로 이루어진 날카로운 칼날이 지나갔다.
민혁의 앞으로 피부가 하얗고 머리카락이 긴 은발의 남성이 뚜벅뚜벅 걸어왔다.

알림창을 보는 틈에 기습을 가한 것이다.

민혁은 그를 노려보며 마지막 남은 피자빵을 먹으려다 멈칫했다

'……!'

그의 몸이 부들부들 떨렸다.

'이, 이런 씨……!'

그의 손에 들려 있는 피자빵의 소시지 부분이 잘려 나가 있었다.

마지막 피자빵은 소시지 두 개 부위를 남겨두고 한 번에 먹으려고 했다. 가장 중요한 피자빵의 소시지. 그런데 그 소시지가 지금 바닥에 떨어져 있었다.

민혁이 부들부들 몸을 떨며 검을 꽉 쥐고 뱀파이어 룬을 노려봤다.

그 순간, 알림이 들렸다.

[뱀파이어 룬을 사냥할 시 고귀한 뱀파이어의 피를 획득할 수 있습니다.]

2장
재앙 아티팩트

'고귀한 뱀파이어의 피?'

민혁은 몰랐지만 룬은 이 세상에 마지막 남은 순수한 혈통을 가진 뱀파이어였다.

수천 년의 시간이 지났음에도 유일하게 뱀파이어 룬이 살아남은 이유는 간단하다. 고락이 그를 언데드화 시켰기 때문이다. 장난기 많은 악마인 고락은 룬을 비롯한 자신의 수하들을 언데드화 시켜서 세계 곳곳에 갖은 시련과 함께 두고 있다.

민혁은 자신을 향해 걸어오는 뱀파이어 룬이 혀로 입술을 핥는 걸 봤다. 그리고 민혁도 자신의 입술을 혀로 핥았다.

흠칫!

뱀파이어 룬이 멈칫했다.

민혁이 입맛을 다신 이유는 바로 '선지 해장국'이 생각났기 때문이다. 분명히 고귀한 뱀파이어의 피라면 그 어떠한 피보다 깨끗할 것이다. 심지어 '음식 재료'라고 떴으니 일반 유저도 먹어도 될 것이었다.

콰다다닥! 콰다다다다닥!

뱀파이어 룬의 주위에 있던 수십 마리의 박쥐들이 민혁을 향해 날아왔다.

그는 서둘러 등 뒤에 있는 심연의 활을 뽑았다.

[명궁의 난사]

[한 발의 화살이 수십 발의 화살이 됩니다.]

활시위를 퉁기는 순간 화살 한 발이 날아갔다. 그리고 허공에서 한 발의 화살이 수십여 개의 화살로 변했다.

퓩퓩퓩퓩퓩퓩퓩퓩!

화살에 직격당한 박쥐들이 바닥에 쓰러졌다.

펄떡펄떡-

어떻게든 날아오르기 위해 안간힘을 쓰던 박쥐들의 대다수는 그대로 추욱 늘어졌다.

민혁은 발라카의 대검을 손에 쥐었다.

뱀파이어 룬이 팔을 늘어뜨리자 피가 꾸물거리며 레이피어가 형성되었고, 그가 지면을 박차고 달려왔다.

모니터를 보고 있던 이민화가 말했다.

"팀장님, 6차 시련이 시작되었습니다."

박 팀장은 서둘러 걸음을 옮겨 이민화의 뒤에서 모니터를 함께 지켜봤다.

"4관왕 달성이라……."

그리고 그에 따른 유저에 대한 보상. 이 정도까지는 문제가 없었다.

하지만 6차 시련은 그 어떤 시련보다도 어렵고 깐깐한 편이었다. 그리고 그만큼 보상도 후한 편이었다.

6차 시련은 시간에 따라서 보상이 달라지는 편인데, 클리어만 해도 사실 신기록 보상이다. 그 신기록 보상에서 시간이 좁혀질수록 보상이 좋아진다는 것.

"15분 안에 끊으면 뱀파이어 룬을 사냥했을 때의 다섯 배의 경험치를, 10분 안에 끊으면 뱀파이어 룬이 애지중지하는 아티팩트 중 하나를……."

마지막 말은 이민화가 하지 않았다.

그 말은 박 팀장이 대신 받았다.

"그리고 5분 안에 끊으면 고락이 소환되지."

"네."

장난기 많은 악마 고락은 아테네 세계관에서 3대 악마 중 하나로 설정되어 있었고, 마계에 군림하는 절대자 중 한 명이었다.

마계. 정령계, 천계, 또는 인간들의 대륙. 그 어떤 곳을 통틀어도 가장 강한 몬스터와 존재들이 득실거리는 곳. 아직 업데이트 전이기 때문에, 단지 유저들에게는 언젠간 가볼 수 있지 않을까 하는 곳. 그곳이 바로 마계고 고락은 그곳의 왕이었다.

장난기 많은 악마 고락은 괴짜 고락이라고도 불렸다. 그 괴팍한 행동으로 그는 무수히 많은 여러 가지 직업군을 만들어냈다.

세계 곳곳에 분포되어 있는 악마 숭배자들은 퀘스트를 진행하면 이 여러 가지 직업 중 하나를 얻을 수 있다. 그리고 다른 방법으로 고락의 직업 중 하나를 얻는 방법이 존재한다.

수천 년 동안 봉인된 고락을 처음으로 대면한 자. 애초에 이는 프로그램 되어 있는 것이다. 고락을 최초로 만난 자는 그만큼 고락의 인정을 받았다는 방증이니까.

고락을 처음 대면하면 '고락의 도서'를 획득할 수 있다. 이 고락의 도서를 획득하면 도서 스스로가 고락의 직업 중 하나를 선택하여 그에게 퀘스트를 내린다.

하지만 고락의 도서를 통해 새로운 직업을 얻기 위해선 둘 중 하나여야 했다. 직업이 없거나, 현 직업을 포기해야 하거나.

"민혁 유저는 절대 식신을 포기하지 않아."

누가 봐도 민혁에게 최고의 직업은 식신이었다.

"그렇지만 민혁 유저는 고락의 도서를 가지게 된다면 언젠간 빛을 발하겠죠."

그에 박 팀장이 고개를 끄덕였다.

"그의 손재주는 2천을 향해 나아가고 있으니까."

이민화가 모니터를 바라보다가 피식 웃었다.

"그런데, 설마 5분 안에 끊으려고요? 룬은 꽤 강하잖아요. 심지어 룬이 까탈스러운 이유는 회복 능력 때문이잖아요."

뱀파이어는 피를 갈구한다. 그리고 순수한 혈통을 가진 뱀파이어 룬은 그중에서도 회복 능력이 발군이었다. HP가 1이 남았다고 가정했을 때, 단 한 방울의 피만으로도 모든 HP를 회복시킬 수 있다.

더 큰 문제는 쿨타임이 없으며 피를 빠는 족족 더 강해지는 효과까지 있다는 것. 거기에 더 놀라운 것은 놈은 그 존재의 피를 빨 때마다 그의 능력 하나씩을 카피할 수 있다는 거다. 그 때문에 6차 시련의 벽을 버클과 그 일행이 60번 넘게 시도했음에도 깨지 못하는 것.

놈을 잡기 위해선, 공격 한번 허용해선 안 된다. 그리고 단숨에 모든 힘을 쏟아부어 잡아야 한다.

즉, 만약 버클 일행이 클리어를 성공했다면 5분 안에 끊었을 것이고 고락의 직업 중 하나를 누군가 얻었을 것이다.

이민화의 말에 박 팀장이 말했다.

"민혁 유저 피가 그냥 피인 것 같아?"

"그냥 피……? 그게 무슨……."

곰곰이 생각하던 중 그녀의 눈이 크게 떠졌다.

"……아!"

탱탱탱탱탱탱!

'빠르다.'

뱀파이어 룬은 믿기지 않을 정도의 빠른 쾌검을 구사하고 있었다.

스우웅!

민혁이 대검을 휘두르자 빠르게 회피해 힘껏 레이피어를 찌른다.

탱!

가까스로 검면으로 방어한 민혁은 왼손을 쫙 펼쳐 힘껏 찌르는 뱀파이어 룬을 볼 수 있었다.

수화아아아악!

순간적으로 그의 왼손에서 생겨난 소용돌이치는 피가 민혁을 꿰뚫을 듯 쏘아져 왔다.

"바람 같은."

민혁이 1m 좌측으로 이동해 피해냈다.

콰아아아앙!

뒤쪽 벽이 요란한 소리와 함께 무너졌다.

민혁은 이번엔 1m를 접어 룬의 뒤로 이동했다.

태애앵!

이동과 동시에 룬을 공격했지만, 가뿐히 방어되었다.

하지만 그 찰나에 민혁은 룬의 품으로 파고들었다.

"비산하는 검."

수화아아아악!

한 번만 공격에 성공해도 뱀파이어 룬에게 치명상을 입힐 수 있을 것이다.

뱀파이어 룬이 충분히 사정거리에 들어오자, 민혁은 그의 옆구리를 노리고 검을 휘둘렀다.

하지만 이변이 발생했다.

파앗!

뱀파이어 룬이 주먹 크기만 한 박쥐로 변화한 것이다.

박쥐로 변화한 룬은 민혁의 뒤에서 다시 본래의 모습으로 돌아왔다.

퍼지잇!

비산하는 검은 허공을 갈랐고 민혁의 옆구리를 레이피어가 훑고 지나갔다.

푸지익!

"큽!"

"인간의 피는 언제나 달콤하지."

뱀파이어 룬의 이질적인 목소리가 들려왔다.

민혁의 옆구리에서 흐른 피가 뚝뚝 바닥에 떨어지다가 사르르 허공으로 떠올랐다.

꾸물거리며 만난 피는 뱀파이어 룬의 손바닥 위로 커다란 물방울이 되어 있었다.

룬은 그 피를 천천히 음미했다.

"흐음, 맛있어. 아주 맛……."

그 순간.

“크화아아악?”

뱀파이어 룬이 괴성을 지르며 뒷걸음질 치기 시작했다.

“모, 목이……!”

목을 부여잡은 뱀파이어 룬의 입에서 하얀 연기가 피어올랐다.

민혁은 그 연기의 정체를 알 수 있었다.

‘……녹는다?’

민혁의 피를 마시고 뱀파이어 룬의 식도가 녹아내리고 있었다.

그 이유는 금방 알 수 있었다.

‘신성력…….’

민혁은 신성력 스텟이 1,000이었다. 어쩌면 민혁의 피는 뱀파이어 룬에게 있어 성수를 들이켠 것이나 다름없었던 것이다.

“네, 네놈……!”

뱀파이어 룬은 적의 피를 빨아들일 때마다 그의 능력을 카피할 수 있고 회복할 수 있다. 그게 가장 큰 강점이었다.

그런데, 민혁의 피를 빨고서는 어떠한 것도 얻지 못했다. HP도, 스킬도.

오히려 민혁에게 빈틈을 주었다.

빠르게 접근한 민혁이 룬에게 공격을 시도했다.

탱탱탱탱!

타들어 가는 목을 부여잡은 상태에서도 룬은 힘겹게 방어하고 있었다.

그리고 빈틈을 민혁이 찾아내고 공격을 시도한 순간.

파앗!

다시 박쥐가 되어 도망치려 했다.

푸지익!

그 순간, 민혁은 망설이지 않고 자신의 손바닥을 대검으로 힘껏 베었다.

그리고 손에 맺힌 피를 날아오르는 박쥐를 향해 뿌렸다.

촤아아아앗! 푸쉬이이이익!

"끄아아아아악!"

뱀파이어 룬이 본래의 모습으로 돌아와 경련을 일으켰다. 몸에서 끊임없이 하얀 연기가 피어오르며 놈의 몸 곳곳을 녹이고 있었다.

민혁은 그때를 놓치지 않았다.

[피어나는 검]

[전방 9m의 적을 땅에서 무차별적으로 솟아난 검이 공격하며 관통 시 폭발을 일으켜 70% 추가 대미지를 입힙니다.]

푹푹푹푹푹푹푹푹!

땅에서 솟아난 칼날이 뱀파이어 룬의 몸 곳곳을 관통했다. 칼에 의해 허공에 떠오른 룬이 발버둥 치는 모습은 애처로워 보일 정도였다.

쾅쾅쾅쾅쾅쾅!

곧 거대한 폭발이 일어나며 뱀파이어 룬의 몸이 산산조각

터져 나갔다.

그와 함께 민혁에게 알림이 들렸다.

[루크토의 무덤 여섯 번째 시련의 신기록입니다.]

[경험치 200,000을 획득합니다.]

[레벨업 하셨습니다.]

[레벨업 하셨습니다.]

[레벨업…….]

[유일한 신기록자에 대한 보상을 획득합니다.]

[특별한 포인트 100을 획득합니다.]

[명성 100을 획득합니다.]

특별한 포인트가 자그마치 100개였다.

민혁은 특별한 포인트 100개를 전부 손재주에 투자했다.

'이제 1,800개…… 흐.'

민혁은 흡족한 미소를 지었다.

그리고 기대하는 것, 고귀한 뱀파이어의 피와 맷돌이었다.

콰르르르르르르!

갑자기 벽 하나가 진동하더니 밑으로 천천히 내려가기 시작했다.

민혁은 조금씩 보이기 시작한 그 너머를 볼 수 있었다.

'동상?'

정체 모를 동상 하나가 세워져 있었다.

박쥐의 날개 같은 것이 달린 동상이었고 머리에는 두 개의 뿔이 달려 있었다. 그리고 동상은 손을 가슴 높이로 들고 있었는데, 그 손바닥 위로 두둥실 떠올라 있는 맷돌이 있었다.

'드디어……!'

민혁이 신이 나서 뛰었다.

바로 그 순간, 뱀파이어 룬의 폭발한 잔해 속에서 그가 끼고 있던 반지가 검은 기류를 뿜어내기 시작했다.

그 검은 기류가 점차 형상을 갖추어갔다.

악마 고락. 잔혹하지만 장난기 또한 많은 악마.

그는 다소 놀랄 수밖에 없었다.

'뱀파이어 룬이 5분 만에 죽었다……? 고작 한 놈한테?'

자신이 만들어낸 루크토의 무덤에 들어올 수 있는 자들은 제한되어 있다. 그렇기에 5분 만에 룬이 죽는다는 일은 상상도 할 수 없는 일이었다.

반지에서 뿜어져 나와 점차 형상을 갖춘 그.

2m 크기의 장신, 두 개의 솟아난 뿔, 그리고 해괴망측한 얼굴까지. 모습을 드러낸 그는 맷돌을 향해 가다가 걸음을 멈춘 인간을 볼 수 있었다.

'……내 항아리를 가졌군.'

흥미로웠다.

자신의 항아리 중 하나인 숙성의 항아리를 가지고 있는 데다가, 풍부함의 맷돌을 얻을 자.

'저 조합은 가장 최고의 조합.'

고락의 아티팩트는 조합이 중요하며, 그 조합에 통해서 아티팩트가 가지는 힘도 달라진다.

물론 맷돌의 봉인을 푸는 것은 이 인간의 힘이다.

인간은 자신을 보자 몸을 떨더니 안절부절못했다.

'두려운 건가?'

자신은 악마 그 자체의 모습을 가졌다. 또한, 자신이 누구인지에 대해 알았을 거다.

그때 앞의 청년이 말했다.

"다, 당신이 고락 님이시군요. 존경해요! 이렇게 훌륭한 아티팩트를 만드신 분이라니!"

그는 자신의 우상을 만난 듯 해맑게 웃었다.

[7대 신화 중 하나인 악마 고락과 만납니다.]

[명성 100을 획득합니다.]

민혁은 알림을 듣고는 눈을 크게 떴다.

고락이 만들어낸 숙성 항아리. 음식을 항아리 안에 넣으면 단숨에 숙성되어 나온다.

그는 이 아티팩트를 얻은 후에, 고락이 정말 뛰어난 요리사였을 거라고 믿어 의심치 않았다. 그리고 자신처럼 맛을 추구하는 자일 거라고. 그렇지 않고서야 이런 대단한 아티팩트를 만들 리는 없지 않은가?

거대한 크기의 고락에게 민혁은 존경을 표했다.

그에 잠시 바라보던 고락이 픽 하고 웃음 지었다.

"재밌는 인간이구나."

민혁은 그에 싱글벙글 웃었다.

"내 숙성의 항아리를 가지고 있군."

"그렇습니다. 아주 잘 쓰고 있어요!"

그러다가 민혁이 주위를 한번 둘러보고는 소곤소곤 말했다.

"얼마 전엔 된장을 숙성시켰어요. 이 맷돌로 만든 두부로 된장찌개를 해 먹으면 진짜 맛있겠죠?"

고락은 괴짜다. 그랬기 때문에 민혁이란 존재를 보자 흥미가 생겼다.

그는 특이한 자를 좋아한다.

물론 고락의 항아리가 그러한 능력을 가졌지만 크게 활용할 거라고는 생각하지 않고 있었다. 한데, 이 청년은 정말 그 능력만 보고 사용하고 있는 것 같았다.

'이런 자가 5분 안에 룬을 해치웠다니.'

재밌는 자.

피식-

그리고 정해진 것은 정해진 것이었다.

고락은 자신의 수하들에게 봉인되기 전 일렀다. 악마 숭배자들이 정해진 일을 수행하면 반지를 통해 자신을 부를 것.

그리고 만약 자신 스스로가 반지를 비집고 나온다면 그는 자신의 뒤를 이을 '악마의 이름'을 가질지도 모른다고.

스스로 나왔을 때 고락은 그만큼 놀랐을 때니까.

스르르르-

악마 고락이 검은색 검지를 펼쳤다. 손톱이 매우 길고 날카로웠다.

곧 그 손가락 끝이 미약한 검은빛을 발하더니, 하나의 책을 소환시켰다. 그러자 악마가 그려진 책 하나가 천천히 떠올라 민혁의 앞으로 내려앉았다.

그 순간, 민혁에게 알림이 울렸다.

[고락의 도서를 획득합니다.]

[고락의 도서를 통해 악마 고락이 가진 특별했던 클래스 중 하나로 전직할 수 있으며 도서가 사용자의 성향에 맞게 직업을 부여합니다.]

[악마 고락의 클래스는 모두 '전설' 등급입니다.]

[현재 식신이라는 신 클래스 보유자십니다. 신 클래스는 직업을 포기할 수 없습니다.]

민혁은 알림을 들으며 고개를 갸웃했다. 갑작스럽게 새로운 직업군으로의 전직 알림이 떴기 때문이다.

그리고 고락은 보았다.

조금 전 고락의 도서에서 뿜어져 나오던 빛이 인간에게 깃들려다가 튕겨 나갔다. 즉, 그는 고락의 도서가 어찌할 수 없을 정도의 직업을 가지고 있다는 의미. 역시 재밌는 인간이다.

"그 고락의 도서는 매우 값진 것이니, 잘 가지고 있거라."

"네, 알겠습니다. 그런데, 뿔이 참 멋지시네요."

고락은 갑작스러운 아부에 '흐음' 하는 표정으로 지켜보았다.

"우와! 팔에 핏줄! 상남자!"

민혁이 아부를 할 땐 딱 한 가지 이유가 있다. 맛있는 냄새가 나기 때문이었다.

"심지어 키도 2m의 장신…… 우와~"

고락은 갑자기 칭찬하는 그를 유심히 지켜봤다.

그는 그렇게 칭찬을 하다가 헛기침을 하고는 조심스레 물었다.

"고락 님이라면 맛있는 재료에 대해 알고 있을 것 같은데, 흠흠!"

그에 고락은 입이 찢어져라 웃었다.

'나를 통해 뭔가를 원하는 자라…….'

이런 자는 보기 드물다. 보통 자신의 앞에 서면 두려움에 입 한번 떼지 못하는 게 정상이었으니까.

그러다 괴짜 고락은 재밌는 생각이 났다.

'그러고 보니 그곳에 재료가 있었지.'

그는 짙은 웃음을 흘렸다.

장난을 치는 것을 좋아하는 고락이 말했다.

"맛있는 재료라, 알다마다. 마계에서 소문난 특별한 재료가 있는 곳을 나는 알고 있지."

"우와아. 정말이요?"

그에 고락이 고개를 끄덕였다.

"그런데, 그 재료를 가진 유일한 존재는 한 신전 안에 있어. 그 재료는 숙성의 항아리나, 풍부함의 맷돌처럼 특별하지."

"오……."

그 말에 민혁의 입가에 미소가 맺혔다.

그만큼이나 특별한 재료들이 숨겨져 있는 곳이라?

"자네에게 특별히 그 존재가 있는 곳을 알려주겠네."

고락이 기다란 손가락을 펼치자 이번엔 오래되어 보이는 지도 하나가 나타났다.

[퀘스트 승낙 시 숨겨진 신전으로 가는 지도를 획득할 수 있습니다.]

그 순간 민혁의 앞으로 퀘스트창이 떠올랐다.

[퀘스트: 숨겨진 신전으로]

등급: 봉인

제한: 340레벨

보상: 봉인

실패 시 페널티: 봉인

설명: 봉인.

모든 것이 봉인되어 있었다.

하지만 민혁은 망설이지 않고 승낙했다.

'승낙한다.'

[숨겨진 신전 지도를 획득합니다.]

(숨겨진 신전으로 가는 지도)

제한: 340레벨

설명:

• 봉인 상태.

아직 민혁의 레벨이 되지 않아 모든 걸 확인할 수 없었다.

"난 이만 돌아가야 할 시간이군."

고락은 몸을 돌렸다. 등 뒤에서 민혁이 꾸벅 상체를 숙여 보이며 말했다.

"조심히 들어가세요! 정말 감사합니다!"

고락의 입이 쭉 찢어졌다. 고락의 해괴한 얼굴에 지어지는 그 웃음은 갓난아이가 봤다면 울음을 터뜨렸을 정도로 끔찍했다.

'으흐흐흐흐! 그래, 그곳엔 아주 특별한 재료가 있지! 하지만 그곳엔…… 푸흐흐흐흐흐. 나와 비견되는 존재가 기다리고 있을 것이다.'

장난기 많은 고락은 웃었다.

그러다 멈칫했다.

'만약 이겨낸다면 강대한 힘을, 이겨내지 못한다면 끔찍한 고통을 얻을지다.'

수화아아아악-

고락이 다시 반지 속으로 빨려 들어갔다.

민혁은 그 뒷모습을 우상을 보는 것처럼 바라봤다.

"정말 좋으신 분이야!"

그렇게 해맑게 웃은 민혁이 몸을 돌렸다. 그리고 조금 전 그 해맑던 미소가 사라지고 그의 입에 비릿한 웃음이 생겨났다.

'역시. 내 예상이 맞았어.'

고락의 등장 알림에 민혁은 다소 놀랐다. 알림에서 그가 악마라고 설명되었기 때문이다.

악마. 경계해야 할 대상이다. 아직 정확한 정보가 풀리지 않았지만, 고락은 분명히 마계에서 엄청난 힘을 발하는 존재일 터.

그리고 민혁은 아테네에서 처음으로 '두려움'이라는 느낌을 받았다. 고락은 흥미를 느끼는 듯 보였지만 민혁은 가슴이 떨렸다.

그러면서도 생각했다.

고락은 숙성 항아리를 만들었고 맷돌 또한 그가 만들었을 확률이 높다. 그런 그가 과연 또 다른 재료에 대한 위치를 모를까? 알 확률이 높지 않을까? 그에 순진한 척, 해맑은 척 웃었다.

물론 민혁의 해맑은 미소는 맛있는 음식을 먹을 때 절로 발한다. 하지만 이 아테네라는 세상에서 게임을 해보며 이 바보 같고 천진난만한 웃음이 도움이 된다는 걸 깨달은 바 있었다.

때문에 민혁은 '나는 아무것도 모르는 바보!' 같은 모습으로 고락에게 퀘스트를 받아내는 것에 성공했다. 즉, 뛰는 고락 위에 나는 민혁이 있었던 거다.

'맛있는 요리 재료가 있을 건 분명하다, 그런데 그곳에 뭐가 있을지 모른다는 게 문제야.'

민혁은 그런 생각을 하며 고개를 끄덕였다.

그리고 다시 맷돌로 걸어가 손을 뻗어 습득했다.

[풍부함의 맷돌을 획득합니다.]

민혁은 확인해 봤다.

(풍부함의 맷돌)

등급: 유니크

제한: 손재주 400

내구도: 5,000/5,000

특수 능력:

•무언가를 넣고 갈면 두 배의 것을 얻을 수 있다.

•처음 갈아낸 것은 훨씬 더 특별한 힘을 가지며 아주아주 맛있을 것이다.

설명: 다양한 것을 넣고 돌리면 두 배의 것을 얻을 수 있는 아주 특별한 맷돌이다.

"흠."

민혁은 고락이 사라진 자리를 보았다.

만약 고락이 나타나지 않았다면 민혁은 추측하지 못했을 거다. 이 맷돌도 고락이 만들었다는 걸. 그리고 고락이 자신이 생각하던 뛰어난 요리사가 아니라, 악마라는 걸 말이다.

그렇기에 의구심이 들었다.

'뭔가 숨겨져 있나?'

하지만 곧 고개를 저었다.

'지금은…….'

하나에 집중할 때다.

바로 맷돌을 이용해 맛있는 두부를 먹는 것.

민혁은 인벤토리에서 자신이 불려두었던 콩을 꺼냈다. 두부를 만들기 위해선 콩을 적어도 8시간은 불려줘야 한다.

이제 두부로 맛있는 음식을 만들 때가 왔다.

'흐흐흐.'

맷돌 위로 불린 콩을 넣었다. 그리고 맷돌 손잡이인 어처구니. 즉, 맷손을 잡고 돌리기 시작했다.

민혁은 바로 이 순간 결심했다. 두부를 갈아서 자신이 한 삼백 모 정도 먹고 아버지도 두부를 좋아하시니, 함께 식사할 때 한 모를 올리리라고.

그러다 멈칫했다.

"에이, 두부 삼백 모는 너무 적은데? 한 오백 모는 먹어줘야 아~ 두부 좀 먹었다 하지. 으하핫!"

그의 노가다가 시작되는 순간이었다.

"6, 6차 시련이 클리어됐어……."

"미친!"

하우린과 바크란 길드의 길드원들은 경악 어린 목소리로 웅성거리기 시작했다.

그리고 라크는 현재 혼자 있었다. 카이스트라는 마을에 볼 일이 있다고 갔기 때문.

라크 역시 믿을 수 없다는 표정이었다.

'어, 어떻게 혼자서…….'

다섯 명이 수십 번 공략을 시도했음에도 깨지 못한 시련. 심지어 클리어 시간이 5분이 채 걸리지 않았다는 게 경악적이었다.

어느덧 바크란 길드의 길드원은 50여 명이 넘게 모여들었고, 그들은 무덤 전체를 포위하듯 둘러싸고 있었다. 언제든 프라이팬 살인마가 나오면 공격할 준비를 하고 있는 것이다.

그와 반대로 라크는 다른 생각을 하고 있었다.

프라이팬 살인마는 하나의 고락 아티팩트만 얻었을 터, 그러기 때문에 자신들이 전설 아티팩트급의 값어치를 지불하고 받아올 생각이다. 이미 카이스트라와의 이야기도 끝난 상황.

두 사람은 사연을 가지고 있었다. 그리고 라크는 카이스트라의 사연도 들은 적이 있다.

예전에 모 나라의 방송국에서 카이스트라의 마을에 취재를 온 적이 있다고 들었다. 그들은 다큐멘터리 촬영자들이었고 마을의 어른들은 그들 앞에서 춤을 추고 노래를 불렀다.

그걸 원해서 했느냐? 아니었다. 출연료, 먹을거리, 그 외의 다양한 것을 얻기 위해서였다고 한다.

그들은 억지로 웃으며 춤을 추고 노래를 부르며 사냥을 갔으나, 촬영자들은 약속했던 것을 주지 않고 떠났다. 그때의 절망감, 슬픔, 울고 있는 갓난아이를 잊을 수 없다고 카이스트라는 말했다.

때문에 카이스트라는 돈을 갈망할지언정, 그 노예는 되고 싶지 않다고 하였다. 그리고 이는 라크 또한 마찬가지였다.

라크는 생각했다.

'그 정도 값어치면 충분할 거야.'

그는 봉인을 풀지 못할 테니까.

그렇게 기다리는데 이상했다. 6차 시련에서 프라이팬 살인마가 더 이상 7차 시련으로 넘어가지 않았다.

어느덧 다섯 시간이 지났다.

"흐아아암, 뭐야. 왜 안 나와!"

"안에서 대체 뭘 하는 거야?"

시간이 흘러 열 시간이 지났다.

밤이 된 무덤 인근에서 바크란 길드의 길드원들은 교대하며 대기했다.

하루가 지났다.

여전히 카이스트라는 무슨 일이 있는 것인지 돌아오지 않고 있었다.

그리고 라크는 눈치챘다. 프라이팬 살인마는 안에서 맷돌을 돌리고 있는 게 분명했다.

허탕이다. 프라이팬 살인마도 재앙 아티팩트에 대해 알고 있던 게 분명해 보였다.

그렇게 사흘이 지났다.

"흐아아암."

지친 바크란 길드원들은 곳곳에 텐트를 치고 휴식을 취하고 있었다.

그리고 그때, 라크가 눈을 크게 떴다.

그는 품속에 있는 동전 하나를 꺼냈다. 그 동전에는 악마 고락이 그려져 있었다.

'재앙 아티팩트를 찾아내는 동전이…….'

라크만이 볼 수 있는 검은빛을 뿌리고 있었다.

이는 두 개의 아티팩트가 모였을 때만 빛을 발하는 신비한 아티팩트. 그 말은 프라이팬 살인마는 또 다른 재앙 아티팩트를 가지고 있었다는 말이 된다.

벌벌벌-

라크의 몸이 떨려오기 시작했다.

켄라우헬. 그는 현재 재앙 아티팩트 두 개를 가지고 있어 하나의 재앙을 얻었다.

켄라우헬의 측근 중 라크와 비슷한 능력을 가진 자가 고락의 동전을 가지고 있다. 그리고 그 동전 또한 켄라우헬을 만났을 때 보랏빛을 발했다.

이 빛은 재앙 아티팩트의 조합의 등급을 보여준다.

빨간빛이라면 하위의 조합. 주황빛이라면 보통의 조합. 보랏빛이라면 상위의 조합.

켄라우헬의 재앙은 '태풍'.

그리고 지금 보이는 검은빛의 조합.

'최, 최강의 조합…….'

쇄아아아아!

검은빛이 더욱 강렬해졌다.

두근두근-

벌벌 떠는 라크의 심장이 요동쳤다.

그가 무덤 입구를 바라봤다. 바로 지금. 가장 강력한 재앙이 세상에 눈뜨고 있었다.

현실.

카이스트라. 그의 옆에는 마을의 친한 동생인 리체가 함께 앉아 있었다.

두 사람은 언덕 위에 앉아 나무가 우거진 풍경을 바라보고 있었다.

카이스트라는 리체의 몸에 담요를 덮어주었다.

리체는 어렸을 적부터 카이스트라를 친형처럼 여기고 따랐다. 그리고 카이스트라 또한, 리체를 자신의 친동생만큼이나 아꼈다. 그런 리체가 지금 몹시 아팠다. 몸에서 펄펄 열이 끓고 있었다.

카이스트라가 돈을 들여 고용한 의사들이 이곳으로 오고 있지만, 이곳은 아프리카에서도 오지였다. 얼마나 걸릴지 알 수 없었다.

카이스트라는 입술을 질끈 깨물었다.

'안 돼, 제발 오지 마……!'

그는 절망했다. 아주 먼 곳에서 먹구름이 몰려오고 있었기 때문이다.

이러면 안 된다. 헬기를 띄우기 힘들어진다.

아프리카 아이들의 면역력은 생각보다 약한 편이다. 또한, 의료 시설이 없어 외부와의 접촉을 통해야만 치료할 수 있었으며, 병 또한 일반 나라의 사람들이 걸리는 것과 차원이 달랐다.

현재 리체가 보이는 증상이 감기 몸살일지도 모르지만, 만약 아니라면 어린 리체는 죽을지도 몰랐다.

"……카이스트라."

"응?"

카이스트라가 애써 웃으며 리체를 돌아봤다.

본래 카이스트라는 그와 이곳에 오지 않으려 했다. 하지만 리체가 울며불며 꼭 매일 함께 가던 언덕에 가고 싶다고 했다.

"기억나?"

"……."

"내가 뼈밖에 남지 않았을 때, 그분들이 왔잖아."

묵묵히 듣던 카이스트라는 고개를 끄덕였다.

그때 리체도 카이스트라도 죽기 직전이었고, 기적처럼 일화 그룹과 의료진이 도착해서 살아날 수 있었다.

이후 박문수라는 사람이 비상 연락 수단 겸 새로운 세상을 경험해 보라는 의미로 아테네 접속 캡슐을 선물해 준 덕분에, 랭커가 된 카이스트라가 벌어들이는 수익으로 마을은 안정을 찾았다.

"그때 먹었던 음식…… 아직도 잊지 못해."

그중에 한 명은 요리사였는데, 그들은 꽤 오랜 시간 동안 미음과 같은 것들만을 아이들에게 먹였다.

그리고 떠나기 전, 건강을 찾은 아이들이 먹을 수 있도록 닭국물에 쌀알을 끓여 닭죽이라는 것을 만들어주었다.

"그거 정말 맛있었지. 근데 이상하다?"

마을에 있는 캡슐은 다섯 대. 태양열 발전기에 의해 이 캡슐은 꺼지지 않게 설계되어 있다. 그 안에서 리체도 다른 세상의 음식을 맘껏 먹어봤다.

"그때의 맛이 나지 않아……."

하얗고 닭고기가 쭉쭉 찢어져 들어가 갖은 채소와 함께 잘

졸여진 닭죽은 정말이지 맛있었다. 한데, 더 이상 그때의 그 맛이 느껴지지 않았다.

카이스트라의 입가에 미소가 감돌았다.

"나도."

어찌 잊을 수 있을까? 그 맛을, 그 감촉을, 그 식감을. 영원히 잊지 못할 것 같았다. 그 음식의 맛은 구원이었다.

어쩌면 그때의 그 기분을 느끼지 못하기에 그 맛이 나지 않는 것일지도 모른다.

"카이스트라. 나 죽기 전에 부탁이 있어."

"……리체, 그런 소리 하지 마!"

카이스트라가 소리쳤다.

하지만 곧 가슴을 진정시켰다.

"그 맛…… 다시 느껴볼 수 있게 해줘."

"……."

카이스트라는 그에 잠시 말문을 닫았다. 그 말이 캡슐 안에서라는 것을 알았기 때문이다.

그러다 카이스트라의 눈에 이채가 서렸다.

'프라이팬 살인마…….'

그의 요리 실력은 황혼의 요리사 블랙보다 위일지도 모른다는 소문이 있다.

카이스트라가 말했다.

"너 안 죽어, 그리고 그 맛 다시 느낄 수 있게 해줄게. 이만 돌아가자."

"응."

카이스트라가 리체를 업었다. 두 사람은 먹구름이 덮치기 전에 마을로 돌아가기 시작했다.

"후아."

민혁의 입에서 떨리는 숨이 뱉어졌다. 그 앞에 두부의 향연이 펼쳐져 있었다.

그는 앞에 있는 가스버너 위의 뚝배기 뚜껑을 열었다.

쏴아아아아-

첫 번째로 만들어낸 건 바로 순두부찌개였다.

수증기가 피어오른다. 그 상태에서 황금 닭을 통해 얻은 계란 하나를 탁- 까서 넣었다. 뜨거운 국물 속으로 퐁당 빠지는 계란.

그 상태에서 가스 불을 켰다.

겉면이 빠르게 익어가는 계란. 그리고 그 옆의 순두부와 바지락, 오징어, 돼지고기. 그리고 두둥실 떠오른 붉은 고추기름.

그뿐만이 아니었다. 옆에는 김을 모락모락 피워내는 잘 썰어져 있는 두부가 나열되어 있었다.

김을 피우는 두부는 마치 시장에서 파는 뜨끈뜨끈한 두부처럼, 갓 만들었다.

그 옆에는 일반 김치보다 진한 빛을 띠는 볶음김치가 놓여 있었고, 그 외에도 여러 가지 두부로 만든 음식이 나열되어 있었다.

먼저 민혁은 천천히 식어가는 순두부찌개로 수저를 뻗었다. 휘휘 수저로 저어준 후에 그 뜨거워 보이는 국물 한 수저를 펐다.

"후! 후!"

입으로 불어준 후에 입을 벌리고 단숨에 후루룹!

"하, 뜨!"

하지만 그 뜨거움과는 무색하게 입안에 진득한 순두부찌개의 맛이 느껴졌다.

"어디 보자."

이번엔 숟가락으로 순두부를 들어 올렸다. 탱글탱글해 보이는 순두부는 찌개를 흡수해 붉은빛을 보였다.

"후루룹!"

입안에 넣자 마치 계란찜처럼 가득 퍼져 나간다. 국물을 가득 머금은 순두부는 매콤달콤하니 맛이 좋았다.

민혁은 또 한 번 순두부찌개를 가득 펐다. 그가 푼 수저 위로는 돼지고기, 오징어, 바지락, 순두부가 가득이었다. 거기에 국물도.

그것을 자신의 밥그릇 위에 올린 후에 쓱싹쓱싹 비비자 순두부가 부드럽게 으깨지며 밥과 만났다.

그것을 단숨에 들어 올려 입안에 넣었다. 씹는 식감이 있는 오징어와 돼지고기가 먼저 씹히고 고소한 맛이 있는 바지락 맛이 난다. 그리고 보드라운 순두부와 얼큰한 국물, 그리고 쌀알이 입안에서 한데 어울려 춤을 춘다.

"크, 이 순두부찌개는 추울 때 먹으면 맛있는데."

민혁은 고개를 끄덕거리며 이번엔 그 옆에 놓여 있는 뜨끈한 두부에 젓가락을 뻗었다.

먼저 뜨끈한 두부를 젓가락으로 반절 꾹 갈라 그냥 먹어봤다. 분명히 아무것도 첨가되지 않은 두부일 뿐이었다. 그런데도 그 뜨끈한 두부를 입에 넣고 씹자 기분 좋은 맛이 났다.

흐뭇한 미소를 짓던 민혁은 이번엔 두부와 볶음김치를 한 번에 집어 입에 넣었다.

부드럽고 고소한 맛이 가득한 두부와 매콤하고 식감이 좋은 볶음김치가 만났다.

아삭아삭-

다소 밋밋할 수 있는 맛을 채워주는 볶음김치.

빙그레 웃다가 이번엔 젓가락을 두부조림에 뻗었다.

두부조림을 밥을 가득 푼 수저 위로 얹어 입에 넣었다.

우물우물.

짭조름하게 양념이 잘 밴 두부김치는 다소 짠맛이 강하다. 그 때문에 밥도둑이라는 것이다. 그저 '짠' 것이 아니라, 기분 좋게 '짠' 것이기 때문이었다.

밥을 한 숟가락 더 먹은 민혁은 흡족한 미소를 지었다.

"두부야, 넌 왜 몸에도 좋고 맛도 이렇게 좋은 거니?"

두부는 밭에서 나는 소고기로 불리는 콩으로 만들어졌다. 그만큼 풍부한 단백질을 가지고 있었고 언제 먹어도 부담이 없었다. 심지어 어떤 찌개 요리에 들어가도 어울렸다.

그렇게 두부 백 모 정도를 뚝딱 해치운 민혁.

그는 알림을 들을 수 있었다.

[풍부한 맷돌로 만든 순두부를 드셨습니다.]

[경험치 400,000을 획득합니다.]

[레벨업 하셨습니다.]

[레벨업…….]

단숨에 민혁의 레벨이 5가 상승했다.

지금까지 이곳에 올라오면서 레벨업 했던 것까지 합치면 현재 민혁의 레벨은 318이었다.

두부를 모두 먹은 후에 민혁은 맷돌 앞에 앉았다.

이제 고작 하루를 갈았을 뿐. 콩 갈기가 다시금 시작되었다.

민혁은 오늘도 맷돌을 돌리고 있었다.

그리고 조금 전, 그는 뱀파이어 룬이 드랍했던 고귀한 뱀파이어의 피를 이용해 선지 해장국을 해 먹었다.

[고귀한 뱀파이어의 피로 만든 선지 해장국을 드셨습니다.]

[식신의 위대함]

[명약 페널티를 무시합니다. 단, 이는 여러 명이 효과를 볼 수 없습니다.]

[명약 요리. 스킬이 강화됩니다.]

[패시브 스킬 '출혈'을 획득합니다.]

고귀한 뱀파이어의 피는 명약이었는데, 다른 명약과 다르게 스텟이 아닌 스킬을 올려준다.

식신은 스킬북으로 스킬을 습득할 수 없기 때문에 익히지 못할까 했는데, 다행히 익힐 수 있었다.

민혁은 강화된 출혈이란 스킬을 확인했다. 본래 공격에 성공할 시 2% 확률로 발동되지만 식신의 위대함 효과에 3%로 늘었다. 그리고 공격한 대상의 10%의 대미지가 출혈이 멈출 때까지 발생한다.

스킬을 익힌 후, 민혁은 다시 맷돌 앞에 앉았다.

"자, 돌려보자!"

그리고 힘껏 맷돌을 돌리기 시작했다.

그렇게 평소처럼 1시간, 2시간이 지나던 때였다.

"응?"

갑자기 맷돌에서 검은빛이 화아악 터져 나갔다. 그리고 그 검은빛과 함께 민혁의 인벤토리에서 저절로 숙성의 항아리가 나타났다. 검은빛을 띠던 맷돌도 허공에 떠올랐다.

두 개의 아티팩트가 허공에 떠 있는 이유를 민혁은 알 수 없었다.

곧이어 검은빛은 숙성의 항아리에 빨려 들어갔다.

이어 알림이 들려왔다.

[풍부함의 맷돌이 '고락의 번개의 맷돌'로 변화하며 봉인이 풀립니다.]

[고락의 번개의 맷돌과 고락의 숙성 항아리는 세트 아티팩트입니다.]

[두 가지가 가진 성질에 따라 그 힘이 한 가지 아티팩트에 깃듭니다.]

[고락의 번개의 맷돌이 유니크 등급에서 재앙 등급으로 진화합니다.]

"재앙……?"

민혁은 고개를 갸웃했다.

재앙 아티팩트? 처음 들어보는 아티팩트였다.

때문에 민혁은 곧바로 확인해 봤다.

(고락의 번개의 맷돌)

등급: 재앙

제한: 고락의 세트 아티팩트

내구도: ∞/∞

특수 능력:

• 보유하기만 해도 기본 스텟 8% 상승.

• 패시브 스킬 낙뢰(落雷)

• 엑티브 스킬 낙뢰지옥(落雷地獄)

설명: 고락이 숨겨놓은 세트 아티팩트. 두 가지가 만나야지만 비로소 힘을 발휘하는 세트 아티팩트이며 가장 성질이 좋은 두 가지 아티팩트가 만나 최고의 재앙을 얻었다.

(낙뢰)

아티팩트 스킬

레벨: 없음

소요 마력: 없음 / 쿨타임: 없음

효과:

•고락의 번개의 맷돌을 보유하고만 있어도 적 공격에 성공할 시 5% 확률로 낙뢰가 2~4연속 내려치며 공격 대미지만큼 피해를 입는다.

(낙뢰지옥)

아티팩트 스킬

레벨: 없음

페널티: 5대 스텟-1

소요 마력: 2,000 / 쿨타임: 480시간

효과:

•추가 대미지 120%를 내는 강력한 번개가 무차별적으로 반경 20m 앞으로 1분 동안 내리쳐진다. 이는 맷돌의 손잡이를 잡고 돌려야지만 발동된다.

그와 함께 또 다른 알림이 들려왔다.

[아티팩트 봉인 해제로 인해 7차 시련이 완료됩니다.]

[루크토의 무덤 공략을 완료하셨습니다.]

[경험치 500,000을 획득합니다.]

[명성 300을 획득합니다.]

[도달한 자 칭호를 획득합니다.]

쿠르르르르!

루크토의 무덤의 입구가 진동하기 시작했다. 그에 따라 사흘 동안 나태함에 빠져 있던 바크란 길드의 길드원들이 빠르게 움직였다.

분명히 '7차 시련 완료'라는 문구가 떴다가 완전히 사라졌다. 그 의미는 다른 팀이 들어가도 된다는. 즉, 무덤이 클리어됐다는 뜻이다.

그런데 그 누구도 나오지 않았다.

'뭐지? 서, 설마……!'

라크의 눈이 크게 뜨였다.

클리어 시 다른 입구로 나갈 수 있는 것이 분명했다. 그리고 바크란 길드도 그것을 눈치챈 듯싶었다.

그때, 라크는 어느덧 카이스트라가 접속한 걸 깨달았다.

한데, 카이스트라는 갑자기 펜루스를 소환했다.

"저, 저게 말로만 듣던 펜루스……."

"비, 빛의 화신!"

곧이어 카이스트라는 펜루스 위에 올랐다.

'도대체 그는 정체가 뭐지?'

카이스트라는 접속하자마자 펜루스가 소환의 방에서 울부짖고 있는 것을 느낄 수 있었다. 그것은 또 다른 화신이 가까이에 있다는 외침이었다.

프라이팬 살인마. 그가 또 다른 화신을 데리고 있는 거다!

수화아아아아아!

"빠, 빠르다!"

"헉?"

조금 전 카이스트라가 있던 자리. 그 자리에서 카이스트라가 빛줄기가 되어 사라졌다.

타타탓! 타타타타탓!

빠르게 달리는 펜루스의 위에서 카이스트라는 생각했다.

'그에게 뭘 해줘야 할까.'

리체를 위해 부탁해야 한다.

프라이팬 살인마 같은 강자는 과연 뭘 원할까? 돈? 아티팩트?

타타타타타타탓!

빠르게 달린 펜루스 덕에 카이스트라는 금세 도착할 수 있었다. 그런데 드디어 만난 프라이팬 살인마가 자신을 발견하고는 곧바로 귀환서를 찢으려 하고 있었다.

카이스트라는 다급히 외쳤다.

"배, 배고픈 아이가 있습니다!"

머릿속이 새하얘진 카이스트라. 그는 생각해 두었던 많은 것들을 뒤로하고, 어떻게든 프라이팬 살인마를 붙잡기 위해 횡설수설하기 시작했다.

"그 아이는 저와 같은 아프리카 사람이에요. 너무 배고파하는 아이라고요. 그 아이가 한 가지 음식이 너무 먹고 싶다고 합니다."

카이스트라는 아차 했다. 그제야 하얘졌던 머리가 본래로 돌아왔기 때문이다.

아테네를 하는 유저들은 대부분 비슷하다. 좋은 아티팩트를 원하고 보상을 원한다. 그런데 자신은 그런 것도 말하지 않고 다짜고짜 부탁하고 있었다.

마을로 가면 구걸을 하는 유저들도 심심치 않게 찾아볼 수 있다. 자신과 그들이 다를 바가 뭔가.

그는 횡설수설하며 말했다.

"원하는 게 뭐죠? 당신이 가장 원하는 게 있다면……"

"제가 원하는 거요?"

사내는 그 말에 대답했다.

"세상에 배고픈 사람들이 없는 거요."

"……!"

그 말을 들은 카이스트라. 그의 고개가 천천히 들렸다.

그제야 사내의 얼굴이 보였다. 날카로운 콧대와 다르게 사슴

같은 눈망울을 지녔으며 키 또한 훤칠했다.

순간 누군가와 이미지가 겹쳐 보였다.

심지어 조금 전 그가 했던 그 말. 들어본 적이 있다.

일화그룹 회장 강민후는 한 봉사 기관과의 인터뷰에서 이렇게 말했다.

'강민후 회장님께선 아프리카를 위한 지원뿐만 아니라, 우리나라 고아원, 양로원 등에도 막대한 지원을 아끼지 않으신데요, 그 이유가 있나요?'

'세상에 배고픈 사람들이 없길 바라기 때문입니다.'

카이스트라는 입술을 떨며 물었다.

"당신은 누구입니까?"

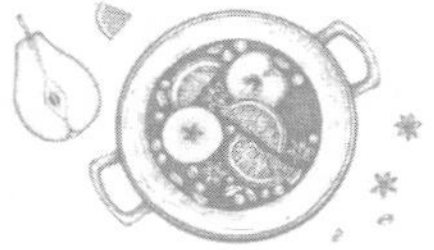

3장
설거지를 하는 신의 사자

먹고 싶어도 먹지 못하는 배고픔. 그것은 정말 끔찍한 일이다.

예전에 스스로가 방에 갇히는 치료법을 선택했던 민혁은 그 배고픔을 이기지 못하고 휴지까지 먹어치웠다. 그 정도로 배고프다는 것은 지옥과 같았다. 자신의 경우 많은 것을 가졌지만 희귀병에 의해 먹지 못했던 거지만.

민혁은 배고픔에 허덕여 괴로워하다가 한 번씩 다른 사람들을 생각했다. 특히 소년 소녀 가장! 그 아이들은 돈이 없기에, 쌀이 없기에, 그 몇백 원 하는 라면이 없기에 배를 주린다.

요즘 세상에 그런 사람이 어디 있냐고? 생각보다 많다. 단지, 보이지 않는 것이고 숨겨진 것일 뿐이다.

때문에 민혁은 자신도, 그리고 다른 사람들도 배고프지 않았으면 좋겠다고 생각한다. 그 고통을 누구보다도 더 잘 알기에.

앞에 있는 아프리카 소년이 질문했다.

"당신은 누구입니까?"

그 질문의 의도를 민혁은 알 수 없었다.

"……맛있는 걸 좋아하는 사람?"

민혁은 이를 드러내 웃었다.

그리고 주변에서 발걸음 소리가 들려오기 시작했다.

"어디야!"

"프라이팬 살인마는?"

"빌어먹을 새끼! 어디로 튄 거야."

"응?"

민혁은 고개를 갸웃했다.

거친 목소리들이 자신을 찾는다. 심지어 자신이 프라이팬 살인마라는 사실도 알고 있다.

'버클과 자빈…….'

그들의 동료들일 확률이 높다. 한데, 그 목소리가 생각보다도 많았다. 어림잡아 서른 명은 넘어 보였다.

카이스트라가 주변을 둘러보며 말했다.

"타세요. 이곳을 빠르게 벗어나야 합니다."

민혁은 잠시 답하지 않았다.

벗어난다? 자신은 귀환서만 찢으면 바로 벗어날 수 있다.

카이스트라가 말했다.

"세상에 배고픈 사람들이 없으면 좋겠다는 거, 너무 행복한 말이네요."

그의 웃음.

카이스트라도 누구보다 배고픔을 알았다. 배가 고파 죽어가는 자들을 보아왔고. 스스로도 배가 고파 나무껍질을 뜯어먹고, 배탈이 났음에도 또 다음 날 나무껍질을 뜯어서 먹었었다.

카이스트라가 말했다.

"제 동생에게 맛있는 요리를 해주실 수 있나요? 그럼 저도 그에 따른 합당한 보상을 해드리겠습니다."

그 말에 민혁은 고개를 끄덕였다. 이것은 공짜가 아니었다. 합당한 보상을 받고 움직이는 거다.

사실 민혁은 굳이 받지 않아도 괜찮았다. 하지만 받아야 하는 이유가 있었다.

그 이유는 간단하다. 카이스트라는 민혁에게 부탁했으며 애원했다. 그 부탁과 애원을 그냥 해준다면 정말 카이스트라는 민혁에게 그저 바라기만 한 것이 될 테니까. 또한, 카이스트라가 적잖은 힘을 가진 걸 민혁은 느끼기도 했다.

민혁이 펜루스의 위에 올랐다. 그리고 이어 카이스트라도 그 위에 올랐다.

민혁은 투구를 썼다. 그가 지금까지 투구를 벗고 있던 이유는 맷돌로 갈아서 만든 검은 콩으로 우유를 만들어 마시다가 투구에 튀어서였다.

이어 카이스트르가 말했다.

"펜루스, 빛처럼 달려라."

파아아아아앗!

빛줄기가 허공에서 달리기 시작했다.

"……카이스트라?"

그를 찾고 있던 라크는 이해할 수 없다는 표정으로 빛줄기가 되어 사라지는 그를 보았다.

바크란 길드도 카이스트라의 펜루스가 달리고 있다는 걸 알 수 있었다. 하지만 프라이팬 살인마는 찾을 수 없었다. 펜루스의 몸에서 흘러나오는 빛은 너무 강렬해, 그 두 사람을 감추고 있었기 때문이다.

"젠장! 프라이팬 살인마는 도대체 어디 있는 거야!"

타다다다다다닷!

매서운 속도로 달리는 펜루스! 단숨에 1㎞를 이동하는 펜루스를 본 민혁은 깜짝 놀랐다.

그러던 때.

[콩이가 소환을 요청합니다.]

"응?"

콩이의 소환 요청에 민혁은 의아한 표정을 지을 수밖에 없었다.

민혁은 콩이를 소환했다.

아기 돼지 콩이가 허공에서 나타나 민혁의 어깨에 내려앉았다. 그리고 혹여나 떨어지지 않게 민혁의 어깨를 꽉 쥐었다.

카이스트라는 고개를 돌려 양은 냄비를 머리에 쓴 콩이를 보았다.

"그게 당신의 사자입니까?"

"……사자?"

민혁은 고개를 갸웃하며 콩이를 돌아봤다.

콩이는 펜루스를 계속 내려 보기만 하고 있었다.

[콩이가 궁금해합니다.]

펫과 주인은 서로의 마음을 어느 정도 읽을 수 있다.

콩이는 지금 자신이 타고 있는 이 펜루스에 대해 굉장히 궁금해하고 관심을 가지고 있었다.

카이스트라의 미간이 찌푸려졌다.

'……뭐지?'

그는 이해할 수 없었다. 민혁이 고개를 갸웃하고 있었다. 그리고 정체 모를 아기 돼지 또한, 펜루스를 모르는 것 같았다.

'5대 화신들은 새롭게 태어난 존재들…….'

5대 화신들은 과거에 존재했다. 그들은 죽기 전 새로운 알을 낳는다.

그리고 다섯의 화신들 사이에서도 서열이 존재했다.

카이스트라는 화신들에 대한 석판에 그려진 그림들을 본

적이 있었다. 넷의 화신들이 예의를 차리고 있었고 가운데에는 '?'로 그려진 정체 모를 화신이 군림하고 있었다. 그는 왕과 같았다.

카이스트라는 다른 화신들의 생김새를 얼추 알았다. 하지만 이 콩이는 그 넷의 화신 모습이 아니었다.

'확인해 볼까?'

나쁜 의도가 아니었다. 민혁은 지금 모른다. 자신이 데리고 있는 게 어떤 존재인지.

카이스트라는 화신의 사자. 그 때문에 화신을 수집하는 게 목적이었다.

그런 그에게는 특별한 능력이 존재한다. 바로 자신의 펫이 아니어도 다른 펫의 능력을 확인하는 거였다.

[화신의 사자 스캔]

[사자를 확인합니다.]

[당신이 범접할 수 없는 존재입니다.]

[스캔에 실패합니다.]

"……!"

그리고 카이스트라는 알 수 있었다.

5대 화신. 그중에서도 가장 높은 위치에 선 자.

"꾸울."

"콩이 배고파?"

배를 문지르며 '밥 줘라, 꿀!' 하는 모습을 보이는 저 아기 돼지.

'저 아기 돼지가…… 왕일 줄이야…….'

그런데 어째서 저런 모습인 걸까? 원래 저런 모습인가?

아니, 그럴 리 없었다.

카이스트라는 자신이 본 것을 말해줘야 한다고 생각했다. 자신은 콩이에 대해 확인했고 그저 훔쳐보기만 한다면 도둑질이니까.

"당신의 펫은 평범한 펫이 아닙니다."

"그렇죠. 돼지죠. 아주 많이 먹는……! 아 참, 그리고 제 비상식량이기도 해요."

민혁은 부들부들 떨다가 소곤소곤 말했다.

카이스트라는 잠시 말문을 잃었다.

'화, 화신의 사자…… 그것도 왕이 비, 비상식량……?'

그는 곧 침착한 표정을 유지하며 말했다.

"당신이 가진 아기 돼지. 그는 다섯의 화신 중 하나입니다."

그리고 카이스트라는 다섯의 화신들에 관한 이야기를 설명하기 시작했다.

신이 있는 것처럼 화신들도 존재한다. 다섯의 화신. 그들은 세계 곳곳에 존재하는 신과 같은 존재로 몬스터 혹은 동물들의 형태를 가지고 있다.

"화신들은 각기 엄청난 힘을 가지고 있습니다. 이 펜루스 또한 마찬가지죠. 사실 이 펜루스 덕분에 제가 지금 이 자리에 있는 걸지도 모르고요."

카이스트라는 아프리카 소년. 때문에 야수를 다루는 데 능숙했다.

그렇게 처음 몬스터 테이머라는 직업으로 움직이다가 놈들과의 친밀도를 극도로 끌어올렸다. 그러다 보니 '화신의 사자'인 신 클래스로 전직할 수 있었다.

"제가 당신께 말씀드릴 수 있는 건 이것밖에 없습니다."

카이스트라가 고개를 돌려 민혁을 보았다.

"세상에 신이 존재한다면 그 신들조차도 주무를 수 있는 자. 그게 바로 당신의 화신일 것입니다."

민혁은 고개를 돌려 콩이를 보았다. 콩이는 작은 유리병에 담긴 검은콩 우유를 벌컥벌컥 들이켜더니 다 마시고는 입에서 떼어내며 감탄했다.

"꿀!"

다 먹은 후, 아쉽다는 듯 입맛을 다시는 콩이. 콩이가 유리병을 툭툭 두드렸다.

"꾸울!"

더 먹고 싶다, 꾸울!

"이 녀석이요……?"

카이스트라의 고개가 끄덕여졌다.

"쉽게 표현하면 왕입니다. 그런데 이 왕에게는 비밀이 많은 것 같군요."

카이스트라의 입가에 쓴웃음이 감돌았다.

이 왕이 가진 비밀. 그 비밀은 민혁이 풀어야 하는 비밀.

하지만, 카이스트라가 일부 도와줄 수는 있었다.

'펜루스의 숨결.'

펜루스의 숨결은 다른 펫, 소환수들을 진화시킬 수 있는 힘을 내재하고 있다. 하지만 이는 무척이나 값졌고 사용하면 펜루스가 며칠 동안 힘을 쓰지 못한다. 또한, 그 주인인 자신이 페널티를 가지게 되는데, 기본 스텟-10 영구 소멸이다.

하지만 카이스트라. 그는 생각했다.

'이 사람에 대해서 더 알게 되면…….'

그걸 쓸지 말지 결정될 것이다.

카이스트라의 부름을 받은 리체는 서둘러 게임에 접속했다. 그는 아주 작은 마을인 헤스덤에 있었다.

그리고 민혁과 리체는 헤스덤에서 만났다.

민혁은 리체에 대한 이야기를 오면서 얼추 들을 수 있었는데, 리체는 13살 소년이었고 키가 무척이나 작았다.

민혁은 리체에게 레시피 창조 스킬을 사용했다.

(리체를 위한 닭죽 레시피)

필요 재료: 달빛 받은 닭, 보르타의 당근, 크론니의 양파……. (생략)

기대 요리 등급: 유니크~전설

기대 효과:

• 추억의 맛을 살린다.
• 활기 15%.

아테네는 사람의 뇌파를 측정하고 지금 그 사람의 심리, 가장 먹고 싶어 하는 것, 원하는 것을 읽는다. 때문에 리체가 먹고 싶어 하는 닭죽이 레시피로 단숨에 떴다.

그리고 놀라운 건. 추억의 맛을 살린다고 되어 있다.

어떻게 그런 게 가능하지? 하는 생각이 들었다.

일단 현재 가진 재료로 전부 대체했다.

(리체를 위한 닭죽 레시피)

필요 재료: 퍼스튼의 닭, 해토의 당근, 은빛 양파……. (생략)

기대 요리 등급: 레어~에픽

기대 효과:

• 추억의 맛을 살린다.
• 활기 8%.

다행이었다. 추억의 맛을 살린다는 부분은 변하지 않았다.

민혁은 닭죽을 만들기 위한 준비에 들어갔다.

먼저 닭을 삶았다. 닭을 삶으면서 올라오는 기포는 전부 건져냈다. 그다음 잘 삶아진 닭을 건져낸 후에 닭고기의 닭을 얇게 찢었다.

그리고 닭 국물. 그 국물로 잘 불린 찹쌀과 다져진 양파, 당근,

파 등을 함께 넣고 끓이기 시작했다.

부글부글-

그리고 눌어붙지 않게 나무 주걱을 이용해서 휘휘 잘 저어 주었다.

“와아아아. 맛있을 것 같아요.”

리체가 하얀 이를 드러내 웃어 보였다.

민혁은 작게 웃어주곤 머리를 한번 쓸어줬다. 그러면서 정성스레 닭죽을 끓이기 시작했다.

이어 완성된 요리는 아쉽게도 레어 등급이었다.

민혁은 그 닭죽을 자신의 식품 보관 인벤토리에 잠시 넣었다.

‘더 뛰어나게 하고 싶어…….’

모르겠다, 어째서인지 모르지만 다소 욕심이 든다.

이 아이는 생명이 위태롭다고 하였다. 이 배고픈 아이에게 선물을 주고 싶었다.

그는 닭죽을 끓였다. 그리고 만족하지 못하면 인벤토리 안에 넣었다. 이게 끝나면 모두 자신이 먹어치울 것이다.

민혁은 혼신의 힘을 다했다. 평소의 자신의 입에 들어가는 게 최고라고 생각하는 그답지 않은 모습이었다.

하지만 지금은 달랐다.

‘내 요리를 먹고 행복해하는 거.’

그걸 민혁은 근래에 느꼈다.

지금처럼 온 힘을 기울인 적은 없는 것 같다. 쥬이스 신을 위한 요리를 했을 때도 말이다. 어쩌면, 그것은 리체가 자신과 같아 보였기 때문이 아닐까? 그가 행복했으면 해서이지 않을까.

그러다 문득 눈물이 차오르려고 했다.

세상에 배고픈 사람들이 없었으면 좋겠다. 그런데, 그게 잘 안 된다. 자신이 해줄 수 있는 건 지금, 요리밖에 없다는 게 미웠다.

닭죽을 다 끓여낸 후에 그는 그릇 위로 잘 담았다.

그 순간 알림이 울렸다.

[닭죽을 완성하셨습니다.]

[리체만이 버프 효과를 볼 수 있는 요리입니다.]

[레시피 창조 스킬 요리는 한 사람당 한 달에 하나씩의 요리만 맛볼 수 있습니다.]

[무아지경. 당신의 '간절함', '즐거움', '노력', '슬픔'이 들어간 요리입니다.]

[무아지경에 따라 버프 효과가 더 좋아집니다.]

[에픽 등급입니다.]

[손재주 4를 획득합니다.]

[명성 10을 획득합니다.]

[업적 포인트 1,000을 획득합니다.]

드디어 완성했다.

무아지경에 자그마치 네 개의 항목이 들어가 있었다.

한데, 알림은 거기서 끝나지 않았다.

[시크릿 퀘스트 '당신의 깨달음'을 완료했습니다.]

[보상으로 직업 퀘스트인 많은 인간을 배불리 하라의 만족도가 대폭 상승합니다.]

[만족도가 100%가 되었습니다.]

[신의 요리 두 번째. 레스토랑 풀코스를 보상으로 획득합니다.]

민혁은 눈을 크게 뜰 수밖에 없었다.

현재 민혁의 만족도는 50%대였다. 그런데 지금 그 퀘스트가 완료된 것이다.

그와 동시에 민혁의 앞으로 레스토랑 풀코스가 생겨났다. 부드러워 보이는 식전 빵과 브로콜리수프, 아주 먹음직스러워 보이는 스테이크, 까르보나라, 돼지고기필래프까지. 민혁은 흥분감을 감출 수 없었다.

그때 민혁의 앞으로 정체 모를 문구가 떠올랐다.

[나의 후예라면 자기 먹기 바쁠 것을 나는 어림잡아 알고 있었다. 하지만 언젠간 진심으로 남을 위해 요리해 주는 날이 올 거라는 것도 믿었다.]

문구는 거기까지가 끝이었다.

즉, 식신이 남긴 두 번째 직업 퀘스트인 '많은 인간을 배불리 하라'는 애초에 이런 의도였을 확률이 높다.

어쩌면 식신이란 직업을 가진 민혁에게는 그 무엇보다 어려운 문제였을지도 모른다. 때문에 두 번째 신의 요리를 얻지 못한다면 세 번째도, 네 번째로도 갈 수 없었던 걸지도 모른다.

민혁은 흐뭇한 미소를 지었다. 때아닌 선행이 보상으로 다가온 것이다.

그리고 민혁은 모락모락 김을 피워내는 닭죽과 아주 잘 익은 배추김치를 리체의 앞에 놔줬다.

'와, 정말 아름다워.'

다져진 양파와 당근, 그리고 대파가 하얀빛의 닭죽에서 보기 좋은 색을 띠고 있었다.

리체는 기대감 어린 표정으로 앞에서 부드럽게 웃는 민혁을 보았다.

곧이어 민혁의 앞에도 똑같은 닭죽이 생겨났다.

"닭죽은 잘 익은 김치와 먹으면 최고지."

민혁이 뜨끈뜨끈해 보이는 닭죽으로 수저를 가져갔다. 그리고 한번 뒤적거리자 뜨거운 김이 솨아아- 올라왔다.

그것을 입 앞으로 가져다 '후, 후'하고 조심스레 불었다. 그다음 입에 넣자 닭고기의 담백한 육수와 밥알이 만나 딱 좋은 맛을 냈다.

리체도 그를 따라 닭죽을 퍼서 후! 후! 불어준 후에 입에 넣어봤다. 따뜻하면서도 부드러운 닭죽이 입안 가득 퍼져 나가

자 흐뭇한 미소가 감돌았다.

리체는 민혁을 유심히 보았다. 그가 닭죽을 퍼서 김치 하나를 척하고 올린다.

리체도 김치 하나를 올린 후에 입에 넣어봤다. 다소 느끼할 수 있는 닭죽의 맛을 매콤달콤한 김치가 잡아줬다. 하지만 리체에게는 김치라는 생소한 음식이 무척 매웠다.

"하…… 매워."

혀를 내밀고 손 부채질을 하던 리체가 물을 벌컥벌컥 들이켰다.

희한하게, 그 매운 배추김치라는 존재에 계속 손이 갔다. 리체는 닭죽과 배추김치를 계속 함께 먹었다.

그러다가 문득 앞의 사람을 보았다. 그는 어느덧 닭죽을 뚝딱해 내고는 레스토랑 풀코스를 먹을 준비를 하고 있었다.

레스토랑 풀코스 요리.

순식간에 닭죽을 뚝딱 해치운 민혁은 먼저 식전 빵을 집어 들었다. 식전 빵은 따뜻하면서도 겉은 바삭했다.

그 따뜻한 빵을 쭉 찢어서 소스에 찍어서 먹어봤다. 입가에 미소가 감돌았다.

식전 빵을 다 먹은 후에는 따뜻한 브로콜리수프로 입맛을 돋웠다. 부드럽고 풍부한 맛을 내는 브로콜리수프를 다 먹었을 때쯤엔, 이제 메인 요리가 보인다.

스테이크, 까르보나라, 필래프.

먼저 소고기를 잘 썰었다. 겉은 노릇노릇 잘 익었지만 썰자 육즙과 함께 붉은빛이 감돈다.

그것을 포크로 찍어서 입에 가져갔다.

미디움 레어. 민혁이 선호하는 굽기. 딱 맞았다.

입에 넣고 씹자 퍼지는 육즙과 부드러운 고기의 질감. 그리고 함께 구워진 양파, 버섯의 향이 나는 것 같다.

빙그레 미소 짓다가 이번엔 까르보나라 스파게티.

아마 우리나라 사람들은 스파게티 중 두 가지를 가장 선호할 거다. 토마토 스파게티와 까르보나라다. 그리고 민혁은 개인적으로 까르보나라를 좋아했다.

왼손으로 수저를 쥐고 오른손의 포크를 쥔 손으로 면을 집는다. 포크에 들린 면을 수저로 가져다 살살 돌린다. 그러면 포크에 면이 부드럽게 감긴다.

김을 모락모락 피워내는 까르보나라. 그것을 입으로 가져다 씹었다.

우물우물-

풍부한 우유의 맛이 느껴진다. 그 외에 베이컨, 양송이버섯 등의 맛이 입안에 퍼진다. 진득하고 풍부하며 고소하다. 딱 이 표현이 맞을 것이다.

그리고 돼지고기필래프. 숟가락으로 뜨자 고기와 갖은 다져진 야채가 보인다.

입에 넣고 씹자 그 맛들이 한데 어울려 즐거운 맛을 더했다.

'정말 맛있어……. 족발을 먹었을 때하고 다르지 않아…….'

최고였다. 감탄이 나올 정도다. 족발에 이은 두 번째 레스토랑 풀코스는 감탄에 감탄이 나온다.

그렇게 어느덧 뚝딱 다 먹어치웠다.

그리고 리체도 때마침 혼자서 닭죽 한 그릇을 뚝딱 먹어치웠다.

"배불러……."

그에 민혁은 고개를 갸웃했다.

"일인 백 그릇이 기본인데, 벌써 배불러?"

"네, 너무너무 배불러요!"

민혁은 이해할 수 없었지만, 소년 리체의 웃음에 자신도 빙긋 웃었다.

그러던 중, 알림이 들렸다.

[신의 요리 중 두 번째 요리. 레스토랑 풀코스를 드셨습니다.]

[버프량 100%가 증가합니다.]

[유혹의 요리 스킬을 획득합니다.]

[명성 50을 획득합니다.]

'유혹의 요리?'

민혁은 고개를 갸웃하며 곧바로 열람해 봤다.

(유혹의 요리)

엑티브 스킬

레벨: 1

사용 시 페널티: 모든 스텟-2

효과:

•상대방이 원하는 레시피를 창조해서 먹일 시 테이밍 할 수 있을지도 모르며 다양한 조건에 따라 확률이 상승하거나 낮아진다.

•본인보다 레벨 100 이상의 존재는 테이밍 할 수 없다.

•현재 가능 횟수 3/3

꽤 흥미로운 스킬. 말 그대로 요리를 이용해서 수하를 종속시키는 것이었다.

하지만 어떻게 보면 조심해야 했다.

'입이 늘어날지도 몰라……!'

입이 늘어나는 건 피해야 하니까.

그리고 그때 카이스트라가 다가왔다.

"어때?"

"정말 맛있었어, 카이스트라. 놀랍게도 먹는데 그때의 그 기억이 새록새록 떠올랐어……! 아니, 그때보다 더 맛있었어."

카이스트라는 그에 활짝 웃었다.

그 모습을 보며 민혁도 피식 웃었다.

'이제야 좀 어린애답네.'

그는 누가 봐도 영락없는 소년이었으니까.

카이스트라는 이 고마움을 어찌해야 할지 모르겠다는 표정이었다.

그러던 중, 민혁이 말했다.

"마을에 아이들이 더 있죠?"

"네, 더 있습니다."

민혁이 웃으며 말했다.

"접속시켜요. 요리를 대접할 테니, 대신에 모든 재룟값은 카이스트라. 당신이 부담하는 겁니다. 그에 따른 값 지불도 잊지 마시고요."

카이스트라는 그에 빙긋 웃었다.

'손해는 보지 않으려고 한다. 그리고 나를 배려하는 게 느껴져…….'

민혁은 섬세했다.

만약 민혁이 '값은 받지 않겠습니다'라고 했다면 카이스트라는 어쩔 줄을 몰라 했을 것이다.

카이스트라는 힘이 있는 사람이었다. 충분히 그 값어치를 제시할 수도 있는 사람이다. 때문에 민혁은 그에게 받을 것을 받고 그 고마움을 덜어주려는 거였다.

현실.

카이스트라는 아침이 되자마자 곧바로 리체의 집으로 찾아갔다. 리체는 일찍 일어나 물을 마시고 있었다.

"카이스트라. 그냥 감기였나 봐! 몸이 쌩쌩해!"

리체가 활짝 이를 드러내 웃었다.

카이스트라가 서둘러 다가가 그를 꽉 껴안았다.
"다행이야, 리체…… 정말 다행이야……."
"응, 카이스트라."
리체는 부드럽게 카이스트라의 등을 쓸었다. 그의 눈에서 눈물이 흘렀다.
한참을 그렇게 있다가 두 사람은 함께 밖으로 나왔다.
"아니야, 내가 먼저 먹을 거야!"
"나도! 나도!"
그리고 마을 아이들의 웃음소리가 들린다.
"어제 그 요리사가 해준 요리를 먹었는데, 정말이지 맛있었다고!"
"정말 맛있었어, 근데 그분 되게 특이해!"
"왜에?"
"세상에! 치킨은 일인 백 닭이라면서 혼자서 이따만큼 먹어치웠다니까?"
"우와아아아아."
그렇다. 아프리카 아이들에게 어제 민혁은 '치느님'의 위대함을 가르쳐 줬던 것이다.
카이스트라의 입가에 웃음이 감돌았다.
그리고 카이스트라. 그는 곱씹었다.
'강민후 님, 그리고 민혁 님.'
너무나도 겹쳐 보이는 게 많았다.
과거 박문수에게 대한민국 사람들이 배고픔이라는 걸 아느냐고 물었을 때, 그는 이렇게 답했다.

'아주 가까이에 그런 이가 있지, 그걸 누구보다 잘 아는 게 회장님이시기도 하고.'

그리고 민혁은 항상 배고픈 사람 같은 행동을 보였다.
카이스트라는 무언가를 결심한 표정으로 아테네에 접속했다.

아테네에 접속한 카이스트라는 아이들을 배불리 먹이고 자신 또한 배불리 먹고 있는 민혁을 볼 수 있었다.
그런 그에게 다가갔다.
"이제 제가 보답하겠습니다."
카이스트라는 빙긋 웃었다. 민혁의 어깨 위에 아기 돼지 콩이도 함께 있었다.
카이스트라가 펜루스를 소환했다. 그리고 펜루스와 카이스트라가 눈을 맞췄다.
거대한 하얀 빛 털을 가진 늑대, 펜루스는 카이스트라의 눈을 그저 바라보았다. 그리고 마음속으로 물어왔다.

[카이스트라. 정말 내 숨결을 모두 저 화신에게 줄 생각인 거야?]

그에 카이스트라의 고개가 끄덕여졌다.

이 숨결은 다른 펫들의 힘도 올려줄 수 있는 놀라운 힘을 가졌으나, 사용할 수 있는 회수가 제한되어 있으며, 결국에는 소모된다.

하지만 그에도 카이스트라는 고개를 끄덕이며 웃었다.

[펜루스. 저 사람은 내게 은인이야.]

펜루스의 고개가 천천히 끄덕여졌다.

[난 언제나 너를 믿고 따른다. 카이스트라.]

펜루스가 작게 웃음 지었다. 카이스트라도 작은 미소로 화답했다.

곧 카이스트라는 천천히 민혁에게 걸어갔다.

민혁이 물었다.

"리체의 상태는 어때요?"

"감기였나 봅니다. 쌩쌩해졌어요."

그에 민혁은 활짝 웃었다.

"다행이네요."

자기 일처럼 기뻐하는 민혁. 그를 보며 카이스트라가 웃음을 지었다.

그리고 물었다.

"혹시 당신 아버지의 존함이 '강', '민' 자, '후' 자 맞습니까?"

"……!"

민혁은 그 말을 듣고 눈을 크게 떴다가 표정을 서둘러 지웠다. 하지만 카이스트라는 작은 웃음을 지었다.

그가 천천히 한쪽 무릎을 꿇었다.

자신은 한 사람에 의해 새로운 삶을 살게 되었다. 그는 일화 그룹 회장 강민후. 그는 자신에 대해 알지 못하겠지만 자신은 그를 아끼고 존중한다. 그리고 지금, 그의 아들에게서 두 번째 은혜를 입었다.

한쪽 무릎을 꿇은 카이스트라. 그가 양손을 모으고 기도를 올렸다.

"움바드 아바드 사 바트."

부족의 의식.

카이스트라 부족에는 이런 말이 존재한다.

'은혜를 입으면 잊지 말아야 한다. 또한, 그를 영원히 소중한 친구로 기억하라.'

그와 관련한 의식이었다.

그 주문을 전부 중얼거린 카이스트라. 그가 천천히 눈을 뜨며 민혁을 보았다.

"당신은 모르지만, 전 당신의 아버지께도 은혜를 입었었지요. 그런 당신께 저는 보답하려 합니다."

민혁은 당혹한 표정으로 그를 보았다. 그의 이마에서 삐질 삐질 땀이 흐르기 시작했다.

'이, 이거 익숙한데?'

그리고 이어 카이스트라가 충격적인 말을 뱉어냈다.

"당신을 모시고 따르겠습니다. 민혁."

"……!"

카이스트라. 비공식 세계 랭킹 9위 신 클래스이며 레벨 482인 화신의 사자.

그때 일화그룹이 오지 않았다면 애초에 카이스트라는 이 자리에 없었을지도 모른다. 어쩌면 새로운 생명을 그와 그 아버지가 주게 된 것이나 다름없을지도 모른다.

카이스트라는 자신이 뱉은 발언에 한 점 후회도 없었다. 그라면, 그의 아버지라면. 영원히 따를 수 있을 것 같았다.

그리고 잠시 머뭇거리던 민혁. 그가 떨리는 입술로 물었다.

"설거지 잘해요?"

"……?"

카이스트라. 그는 뽀득뽀득 설거지하고 있었다.

고무장갑을 끼고 마을의 구석에 쪼그리고 앉아 수세미에 거품을 내서 그릇을 닦는 모습!

[카, 카이스트라…….]

펜루스가 당혹한 듯 그를 바라보았다.

카이스트라가 이를 드러내 웃었다.

"나, 난 괜찮아, 펜루스. 저, 정말이라니까?"

순간 펜루스는 카이스트라의 눈이 이슬에 젖어 촉촉해진 걸 볼 수 있었다.

펜루스가 본 카이스트라는 어렸지만, 카리스마를 가진 소년이었다. 또한, 그에 걸맞게 세계 비공식 랭킹 9위의 지존 중의 지존이었다.

그런 카이스트라. 그가 지금 쭈그려 앉아 설거지를 하다니!

['대, 대체 저자는…….']

펜루스는 놀란 표정으로 민혁을 보았다. 천하의 카이스트라를 설거지꾼으로 부려먹을 줄이야.

곧 카이스트라가 말했다.

"펜루스, 저기 쌓여 있는 설거짓거리 좀 가져다줘."

5대 화신 중 하나인 빛의 화신 펜루스. 그는 지금 카이스트라를 도와 설거지 보조가 되었다.

그러던 중.

"꾸우울……! 꿀꿀!"

카이스트라의 옆에 있던 한 존재가 눈을 부라리며 접시를 가리켰다. 바로 콩이였다.

콩이는 닦이지 않은 기름때를 가리키며 양 허리 위로 손을 올렸다.

똑바로 해라, 꾸울!

본래 설거지 담당은 바로 콩이였다. 때문에 콩이는 고참으로서 카이스트라를 마구마구 부려먹고 있는 것이었다.

카이스트라는 말문을 잃었다.

'나 화신의 사자인데…… 돼지한테 혼나고 있다…….'

심지어 콩이는 당근과 채찍 전략을 위해 혼을 내다가도 카이스트라의 어깨를 툭툭 두들겨 줬다.

"꿀!"

열심히 하면 메인 설거지꾼 시켜주겠다, 꿀!

그 모습은 꽤 귀엽기도 했다.

그러다 카이스트라는 콩이의 발을 보게 되었다.

카이스트라는 강아지, 고양이와 같은 흔하게 가정집에서 키우는 존재들도 매우 좋아하는 편이었다. 그리고 그런 녀석들은 희한하게도 발에서 구수하면서도 꼬순 내가 났다.

묘한 중독성!

카이스트라는 실제로 고양이를 한 마리 키우고 있기도 했다.

그는 콩이의 발 냄새를 킁킁거리며 맡았다가 눈을 크게 떴다.

'이, 이 냄새는……!'

콩이의 발 냄새를 맡은 카이스트라는 경악했다.

민혁은 설거지하는 카이스트라를 보면서 눈물을 삼켰다.

'이, 입이 또 하나 늘었어…….'

정말 세상은 자신에게 왜 그러는지 모를 노릇이다.

그러다가 고개를 저었다.

'카이스트라는 분명히 고레벨 랭커야.'

그가 어느 정도까지 랭커인지는 민혁은 알지 못했다, 하지만 분명히 강한 존재. 때문에 재료를 얻어달라는 심부름 같은 것도 시킬 수 있다.

물론 민혁은 카이스트라를 수족으로 부릴 생각은 없었다. 한데, 카이스트라는 그걸 원하는 눈치였고 일단은 설거지 담당을 시킨 것.

민혁의 엘레의 식칼은 자유자재의 모양으로 변형된다. 또한, 프라이팬이나 혹은 식칼 둘 다 자동 세척 기능을 탑재했다. 하지만 수북하게 쌓인 그릇은 아니다.

하루에 민혁이 쓰는 접시의 숫자만 약 400개가 넘는다. 본래 콩이가 그 일을 도맡아 하고 있었는데, 설거지꾼이 더 생긴 셈.

그러던 중, 카이스트라가 달려왔다.

"미, 민혁 님……!"

놀란 표정의 카이스트라는 콩이를 품에 안고 있었다.

"꿀!"

[콩이가 심술이 납니다.]

콩이가 카이스트라를 노려봤다. 하지만 카이스트라는 콩이를 안고 민혁에게 데려갔다. 그러더니, 말했다.

"바, 발 냄새 좀 맡아보세요. 혀, 혁신입니다!"

"……?"

민혁은 얘 왜 이러나 하는 표정으로 보았다. 그러다가 곧 그 말처럼 콩이 발 냄새를 맡아보곤 눈을 크게 떴다.

"코, 콩아 너……."

민혁은 경악했다.

"족발 냄새가 나……."

그렇다. 이제부터 족발이 먹고 싶으면 콩이 발 냄새를 맡으면 되는 것이었다.

[콩이가 자신만만해합니다.]

콩이가 어깨를 으쓱거리며 팔짱을 끼고 펜루스를 보았다.

넌 이런 거 없지, 꿀?

펜루스는 전혀 부럽지 않았지만 카이스트라의 옆으로 다가왔다.

"제가 드리기로 했던 게 아직 남아 있습니다."

민혁이 고개를 갸웃했다.

"이제부터 콩이의 힘을 개방시킬 겁니다."

"……오."

민혁은 은근히 기대하는 표정으로 콩이를 보았다.

콩이는 민혁이 두 번째 신의 요리인 레스토랑 풀코스를 먹었을 때 함께 먹으며 1 레벨업을 했다.

(콩이)

등급: ???

종류: 펫

레벨: 6

공격력: 713

방어력: 3,541

하루 소환 가능 시간: 5시간

소환 대기 시간: 19시간

특수 능력:

- 명약이 근처에 있다면 바로 감지해 낸다.
- 펫 소유자 공격력 14% 상승
- 펫 소유자 방어력 9% 상승
- 패시브 스킬 보호 본능
- 아티팩트 세 개 착용 가능

성장 조건:

- 주인이 맛있는 걸 먹을수록 경험치가 올라가 진화한다.

잠재력: 184

경험치: 32%/100%

공격력이 조금 상승했고, 아티팩트 두 개 착용에서 세 개 착용으로 늘어났다.

펜루스가 천천히 콩이의 앞으로 다가갔다.

"꾸울?"

콩이는 무서운 것인지 민혁에게 안아달라는 듯 쪼르르 날아왔다. 민혁이 콩이를 안아 들었다.

이윽고 펜루스의 입에서 새하얀 빛이 흘러나오기 시작했다. 그리고 그 빛은 천천히 콩이의 몸속으로 빨려 들어가기 시작했다.

"꾸우울……!"

[펜루스의 숨결]

[신성한 화신인 펜루스의 숨결은 숨겨진 힘을 개방시키거나 혹은 레벨업 시킬 수 있는 힘을 가지고 있습니다.]

쏴아아아아아아-

펜루스의 숨결은 계속해서 콩이의 몸속으로 빨려 들어갔다.

콩이의 눈이 꿈뻑꿈뻑 감기고 있었다.

"펜루스의 숨결은 이질적이지 않고 따뜻하고 포근하죠."

민혁은 고개를 끄덕였다.

곧이어 펜루스의 숨결이 멎었다. 그리고 잠시 눈을 감고 있던 콩이의 눈이 부릅떠졌다.

그와 함께.

파아아아아앗!

밝은 빛이 터져 나오며 콩이의 몸이 허공으로 떠오르기 시작했다.

아테네는 세계 수십 개의 나라에서 운영되고 있었으며 나라마다 있는 제국과 맵, 필드가 모두 달랐다.

그리고 지금, 프랑스 아테네 서버. 지옥의 전장.

본래 이름은 '바함의 필드'였다. 하지만 유저들은 대부분이 지옥의 전장이라는 이름으로 부르고 있었다.

그 이유는 간단하다. 그 누구도 개척해 내지 못한 땅이었기 때문이다.

프랑스에 있는 길드 랭킹 4위의 검은 장미 길드가 사백여 명의 길드원들을 이끌고 이곳 지옥의 전장 클리어를 시도했던 적이 있었다. 하지만 결과는 대실패로 끝나고야 말았으며 놀랍게도 3시간도 되지 않아 모두 전멸해 버렸다.

그리고 바로 지금. 그 지옥의 전장에 단 한 명의 사내가 서 있었다.

금발의 짧게 친 머리카락. 그는 부드러운 천 옷만을 입고 있었으며 한 손에는 부채를 들고 있었다.

곧이어 그의 몸에서 붉은빛 섬광이 터져 나갔다.

파하아아아앗!

[왕의 부름]

[70~90% 확률로 어그로 끌며 사용자의 스텟 30%를 30분 동안 증가시켜 줍니다.]

투두두두두두두두!

곳곳에서 그의 붉은빛 섬광을 마주한 몬스터들이 이성을 잃고 달려오기 시작했다. 수백 마리는 족히 되어 보이는 몬스터들.

순간 사내가 자신의 왼손을 부채로 탁하니 내려쳤다.

콰드드드드드득!

등 뒤에서 생겨난 검은 망토가 사내의 몸을 휘감으며 검은 빛으로 번들거리는 풀 플레이트를 만들어가기 시작했다.

촤악!

사내가 들고 있던 부채를 펼쳤다.

그 순간.

쏴아아아아아아아!

허공에 먹구름이 생겨나며 강력한 바람이 불기 시작했다.

"끼헤에에에에엑!"

"캬하아아아악!"

그 바람은 달려오던 몬스터들의 몸 곳곳을 갈가리 찢어발기기 시작했다.

5분이 넘게 지속된 강력한 바람. 즉, 태풍은 몬스터들을 형체도 알아볼 수 없을 만큼 찢어놨다.

사내의 손에서 부채가 저절로 떠올랐다. 그리고 숨통이 끊어지지 않은 몬스터들의 몸 곳곳을 관통하기 시작했다.

푹푹푹푹푹푹푹!

모든 몬스터를 사냥하자 부채가 허공에서 피를 털어내곤 다시 그의 손에 착하고 감겼다.

부채를 다시 접은 그. 그가 가진 부채는 바로 재앙 아티팩트 중 하나인 고락의 바람의 부채. 얼굴을 향해 부채를 한 번 부치면 시원한 바람이 계속 뿜어져 나온다.

하지만 이는 결국 재앙 아티팩트다. 그리고 그 주인인 그가 바로 켄라우헬이었다.

그때 비둘기 한 마리가 내려앉았다.

켄라우헬은 쪽지를 확인했다. 대한민국에서 날아온 쪽지였다.

[클론입니다. 재앙 아티팩트 하나를 프라이팬 살인마라는 유저가 가져갔습니다. 길드원들을 이용해 놈을 추격하려 했지만 이미 사라진 후였습니다.]

켄라우헬은 말없이 쪽지를 보다가 접속을 종료했다. 그리고 이어 캡슐에서 나온 그는 정보를 수집하기 시작했다.

정보는 쉽게 찾을 수 있었다. 프라이팬 살인마. 레전드 길드. 그들이 받은 영토. 그와 관련한 무수히 많은 내용.

그는 키보드를 두들겨 지시 사항을 클론을 비롯한 여러 사람에게 보냈다.

그러던 때였다. 누군가 노크했다.

똑똑-

안경을 쓴 한 노집사는 신사복을 입고 있었다

"도련님, 만찬에 참여하실 시간입니다."

도련님이라 불린 그는 고개를 끄덕이고 몸을 일으켰다.

막 나서려다가 뒤를 돌아 컴퓨터를 봤다. 그리고 조소했다.

그가 밖으로 나섰다.

그가 나선 방의 중앙. 그곳에 있는 커다란 붉은 방패 문양이 그가 귀족 중 한 명임을 암시하고 있었다.

파아아아앗-

콩이의 몸에 맺혔던 강력한 빛이 차츰 사그라들고 있었다.

그 빛 속에서 사뿐사뿐 걸어오고 있는 존재에 민혁이 눈을 크게 떴다.

그는 위풍당당 걸어오며 차가운 표정으로 민혁을 바라보고 있었다. 그리고 곧 카이스트라를 돌아보고는 피식 웃었다.

그는 거만한 표정으로 카이스트라와 민혁, 펜루스를 보더니 곧 민혁을 보며 손을 들어 올렸다. 손등에 키스하라는 듯.

민혁, 카이스트라, 펜루스. 셋 다 말이 없었다.

곧 민혁이 말했다.

"너 솔직히 아무것도 기억 안 나는데, 나는 척하는 거지."

카이스트라의 말에 따르면 콩이는 자신을 자각하지 못할 확률이 높거나, 또는 그 전의 기억이 봉인되었을 확률도 있다고 했다. 대부분의 화신은 알에서 태어나지만 콩이의 경우 처음 민혁이 보았을 때 알이 아니었으니까.

"꾸울!"

[콩이가 놀라워합니다.]

콩이는 어째서 들킨 건지 이해할 수 없다는 표정으로 그 작은 손을 머리에 대고 생각에 잠겼다.

변함없는 모습이었다.

'어떻게 얘는 계속 모습이 똑같지?'

이쯤 되면 카이스트라가 말했던 화신과 같은 이야기가 신빙성이 사라지는 것일지도 몰랐다.

하지만 레벨업 알림은 자그마치 두 번이었다. 신의 요리 첫 번째를 먹었을 때 단숨에 2 레벨업, 그리고 두 번째는 1 레벨업이었다.

즉, 콩이도 갈수록 필요 경험치량이 많아진다는 건데, 한 번에 2 레벨업을 했다는 건 펜루스의 숨결이 생각보다 강력한 위력을 발한다는 거였다.

민혁은 콩이의 상태창을 확인해 봤다.

(콩이)

등급: 봉인된 식탐의 화신

종류: 펫

레벨: 8

공격력: 2,941

방어력: 3,541

하루 소환 가능 시간: 8시간

소환 대기 시간: 16시간

특수 능력:

• 명약이 근처에 있다면 바로 감지해 낸다.

• 펫 소유자 공격력 20% 상승

• 펫 소유자 방어력 20% 상승

• 패시브 스킬 보호 본능

• 아티팩트 세 개 착용 가능

성장 조건:

• 적들의 피.

잠재력: 184

경험치: 0%/100%

"……?"

민혁은 볼 수 있었다.

등급의 '???'가 봉인된 식탐의 화신으로 변했다. 더불어 공격력이 2,000 가까이 올랐고 공격력, 방어력 버프도 대폭 상승했다.

거기서 추가적인 내용. 성장 조건이 변해 있었다.

'적들의 피?'

민혁은 놀란 표정으로 콩이를 보았다.

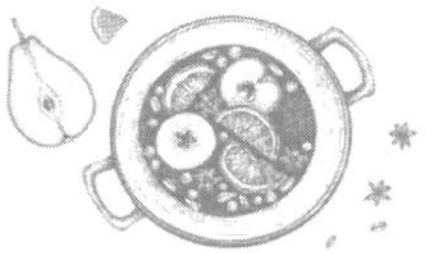

4장
즐거운 식사

'뭐지……?'

평소 콩이의 귀여운 모습들과는 상반되는 성장 조건이었다.

민혁은 상세 설명으로 적들의 피를 확인해 봤다.

[식탐의 화신의 봉인을 풀기 위해선 그의 인정을 받아야지만 합니다. 적의 피란 유저나 NPC 또는 인간형 몬스터 사냥을 표현하는 것이며 적의 강함에 따라 %가 다르게 올라가며 100%를 채울 시에 비로소 식탐의 화신으로 각성할 수 있습니다.]

민혁은 한 가지 사실을 눈치챌 수 있었다. 100%가 되면 콩이가 각성을 한다는 사실이었다.

그리고 각성하지 않은 현재. 지금조차도 콩이는 상당히 강력한 펫이 되어 있었다.

공격력이 3천 가까이 되는 펫은 흔하지 않다. 또한, 콩이의 버프 능력 자체는 놀라울 정도로 뛰어난 편이다. 각 20%씩을 상승시켜 주니.

그리고 바로 그때 귓속말이 날아왔다.

[지니: 민혁아, 다 모았어^^!]

때마침 바로 내일이 아버지의 생일이었다. 그랬기에 기간 내로 원하는 재료가 전부 모이지 않는다면 일단 있는 걸로 대접해 드릴 생각이었다.

민혁의 입가에 작은 미소가 감돌았다.

"카이스트라."

그 부름에 카이스트라가 의아한 표정으로 그를 보았다.

"우리 아버지 보러 갈래?"

"네!"

카이스트라는 그 말에 맹렬하게 고개를 끄덕였다.

박문수. 그는 일화그룹 회장 강민후를 35년 넘도록 모셔온 사내였다.

10살이라는 어린 나이에 고아가 되어 길거리를 누비며 구걸을 하고 다닐 때, 한 사내가 자신에게 손을 뻗어줬다. 그 사내가 바로 강민후였다.

그때의 강민후 회장은 지금처럼 어마어마한 인물이 아니었다. 하지만 차츰 박문수와 함께 성장해 갔다.

그리고 바로 지금. 박문수는 부드럽게 웃음 짓고 있었다.

"회장님, 그렇게도 좋으십니까?"

강민후는 오늘 하루 웃음이 떠나지 않았다. 업무를 처리하다가도 펜을 놓고 '하하하'하고 웃었고 찻잔을 기울이다가도 먼 허공을 보면서 눈시울을 붉혔다.

그리고 그는 박문수에게도 즐거움으로 다가왔다.

"그럼 즐겁지. 자네도 즐거워 보이는데?"

"도련님이 대접해 줄 식사가 기대되는군요."

그에 박문수는 빙긋 웃기만 했다.

자신이 모시는 강 회장님의 이런 미소를 볼 때마다 자신도 너무나 기뻤다. 박문수는 평생 강민후를 위해 살아가리라 약속한 사람이었다.

그리고 두 사람이 접속을 준비했다.

"참, 자네도 아테네 아이디 있다고 했지?"

"아, 네."

박문수는 강민후 회장을 게임 안에서도 보필하고 싶어서 아이디를 만들었다.

하지만 그간 함께 어울려 플레이하지는 못했다.

"아이디가 뭔가?"

"킹갓입니다."

그에 강민후가 부드럽게 웃음 지었다.

"자네 작명 센스도 기가 막히는군."

"그렇지요? 하하핫!"

사실 박문수도, 강민후도 이제 흑염룡과 같은 아이디가 사람들의 놀림거리가 되는 걸 알았다. 하지만 그럼에도 박문수는 '킹갓'을 선택했다. 그 이유는 그의 부끄러움을 함께 나누기 위함이었다.

그러던 중, 강민후는 한 통의 전화를 받았다. 아테네에서 강민후가 고용한 정보 수집꾼이었다.

곧 강민후는 또 한 번 놀랄 수밖에 없었다.

"그래, 계속 말해보지."

바로 그가 찾고 있던 것에 대한 소식이었다.

뛰어난 요리 재료. 아들이 먹으면 기뻐할 재료!

[칼라메의 땅에 그에 대한 정보가 나와 있었습니다. 칼라메 땅에 위치한 '얼음의 절벽'을 지나면 수백 개의 빙산이 솟아난 곳이 나타납니다. 그곳에 딱 하나의 빙산만이 하얀빛을 띠지요.]

"그래서, 그 빙산이 뭐인가?"

강민후의 목소리는 흥분감에 차오르고 있었다.

[그 빙산을 캐내면 놀라운 '얼음 조각'을 얻을 수 있지요.

그런데 그 얼음 조각이 시중에 유통되는 '널빙'의 맛보다 훨씬 더 뛰어나다고 합니다.]

강민후의 눈이 번뜩 떠졌다.

"그, 그게 정말인가?"

민후는 똑똑히 기억하고 있었다. 여름이 되면 항상 아들이 하던 말이 있었다.

'널빙 빙수 크게 한 수저 퍼서 머리가 띵할 때까지 먹고 싶다…….'

그때마다 민후는 가슴이 아플 수밖에 없었다. 애비가 되어 자식의 입에 먹을 것 하나 넣어주지 못하는 자신이 참으로 미웠다.

남들은 흔하게 '날도 더운데 널빙이나 갈까?'라고 하며 카페에 오순도순 앉아 먹는 그 빙수 한 번을 먹이지 못했다.

강민후는 전율했다.

기필코 얻고 마리라. 그리고 그토록 아들이 원했던 딸기 빙수, 메론 빙수, 초코 빙수, 그 전부를 모두 먹이리라.

[하지만 그곳엔 얼음 마녀가 나타난다고 하니, 주의하셔야 할 것 같습니다.]

"고맙네."

통화를 끊은 강민후. 그는 그 다짐을 뒤로하고 지금 해야 할 일을 하기로 했다.

"접속하지."

"네."

강민후는 자신의 집무실 캡슐로, 박문수는 자신의 집무실 캡슐을 통해 접속했다.

흑염룡은 킹갓이 위치한 초보자 마을에 도착했다.

그리고 놀랄 수밖에 없었다. 회장님께서 타고 오신 존재 때문이었다. 6m 길이의 그 녀석은 온몸이 단단해 보이는 흑빛 비늘로 이루어져 있었다.

"아테네 세계 곳곳에 존재하는 전설의 용 중 하나이지, 이름은 브레트니일세."

"그렇군요."

역시 회장님은 대단하다는 생각을 하며 킹갓은 그 위에 함께 탑승했다. 그러자 검은 용 브레트니가 힘껏 날아올랐다.

곧이어 브레트니가 허공을 헤엄치듯 날기 시작했다.

"혹시 어떻게 얻었는지 알 수 있을까요?"

"희한한 일이었네, 난 사람들이 사실 '흑염룡'이란 이름을 비웃고 낄낄거린다는 걸 어느 날 알게 되었지. 하지만 그렇다고 해서 한 점 부끄러워하지 않았다네."

그 말에 킹갓은 고개를 끄덕였다.

"때문에 난 누군가 물으면 당당하게 내가 어떤 이름을 가졌는지 말하곤 했지, 또한 나를 놀리는 자들을 심판했어."

박문수는 알 수 있었다. 강민후는 한다면 하는 사람. 그리고 남들의 비웃음을 자신의 메리트로 만드는 능력까지 갖춘 사내였다.

"그렇게 플레이하던 도중 히든피스 알림을 들었다네."

"히든피스요?"

"그래, 그 히든피스 내용이……."

그는 가물가물한 기억을 떠올리곤 말했다.

"진정한 중이병의 자격을 갖춘 자. 였던 것 같은데."

킹갓은 감탄하며 고개를 끄덕였다.

'역시 회장님께선 뭘 하시든 최고시군. 그런데 중이병이 뭐지? 아……! '중요한 이방인'의 줄임말이 분명해, 그럼 마지막 '병'은 뭘까? 흠…… 아무튼 그 중이병의 최고의 반열에 오르신 게야!'

박문수는 역시나 그는 존경할 사람이라고 생각했다.

어느덧, 브레트니는 약속 장소에 도착해 가고 있었다.

민혁과 카이스트라 그리고 제네럴. 그 외의 식단 관리사 혜진, 즉 아이디 혜진짱 등등은 한 식당을 통째로 빌려 앉아 있었다. 그들은 회장님과 비서가 오기를 기다리던 중이었다.

민혁은 흐뭇한 표정으로 앞에 놓인 케이크를 바라보았다. 아버지가 좋아하시는 고구마케이크였다.

그 옆으로는 거대한 용왕의 대게가 잘 쪄진 상태로 다리와 몸통, 집게발, 대게장이 등껍질에 가득 차 놓여 있었다. 용왕의 대게는 일반 대개보다 두 배 정도는 커다랬다.

그리고 옆으로는 아버지가 좋아하시는 잡채와 돼지갈비찜도 함께 놓여 있다. 물론 재료도 특별한 것들이다.

때마침 안쪽으로 흑염룡과 킹갓이 들어왔다. 두 사람은 이제 막 시작한 듯한 초보자 기색이 역력했다. 얼음 조각을 찾을 때까진 숨긴 후에 놀라게 해주고 싶었기 때문이다.

그가 들어오는 순간, 카이스트라가 고개를 꾸벅 숙여 보였다.

"회, 회장님. 안녕하세요!"

"자네가 카이스트라인가?"

카이스트라는 오랜 시간 만나보고 싶었던 우상을 만나 어쩔 줄 몰라 했다.

그리고 흑염룡은 사전에 민혁으로부터 그 이야기를 들었기에 반갑게 인사해 주었다.

킹갓은 카이스트라를 보며 흐뭇하게 웃었다.

'그때의 그 아프리카 소년이…….'

강민후 회장을 수소문했다. 그 은혜를 갚고 싶어서.

흑염룡은 사람을 자신의 편으로 끌어들이는 놀라운 힘을 가지고 있었다. 한데, 그것이 아들 강민혁에게도 이어져 있었다.

카이스트라는 그렇게 안절부절못하다가 무언가 이상함을 느꼈다. 강민후 회장의 왼손에서 강력한 존재가 꿈틀거리고 있었기 때문이다.

곧 카이스트라와 흑염룡의 시선이 마주쳤다.

흑염룡은 작게 고개를 저었다. 그의 왼팔의 브레트니 또한, 카이스트라가 가진 펜루스의 힘을 얼핏 느끼고 있어 신호를 보냈다.

카이스트라는 그 의미를 알아챘다.

'회장님은 정말 소문대로 게임을 플레이하고 계셨구나, 하지만 그 이유를 숨기고 계셔.'

그리고 카이스트라는 한편으론 놀라워했다.

'그 아들인 민혁 님은 화신의 사자를…… 또, 회장님께서도 강력한 존재를……. 정말 대단한 부자다.'

카이스트라는 고개를 미미하게 끄덕였다.

민혁이 서둘러 그에게 다가가 안내했다.

"아버진, 오늘 여기 앉으셔야 해요!"

"하하하, 녀석."

민후는 그가 앉혀주는 가운데의 자리에 앉았다. 케이크와 푸짐한 식사가 차려져 있었다.

"초 끄셔야죠!"

민혁이 박수를 침과 함께 노래가 시작되었다.

"생일 축하합니다~ 생일 축하합니다~ 사랑하는 아버지, 생일 축하합니다~"

"와아아아!"

"허허, 민망하구나."

"아버지, 초 끄시고 소원 비세요."

강민후는 '후!'하고 초를 끈 후에 눈을 감고 소원을 빌었다.

'내 아들의 병이 언젠간 완치되기를……. 현실에서도 함께 앉아 식사를 하기를.'

그것이 그의 꿈이었다.

그리고 식사가 시작되었다.

먼저 흑염룡이 일자로 뻗어 있는 대게 다리를 집었다. 대게 다리는 반으로 갈라져 있었는데, 하얗고 불그스름한 살이 꽉 차 있었다.

"정말 크구나."

그는 진심으로 감탄했다.

대게 다리는 일반 대게 다리의 2~3배 크기. 그 때문에 살이 실할 수밖에 없었다.

민혁도 흐뭇하게 웃으며 아버지가 먹는 모습을 보고 식사를 시작했다.

대게 다리에 특이하게 생긴 게 포크를 가져갔다. 게 포크를 이용해 대게 살을 위에서부터 아래로 쭈욱 내리자, 대게 살이 길게 분리되었다.

"와, 진짜 통통해……!"

놀라울 정도로 통통하다. 게맛살 크기라고 하면 딱 맞을 거다.

그 오동통한 살점을 민혁은 입에 가져갔다. 따뜻하면서도 풍부한 대게의 맛에 흐뭇한 미소가 감돈다.

누군가는 게맛살과 비슷한 맛이라고 하지만, 그러기에는 대게의 맛은 훨씬 더 고급스럽고 풍부하다.

입에서 부드럽게 씹히는 살을 넘긴 후에 이번에도 또 하나를 다리와 분리한 후에 대게장에 푹 담가 먹어봤다. 고소한 대게장과 대게 살이 만나 밋밋할 수 있는 맛을 잡아주는데, 절로 미소가 감돈다.

그러다가 이번에는 집게발을 집어 든다.

집게발은 미리 민혁이 잘 빠질 수 있게 해놓은 상태. 집게발을 잡고 쭈우욱 당기자 오동통한 살이 나온다.

집게발은 일반 다리와 식감, 맛이 분명히 달랐다. 입에 가져가자 훨씬 쫄깃하며 담백한 집게 다리의 맛이 느껴졌다.

민혁은 흐뭇한 미소를 지었다.

그러다 이번엔 몸통을 집어 들었다.

사각사각-

몸통의 살들을 게 포크로 분리해 냈다.

접시 위로 분리된 살들을 수저를 이용해 그 위에 가득 올려 입에 넣는다.

"크……."

입에서 부드럽게 씹혀 넘어가는 그 맛에 감탄이 절로 터져 나온다.

그렇게 먹어주다가 잡채를 집어 올렸다.

"후루루룹."

탱글탱글한 잡채는 짭조름하면서도 다양한 재료가 풍족하게 들어갔다.

아삭아삭-

시금치, 돼지고기, 버섯, 양파 등이 씹히며 흡족한 맛을 냈다.
그러다 이번엔 돼지갈비찜을 들었다.
갈비는 뜯어야 맛. 돼지갈비찜을 들고 입으로 가져다 쭉 당기자 절로 분리되었다.
'와, 녹는구나.'
절로 분리되는 돼지갈비찜은 얼마나 잘 익혔는지를 보여주는 것과 같았다. 그리고 씹자 입안에서 달콤한 육즙이 퍼져 나간다.
그렇게 차려진 음식을 모두 먹어치울 때쯤이었다.
"배부르구나."
아버지가 말했다.
그의 말에 민혁은 고개를 저었다.
"에이, 아버지 아직 배부르시면 안 되죠!"
"음?"
흑염룡이 고개를 갸웃했다.
그에 민혁이 회심의 미소를 지었다.
"대게장볶음밥과 대게해물라면이 남았잖아요."

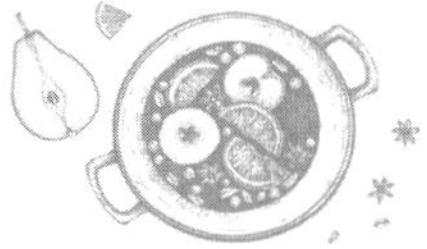

5장
아버지의 마음

"오, 그렇지. 참."

대게를 먹어준 후에 꼭 먹어야 하는 요리가 바로 대게장볶음밥과 대게가 들어간 해물라면이다.

민혁은 대게 껍데기를 들고 대게장볶음밥과 라면을 끓였다. 그리고 모두 완성한 후에 테이블 위로 올렸다.

"호오."

흑염룡은 감탄사를 터뜨렸다. 대게 등껍질 안으로 볶음밥이 꾹꾹 눌러 담겨 있었다.

모락모락 김이 피어나는 볶음밥을 수저로 가득 펐다.

'아주 훌륭해.'

대게장볶음밥에는 대게 내장, 대게 살이 가득 차 있었으며 김 가루 또한 가득 뿌려져 있었다. 또, 참기름이나 간장을 넣고 볶은 후에 깨까지 넣었으니 무척 고소할 것이다.

흑염룡은 수저가 가득 찰 정도로 푼 볶음밥을 입에 넣어봤다.

'정말 맛있어.'

훌륭한 맛이었다. 세상에서 이렇게 맛있는 대게장볶음밥은 처음이었다.

그렇게 두 숟가락을 먹었다가 얼큰한 국물이 당겨왔다.

흑염룡은 대게해물라면을 보았다. 오동통한 오징어와 입을 벌린 홍합, 콩나물, 청양고추 등이 보였다. 척 보기에도 얼큰하고 시원해 보이는 모습!

수저를 가져다가 한 입 떠먹어 봤다.

"허어."

시원함에 절로 탄성이 나온다.

면을 집어 들어 접시에 담았다. 그리고 수저로 국물 몇 스푼을 푼다.

젓가락으로 면을 집어넣으며 국물을 함께 마셨다. 쫄깃쫄깃한 면발과 시원한 국물에 절로 흐뭇한 미소가 감돈다.

"진짜 맛있다……."

"와, 어떻게 이런 맛이 나지."

그뿐만이 아니라, 다른 이들도 감탄하고 있었다. 민혁의 신의 요리, 그리고 손재주 스텟의 영향이었다.

그들은 세상에서 이렇듯 맛있는 요리는 처음이었다. 심지어 분위기마저도 좋았다.

마지막은 모두가 함께 고구마케이크를 잘라서 나눠 먹었다.

민혁은 포크로 고구마케이크를 갈라서 입에 넣었다. 달콤한 고구마의 맛과 부드러운 빵의 맛에 흐뭇한 미소가 감돈다.

조금 목이 막히면 우유를 곁들이자 싸아아- 하고 내려간다.

"그래서 제네럴 군이 말일세."

"악! 쌤, 제네럴이라고 하지 말라니까요."

다 먹은 후엔 웃고 떠든다. 민혁도 그 틈에 앉아서 함께 웃고 있었다.

흑염룡은 그들을 흐뭇한 미소로 바라보다가 창밖을 보았다. 오늘따라 달빛이 유난히 더 밝아 보였다.

오늘 생에 가장 큰 생일 선물을 받았다.

흑염룡. 그는 떠날 채비를 끝마쳤다.

아들과의 즐거운 식사. 이제 그 아버지인 자신이 보답할 차례였다.

그는 만반의 준비를 갖추고 칼라메의 땅으로 향했다.

칼라메의 땅은 무척이나 추운 곳이었다. 한여름에도 눈이 내리고 빙 속성 몬스터들이 즐비한 곳이었다.

유저들은 칼라메 땅에서의 사냥을 꺼려했다. 평범한 몬스터, 평범한 경험치량, 평범한 아티팩트 드랍. 그것을 떠나서 칼라메의 땅은 너무나 추웠기 때문이다. 몬스터들과 싸우다가 흘린 땀이 곧바로 얼어버릴 정도였으며 유저들 중에 동상에 걸려서 사망하는 이들이 부지기수였다.

하지만 흑염룡은 가야만 했다. 그곳에 아들이 그토록 먹고 싶어 하던 '널빙'이 기다리고 있으니.

검은 용 브레트니의 위에 올라 있는 흑염룡은 녀석의 머리를 쓰다듬어 줬다.

"끼에에에에."

수화아아아아!

빠르게 날아간 브레트니는 어느덧 칼라메 땅 인근에 도달할 수 있었다.

그리고 흑염룡은 볼 수 있었다. 거리가 얼마 안 되지만 이곳과 저곳은 공기마저도 달라 보였다.

그가 망원경을 꺼냈다.

얼음 왕국. 그것이 딱 맞는 말일 것이다.

또한, 하늘에는 매서운 바람과 눈이 내리고 있었으니, 더 이상 비행은 무리가 있었다.

흑염룡은 브레트니와 함께 내려섰다. 그리고 함께 걸어가기 시작했다.

"신기하구나."

흑색 갑주를 착용한 흑염룡은 자신의 1m 앞을 보았다. 마치 투명한 벽이 쳐져 있는 것처럼 자신이 지금 서 있는 곳과 그 너머 서 있는 곳의 날씨가 완전히 달랐다.

흑염룡이 서 있는 곳은 나무와 풀, 그리고 따뜻한 햇볕이 비치는 곳이다. 반대로 1m 앞은 차가운 눈보라가 몰아쳤고 모든 생명체는 얼어 죽어버린 듯한 모습이었다.

흑염룡이 천천히 그 안으로 들어갔다.

그순간, 알림이 들렸다.

[칼라메의 땅에 입장하셨습니다.]

[화 속성 포션 사용에 제한을 받습니다.]

[안전지대가 아닌 곳에서 로그아웃할 시 캐릭터가 추위의 영향을 받습니다.]

사람들이 칼라메의 땅을 꺼려하는 이유 중 또 다른 것 하나가 화 속성 포션 사용 금지였다.

화 속성 포션을 사용하면 몸에서 열이 오르고 추위를 이길 수 있게 도와준다. 사용 불가능하다는 것은 스스로의 힘으로 추위를 이겨내야 한다는 의미였다.

또는 마법사와 같은 존재들을 이끌고 오면 되는데, 체력이 약한 마법사들은 버티기 힘든 곳이 바로 이곳이다.

쏴아아아아-

흑염룡은 살을 에는 듯한 추위를 느꼈다.

그는 갑옷을 타고 뼛속까지 한기가 스며드는 것을 느끼며 서둘러 옷을 꺼내 입었다. 그러자 온몸에 핫 팩을 두른 것처럼 후끈해졌다.

'불 정령 대장장이의 외투.'

에픽 등급의 이 아티팩트는 순간적으로 몸의 열을 올려주는 역할을 한다. 쉽게 표현하면 핫 팩과 흡사한 효과를 내는 것이다.

화르르르륵!

그리고 브레트니의 몸에서 검은 불이 타올랐다.

"브레트니, 마력을 아껴라."

"끼에에에."

브레트니가 후끈함이 느껴질 정도의 검은 불을 발산했다.

두 존재는 터벅터벅 칼라메 땅을 정복하기 위해 나아갔다.

그러던 중, 흑염룡의 눈에 보였다. 눈으로 일구어진 거대한 토네이도가 주변의 모든 것을 집어삼키며 다가오고 있었다.

"브레트니, 가슴속 피가 끓어오르는구나, 난 너와 함께라면 저런 폭풍 따위 두렵지 않다. 너 또한 그렇지?"

브레트니는 가끔 주인 흑염룡의 말에 자신의 발이 오그라들 정도였지만 끄덕였다.

"끼, 끼에에에에."

"자, 가자!"

토네이도를 피할 길은 없었다.

흑염룡은 브레트니의 위에 올랐다. 그리고 커다란 토네이도와 싸웠다.

그의 몸 곳곳에 크고 작은 상처들이 생겨났다. 하지만 그곳을 뚫고 지나간 흑염룡과 브레트니는 계속해서 나아갔다.

하루가 지났다.

계속해서 빙 속성 몬스터인 예티와 아이스 울프들이 튀어나왔다. 입술이 얼어붙은 흑염룡은 몬스터들 사이에서 기죽지 않았다.

콰지익! 콰직!

브레트니는 자신의 주인을 죽이려는 존재들을 모두 갈기갈기 찢어놨다.

다시 밤이 되었다.

[손과 발이 동상에 걸렸습니다.]

[체력이 저하됩니다.]

[HP가 지속적으로 하락합니다.]

덜덜덜-

구덩이를 파고 그 안에 들어가 있는 흑염룡은 그곳에 쭈그리고 앉아 몸을 떨어댔다.

숨을 뱉어낼 때마다 새하얀 입김이 뿜어져 나온다. 입술과 코는 얼어붙어 하얀 서리가 끼었다.

로그아웃한다면 이 추위를 이길 수 있겠지만 정복할 수 없을 거다. 남은 캐릭터는 계속 추위의 영향을 받을 테고 강제 로그아웃되리라.

덜덜 떨리는 손으로 흑염룡은 지도를 확인했다.

'곧 얼음의 절벽에 도달한다.'

아직 아무도 횡단하지 못한 얼음의 절벽! 하지만 흑염룡은 기필코 해내고 말겠다는 의지를 품고 있었다.

얼마 후면 안전지대가 나타난다.

구덩이를 지키는 브레트니가 걱정스러운 기색으로 기다란 목을 쭉 빼 그를 바라봤다.

"괘, 괜찮다, 브레트니. 나는 갈 수 있어! 그, 그곳에 있다……! 내, 내 아들이 그토록 먹고 싶어 하던 널빙이……!"

"끼에에에!"

브레트니가 울었다. 흑염룡의 민혁을 생각하는 마음이 그를 타고 흘러왔다.

화르르르륵!

그리고 그 구덩이 위를 덮고 미약한 화염을 방출했다.

흑염룡의 얼어붙은 몸이 다소 녹아내렸다.

'포션은 얼마나 남았지?'

포션은 인벤토리에 무제한 넣고 다닐 수 없다.

물론 인벤토리 자체가 수량 한계가 존재하지 않는 아테네였지만 포션 같은 경우는 달랐다. 포션의 경우 레벨에 따라 소지량이 달라진다.

그렇게 조금 쉬고 다시 흑염룡은 나아갔다.

그리고 드디어 얼음의 절벽에 도착했다.

[얼음의 절벽에선 스텟을 제외한 많은 것이 제한됩니다.]

[브레트니가 소환 해제됩니다. 장비류의 경우 등산을 위한 장비만 사용할 수 있습니다.]

얼음의 절벽이 난해한 이유는 이것이었다. 브레트니가 흑염룡의 왼손에 봉인되었다.

흑염룡은 고글을 착용하고 두꺼운 털모자를 눌러썼다. 그리고 하나의 아이스 엑스 한 자루를 들고 등반을 시작했다.

퍼짓!

차가운 절벽을 날카로운 아이스 엑스로 찍어대며 흑염룡은 올라갔다.

그러다 한 번은 발을 헛디뎠다.

"크허억!"

그는 휘청거렸다. 하지만 이를 악물고 아직 멀고 먼 정상을 바라봤다.

그 또한, 아들 민혁처럼 갖은 운동을 해왔고 상당한 실력자였다. 그리고 그도 민혁처럼 강대한 의지를 품은 자였으며 높은 의지 스텟 보유자이기도 했다.

탱! 탱!

절벽을 찍어대며 올라가는 흑염룡은 손과 발이 얼어붙을 것만 같았고 포기하고 싶었다.

하지만 그럴 수 없었다.

'내가 그 녀석에게 해준 게 뭐가 있어!'

흑염룡은 분명히 좋은 아빠였다. 하지만 그는 자신이 너무 부족하다 여기고 있었다.

아들 입에 맛있는 걸 넣어주는 거, 그 쉬운 걸 자신은 하지 못하고 있었다. 그런데 지금 가까운 곳에 아들이 그토록 먹고 싶던 음식이 있다.

후두두둑!

절벽에서 떨어져 내린 돌조각이 흑염룡의 볼을 스치고 지나갔다.

핏-

붉은 피가 주르륵 흐르다가 얼어붙는다.

하지만 그는 멈추지 않았다.

'기다려라! 널빙!'

탱! 탱!

그는 계속해서 올라갔다.

쉴 틈은 없었다. 그걸 먹고 행복해할, 기뻐할 민혁을 생각하자 추위보다는 따뜻함이 느껴졌다.

그렇게 올라가던 때였다.

[스킬 의지가 발동됩니다.]

[모든 스텟이 일시적으로 10% 상승합니다.]

그 또한 놀라운 의지 스텟 개수를 보유하고 있었다. 심지어 민혁의 의지 스킬보다 레벨이 훨씬 더 높았다.

그에 속도가 더욱 빨라지기 시작했다.

탱! 탱! 탱!

그렇게 올라가던 중, 어느덧 정상이 보였다.

흑염룡은 정상에 설 수 있었다.
그와 함께 알림이 울렸다.

[얼음의 절벽을 정복한 최초의 유저십니다.]
[5대 스텟을 3씩 획득합니다.]
[정복해 낸 자 칭호를 획득합니다.]

그가 흡족하게 웃었다.
절벽 밑으로 수백여 개의 거대한 빙산이 보였다. 그리고 그 틈에 있었다. 투명한 다른 빙산들과 다르게 단 하나의 빙산만이 우유처럼 하얀빛을 띠고 있었다.
'부, 분명히 저게…… 그 빙산이 맞아!'
흑염룡은 희열에 가득 찼다.
저곳으로 가는 길은 달리면 충분히 갈 수 있는 내리막길이었다. 그는 흥분감에 도취하여 달리기 시작했다.
타타타타탓!
"크와아아아아!"
"크어어어어어!"
그와 함께 몬스터들의 울음소리와 함께 한 존재가 나타났다.

[얼음 마녀가 등장합니다.]
[추위가 더 강해집니다.]

"이 땅에 발을 들이다니, 가소롭구나!"

얼음 마녀는 말 그대로 얼음으로 이루어져 있었으며 투명한 원피스를 착용하고 있었다.

그녀가 자신이 든 스태프를 휘두르는 순간이었다.

째재재재재재쟁!

흑염룡이 선 곳 위로 물방울이 생겨났다. 그리고 그 물방울은 단숨에 얼어붙어 고드름처럼 날카롭게 아래로 추락했다.

푸화아아아악!

그 순간 왼팔에 잠들어 있던 브레트니가 비집고 튀어나왔다.

펑펑펑펑!

"끼에에에에!"

브레트니의 단단한 비늘이 흑염룡을 공격하던 얼음 고드름을 막아냈다.

오른팔에서 비집고 나온 브레트니의 위로 흑염룡이 올라탔다. 그리고 얼음 마녀 또한 허공에 두둥실 떠올라 있었다.

흑염룡은 자신이 쥔 검을 꽉 쥐었다. 고지가 바로 눈앞에 있었다.

"미쳐 날뛰어라, 브레트니!"

"끼에에에에에에!"

화르르르르르륵!

브레트니가 아끼고 있던 모든 마력을 방출시켰다.

푸화아아아아악!

브레트니의 온몸이 검은 화염에 뒤덮였다. 그 화염은 주변에 있는 눈과 빙산들마저 녹일 정도로 뜨거웠다.

[브레트니의 포효]
[강력한 브레트니의 힘이 당신에게 깃듭니다.]
[모든 스텟이 14% 상승합니다.]
[데칼리드의 검의 공격력이 20% 상승합니다.]
[데칼리드의 검에 화 속성이 부여됩니다.]

화르르르륵!

흑염룡의 검에서 검은 불꽃이 타올랐다.

그는 대상인이라는 직업을 갖추고 있었지만, 대상인 중 '검호'라고 불렸던 자의 검 또한 익히고 있었다. 그도 민혁만큼이나 게임을 하며 운이 따라줬던 것이다.

타타타타탓!

그가 검을 꽉 쥔 채 앞으로 달려 나갔다.

그 순간 땅의 진동이 느껴졌다.

쿠르르르르르!

곧이어 얼어붙은 단단한 바닥을 비집고 한 존재가 튀어나왔다.

"끼에에에에에!"

또 다른 용. 빙룡이 튀어나왔다. 얼음 마녀가 소환한 게 분명했다.

흑염룡에게 알림과 함께 투명한 창이 떠올랐다.

[전설 퀘스트: 얼음 마녀 사냥]

등급: S

제한: 400레벨 미만, 얼음 절벽을 넘어온 자

보상: 전설의 빙룡 획득

설명: 오로지 얼음 절벽을 등반한 자에게만 주어지는 기회. 얼음 마녀 자베스를 사냥할 시 전설의 빙룡을 얻을 수 있을 것이다.

그리고 흑염룡의 입가에 미소가 지어졌다. 다른 손에 봉인할 녀석이 나타났다.

추정되는 얼음 마녀의 레벨은 370. 애초에 이 땅에 발을 들일 수 있는 자들의 경우 레벨 400을 넘을 수 없었다.

[브레트니의 화염 폭풍]

[강력한 화염이 단숨에 적들을 소멸시킵니다.]

화아아아아아악!

브레트니의 입에서 뿜어져 나간 화염이 에티를 비롯한 빙속성 몬스터들을 단숨에 잿더미로 만들어 버렸다.

그 순간 빙룡의 입에서 푸른 빛이 일렁거렸다.

[빙룡의 분노]

[모든 것을 얼려 버릴 듯한 차가운 힘.]

쑤화아아아악! 쩌저저저저저저적!

주변이 얼어붙기 시작했다. 얼음 마녀 자베스를 향해 달리던 흑염룡은 자신을 향해 모든 것을 얼려 버릴 듯 접근하는 빙룡의 분노를 볼 수 있었다.

그 순간.

콰지이익! 쩌저저저저저적!

브레트니가 빙룡의 분노를 온몸으로 막아냈다. 빠른 속도로 브레트니의 몸이 얼어붙기 시작했다.

"브, 브레트니. 이 녀석……!"

흑염룡은 브레트니와 눈이 마주쳤다. 놈은 어서 빨리 원하는 바를 이루라 눈빛으로 말하고 있었다.

[브레트니의 HP가 80% 미만으로 하락합니다.]

[브레트니의 HP가 70% 미만으로 하락합니다.]

끄덕.

흑염룡이 내달렸다.

[아이스 스피어]

수화아아아악!

수십 개의 얼음 창이 흑염룡을 향해 날아왔다. 그 순간, 등 뒤에서 몸이 얼어붙던 브레트니가 검은 화염을 분출시켰다.

푸화아아아아악!

자신의 몸을 얼리던 힘까지 밀어낸 브레트니의 힘은 나아가 날아오는 아이스 스피어의 힘 또한 감소시켰다.

그 틈에 빠르게 얼음 마녀 자베스의 앞에 도착한 흑염룡의 검이 춤을 췄다.

[대상인의 검무]

[춤추듯 적을 유린하는 빠른 쾌검.]

팟팟팟팟팟팟팟!

춤을 추듯 움직이는 흑염룡의 검이 얼음 마녀 자베스를 무차별적으로 공격하기 시작했다.

탱 탱탱탱탱-

"키에에에에!"

"캬아아아아악!"

등 뒤에선 빙룡과 브레트니가 뒤엉켜 격렬한 싸움을 벌이고 있었다.

[프리즌]

[강력한 기류가 모든 것을 얼려 버립니다.]

[마녀의 세뇌]

[당신을 서서히 나태함에 빠지게 만듭니다.]

공격을 가하던 흑염룡은 순간적으로 몸의 힘이 빠져나가는 것을 느꼈다. 아무것도 하고 싶지 않아진다. 프리즌이 그의 몸 곳곳을 얼리기 시작했다.

쩌저저저적-

[온몸이 얼어붙기 시작합니다.]

[HP가 빠른 속도로 하락합니다.]

나태함에 빠진 흑염룡은 온몸이 얼고 있었음에도 움직이고 싶지 않았다. 그저 이대로 누워 쉬고 싶었다.

그렇게 천천히 눈이 감겨오던 때. 며칠 전 자신에게 대게를 대접했던 아들 민혁의 얼굴이 떠올랐다.

투두두두둑-

그의 몸에 붙은 얼음 조각들이 깨져나가기 시작했다.

그리고 다시 일어선 흑염룡이 이를 악물고 힘껏 도약했다.

"흐아아아아압!"

그는 마지막 힘을 짜내어 위에서 아래로 자베스를 공격했다.

푸지이이익!

바할라. 이곳은 아주 작은 소도시로 인구수는 약 6천여 명에 이른다.

지니와 레전드 길드원들은 이 작은 소도시로 모두 넘어왔다.

유저들이 가지게 된 거점지는 '영지 경험치'를 통해 승급시킬 수 있으며 다양한 방법에 따라 경험치가 오른다. 예를 들어 타 길드와의 전쟁 승리나 혹은 특산물 개발, 유저들이 이곳에 발을 들이는 횟수 등으로 방법은 많았다.

인구수 6천의 바할라는 소도시였지만 새로 개척된 북부 대륙에서 처음으로 영토를 하사받았다는 것 자체가 의미가 있었으며 사실 '소도시'라는 것조차도 유저들은 하사받기 힘든 실정이다. 유저들이 보통 하사받는 것은 처음 '마을'로 시작한다. 그 마을에서 두 단계 정도는 성장시켜야 소도시의 개념이 된다는 거다.

또한, 6천 명에게서 매월 거둬들이는 세금과 바할라에 본래 있던 병사들을 통해서 몬스터들을 토벌하고 특산물을 발전시켜 곳곳에 판매한 수익을 얻을 수 있다. 그렇기에 잘만 하면 소도시에서도 약 50플래티넘 이상의 매출을 월마다 기대할 수 있을 것이다.

50플래티넘이라면 레전드 길드원에겐 작아 보일지도 모른다. 하지만 이는 아직 성장하기 전으로 성장할수록 얻는 돈은 배에 배가 될 테니, 영지 운영도 충분히 메리트가 있는 일이다.

그리고 현재 레전드 길드는 하나의 방법으로 유저들을 바할라로 끌어들이고 있었다.

바할라 영토의 집무실에 앉은 지니는 골똘히 생각에 잠겼다.

"실력 좋은 소환술사 딱 한 명만 있어줘도 좋겠단 말이지……."

소수 정예로 이루어진 레전드 길드에는 애석하게도 소환술사가 없었다.

소환술사는 보유한 몹 하나하나를 세세하게 컨트롤 할 수 있는 자여야지만 두각을 드러내는 직업군이다. 때문에 실력 있는 소환술사를 데리고 있는 길드는 드문 편이다.

제대로 된 소환술사 한 명만 데리고 있어줘도 여러 마리의 소환수를 앞세워 길드전 때에 길드원들의 피해를 감소시킬 수도 있다.

그런 생각을 하던 때, 길드 채팅이 떠올랐다.

[길드 채팅 민혁: 저 바할라에 도착했습니다. 자택에 가서 로그아웃 좀 하고 다시 접속할게요.]

그에 지니가 걸음을 옮겼다. 때마침 인근 사냥터를 둘러보고 온 칸과 로크가 있었다.

"민혁이 어딨대?"

"지금 자택에 있다는데."

명실공히 민혁은 자작이었다. 그렇기에 자작을 위한 저택도 바할라에 마련되어 있었다.

그들은 저택을 향해 걸음을 옮겼다. 저택은 그 크기가 200평은 될 정도로 커다랬다.

곧 키가 아주 작은 한 소년이 문을 열어줬다. 척 보기에도 아프리카 소년이라는 것을 그들은 알 수 있었다.

"안녕하세요."

"아, 네……."

세 사람은 당혹한 표정으로 아프리카 소년을 보았다.

"자작님께서 길드원분들이 도착하시면 집이 좁긴 하지만 쉬고 계시랍니다."

"조, 좁다고요?"

"민혁이 클라스……."

"그보다 누구신가요?"

"아, 저는……."

소년. 카이스트라는 잠시 말문을 닫았다.

뭐라고 설명해야 할까?

"민혁 님을 모시고 있습니다. 따라다니면서 설거지를 담당하고 있어요."

"음……."

설거지라? 일행은 고개를 갸웃거리며 안으로 들어갔다.

그리고 안으로 들어와 경악할 수밖에 없었다. 커다란 고무대야가 놓여 있었고 그 안으로 엄청난 양의 설거짓거리가 쌓여 있었기 때문!

"지금 수도가 고장 나서요. 그나마 물이 나오는 곳은 여기뿐이라……."

아프리카 소년은 쓴웃음을 지었다. 그러더니, 쪼그리고 앉아 몇백 개는 되어 보이는 접시를 닦기 시작했다. 세 사람은 그런 아프리카 소년을 측은하다는 표정으로 바라봤다.

아프리카 소년이 허리가 아픈 듯 등을 두들겼다.

"후아……."

'어, 어쩜…….'

'설마 민혁이 녀석? 설거지꾼으로 정말 부려먹고 있는 거야?'

'저 아무 힘도 없어 보이는 아이를…….'

그들은 경악했다. 저 어린아이를 저렇게 부려먹고 있다니!

하지만 카이스트라는 전혀 다른 생각을 하고 있었다.

'민혁 님께선 접속하시면 같이하자고 하셨지만, 감히 내가 민혁 님 손에 물이 묻게 할 수 없지. 후후.'

그는 민혁이 좋았다.

그리고 흑염룡과 함께 식사를 할 때, 잠시 그와 나가 함께 이야기를 나누기도 했다. 흑염룡은 그에게 민혁이를 잘 부탁한다고 말했다.

잠시 쉬기 위해 카이스트라가 쪼그려 앉아 품을 주섬주섬 뒤져 빵을 꺼내 먹기 시작했다.

훌쩍-

그러면서 눈가를 팔로 훔쳐냈다.

'눈에 거품이 들어갔나, 왜 이렇게 따갑지.'

하지만 그 모습이 지니, 로크, 칸 세 사람에게는 설거지 살이가 힘들어 서러움에 눈물을 흘리는 불쌍한 소년으로 보였던 것이다!

곧이어 측은한 표정의 지니가 조심스레 물었다.

"호, 혹시 민혁이가 얼마나 챙겨주나요?"

"돈 말씀하시는 건가요?"

"네."

그래도 지니와 칸, 로크는 민혁의 성격상 분명히 값어치를 지불하리라 생각했다.

"돈은 안 받습니다."

세 사람의 눈이 크게 뜨였다.

"아, 가끔 맛있는 건 주셔요. 이 빵도 민혁 님이 만들어주신 건데, 정말 맛있어요. 하하, 아, 왜 이렇게 눈물이 나지?"

카이스트라는 거품 때문에 다시 눈이 매워져 주르르륵 눈물을 흘렸다.

아프리카 소년이 흘리는 뜨거운 눈물 한 방울! 그에 지니와 칸, 로크는 가슴 한구석이 아파 왔다.

'저 힘없는 아이를……!'

'저 착하고 밝은 아이를 먹을 것만 주면서 부려먹다니!'

그리고 때마침 민혁이 접속했다.

"민혁아, 우리 좀 보자."

"음?"

계단을 내려왔던 민혁은 고개를 갸웃할 수밖에 없었다.

"후아, 근데 이거 진짜 맛있다."

그리고 눈물을 훔쳐낸 순진하고 나약한 소년(?) 카이스트라는 민혁이 줬던 빵을 먹으며 밝게 웃었다.

흑염룡은 얼음 마녀 자베스의 심장에 검을 꽂는 것에 성공했다.

그는 희열할 수밖에 없었다.

[전설 퀘스트 '얼음 마녀 사냥'을 완료했습니다.]

[보상으로 전설의 빙룡을 획득합니다.]

[전설의 빙룡이 소환의 방으로 들어갑니다.]

흑염룡은 흡족하게 웃은 후, 싸움에 많이 지친 브레트니 또한 잠시 왼손에 봉인시켰다.

이윽고 흑염룡은 곡괭이를 들고 하얀빛 빙산을 캐기 시작했다. 2시간, 4시간, 6시간! 쉬지 않고 캤다.

그리고 그 끝에 얻어냈다.

[특별한 얼음 조각을 획득합니다.]

그는 흐뭇하게 웃으며 귀환서를 보았다.

얼음 마녀 자베스를 사냥하고 얻은 이 귀환서는 칼라메의 땅에 닿기 전의 곳으로 이동할 수 있다.

수화아아악!

[칼라메의 땅 이전의 위치로 워프합니다.]

눈을 뜬 흑염룡은 흥분감에 도취되어 있었다.

'어서 빨리 돌아가서……!'

그러던 중, 그가 우뚝 걸음을 멈췄다.

"여, 흑염룡 아저씨!"

"와…… 진짜 꼈어? 이 칼라메의 땅을? 미쳤네……."

열 명이 넘는 이들이 그를 기다리며 대기하고 있었다.

바크란 길드였다. 그리고 그 앞에는 저번에 보았던 바랜과 그 일행도 포함되어 있었다.

'큰일이군.'

브레트니는 큰 부상을 당했다, 빙룡 또한 회복 기간이 필요하다.

그는 서둘러 품속에 있는 하나의 양피지를 찢었다.

[물품 보호 양피지를 사용합니다.]

[카오에게 공격당할 시 단 한 가지의 물품, 아티팩트가 절대 드랍되지 않게 해줍니다.]

흑염룡은 지체하지 않았다.

'특별한 얼음 조각'.

[특별한 얼음 조각은 강제 로그아웃 당하셔도 드랍하지 않으십니다.]

그 어떤 아티팩트도, 돈도, 모두 잃어도 좋다. 하지만 이것만큼은 아니었다.

스르르릉-

검을 뽑아 든 흑염룡이 달려들었다.

하지만 결과는 처참했다. 너무나도 지친 상태였던 것. 심지어 바크란 길드원의 숫자는 너무나도 많았다.

흑염룡을 죽인 그들은 아쉽게도 떨군 아티팩트가 없는 걸 보고 눈살을 찌푸렸다.

'염병, 저 소환수도 뺏는 게 불가능한 것 같고…….'

혹시 몰라 '약탈의 테이머'도 데려왔다.

약탈의 테이머는 시크릿 클래스로 다른 이가 가진 몬스터를 약탈할 수 있는 희귀 클래스. 딱, 바크란 길드에 어울리는 테이머였다.

하지만 그의 말에 따르면 흑염룡이 가진 그 녀석은 절대 뺏을 수 없는 종이라 했다.

'뭐, 계속 죽이고 또 죽여야지, 않겠어? 흐흐.'

그러면 흑염룡은 언젠간 좋은 아티팩트 하나쯤 떨구지 않을까?

바랜은 곧 다가올 거대한 폭풍을 알지 못한 채 짙게 웃음 지었다.

"이 자식!"
"어떻게, 어린애한테 그럴 수 있어!"
"저 가엾고 힘없는(?) 아이를 부려먹다니! 내 얼굴보다 못한 놈!"
다짜고짜 로크가 민혁의 멱살을 붙잡았다.
"응?"
로크와 칸, 지니가 노발대발하며 씩씩거리는 것을 본 민혁은 고개를 갸웃했다.
"어떻게 저 힘없고 가여운 아이를……."
'힘이 없다고…… 누가?'
카이스트라가?
비공식 랭킹 9위라고 그는 스스로 밝혔다. 아마 여기 있는 세 사람이 덤벼도 카이스트라를 어찌하지 못할 확률이 높다.
그에 민혁은 차근차근 설명했다.
"아…… 그, 그럼 네가 아니라, 저 소년이 아버지하고 네 도움을 받고 먼저 너랑 함께하고 싶다고 한 거야?"
민혁은 고개를 끄덕였다.
"내가 입 늘어나게, 왜 사람을 데리고 다녀! 나도 카이스트라한테 따라오지 마라, 따라오지 마라, 얼마나 많이 했는데! 그리고 가끔……."
민혁의 눈에 그렁그렁 눈물이 맺혔다.
카이스트라는 한 번씩 그 착한 눈망울로 '맛있는 것 좀 주세요.' 하고 웃어 보였기 때문이다.
설거지를 도맡아 하는 카이스트라에게 민혁은 자주자주 빵을 만들어줬다. 그때마다 부들부들 몸이 떨려왔고 자기 전에는 그 빵을 줬던 기억에 베개가 축축해질 지경이었던 것이다!

또한, 민혁은 계속 카이스트라에게 편하게 게임 하라고 말해왔다. 하지만 그는 계속 민혁과 함께 있고 싶다고 했다. 그랬기에 조만간 임무라도 하나 줘서 잠시 떨어뜨려 놓아야 할 것 같았다.

"그랬군……."

"음……."

그들은 고개를 끄덕였다.

"너희가 내 마음을 알아?"

민혁은 울먹였다. 벌써 입이 자그마치 두 개나 늘었다! 한 명은 밴, 한 명은 카이스트라!

그러다 문득 아버지와 카이스트라가 식사를 끝내고 두 사람이 나가서 한 이야기가 궁금해졌다. 카이스트라한테 물으면 분명 대답해 주지 않을 거다.

때마침 오늘은 아버지가 쉬시는 날이었다. 민혁은 아버지에게 어리광도 부릴 겸, 그 이야기를 묻기 위해 로그아웃하자고 생각했다.

"나 잠깐 나갔다 올게."

"응."

곧 민혁이 로그아웃했다.

그가 로그아웃하고 칸과 지니 로크는 말했다.

"휴…… 저 불쌍한 소년이 자신은 가진 것도 없고 힘도 없으니까, 설거지로라도 어떻게든 때우려고 하는 거네……."

"그러게…… 우리 저 소년한테 잘해주자."

"응."

민혁은 정작 중요한 걸 빼먹었다. 카이스트라가 레전드 길드의 그 누군가보다도 강하다는 사실을.

접속을 종료한 민혁은 곧바로 아버지가 계신 집무실로 향했다.

'식사는 하셨으려나?'

얼마 전 대게 식사 이후 아버지와 더 돈독해진 것 같아 민혁은 기뻤다.

막 노크를 하려던 때.

"바크란 길드요?"

"그래, 그놈들이 내 왼손에 봉인된 브레트니를 노린 것 같더군. 날 PK 하려고 찾아왔다네. 그리고 결국 죽고 말았지."

'……?'

민혁의 노크를 하려던 손이 멈췄다.

'아버지가 PK를 당했다고……?'

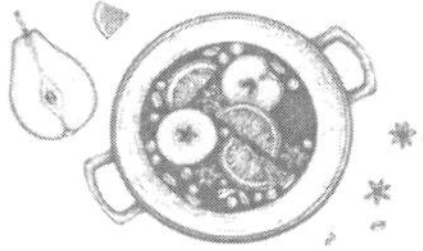

6장
습격

민혁은 문에 바짝 붙어 이야기에 귀 기울였다.

"괜찮으십니까, 회장님?"
"괜찮아, 뭘 그런 걸로 가지고 그러나. 허허허!"

문 너머로 아버지의 웃음소리가 들렸다. 하지만 목소리에 묻어 있는 씁쓸함도 알 수 있었다.

"그래도 다행일세, 칼라메의 땅에서 얼음 조각을 얻지 않았나. 내 그건 꼭 지켜냈네."

'칼라메의 땅?'

민혁은 칼라메의 땅을 곱씹어봤다.

칼라메의 땅. 유저들이 도전하지 않는 지옥 같은 차가움이 서린 땅이었다. 그곳에 도전하는 유저들 대부분은 동상에 얼어 죽게 마련이었다.

심지어 가는 길마다 존재하는 시련들은 절대 쉽지 않았다. 때문에 한 유저는 그 땅에 대해 이렇게 말했다.

'현실에서 조금만 추워도 미칠 노릇인데, 거기선 동상 걸려서 죽는다고, 그게 얼마나 끔찍한 줄 알아?'

그처럼 얼어 죽는다는 건 게임 속이라고 할지라도 두려운 것이었다. 그런데 아버지가 그런 칼라메의 땅에 갔다?

'생각보다 레벨이 높으신 건가?'

그리고 곧 강민후와 박문수가 대화를 나눴다.

"그래도 다행이야, 녀석이 게임을 시작하고 나도 함께 시작했는데, 이제야 녀석에게 맛있는 '널빙'을 먹일 수 있겠어."

"회장님……."

박문수의 목소리가 가라앉았다.

그리고 민혁의 눈도 차갑게 가라앉기 시작했다.

민혁은 알 수 있었다. 자신이 치료를 시작한 후에 아버지는 함께 게임을 시작한 것이다. 그리고 혼자서 묵묵히 자신을 위해 강해진 거다.

그리고 오로지 하나의 목표를 두고 달렸다. 자신에게 맛있는 것, 좋은 음식을 먹이기 위해서 말이다.

민혁의 주먹이 꽉 쥐어졌다.

바크란 길드. 얼마 전에 루크토의 무덤에 함께 들어갔던 자빈, 버클도 바크란 길드였다.

또한, 펜루스를 타고 이동할 때 카이스트라가 해주었던 말에 따르면 바크란 길드가 자신의 맷돌을 노리기 위해 기습을 준비하고 있었다고 했다.

민혁은 바크란 길드에 대해 검색해 봤다. 악명 높은 비매너 길드. 하지만 대형 길드도 굳이 자신들과 마찰이 생기지 않으면 건드리지 않는 길드였다. 똥이 무서워서 피하나? 더러워서 피한다고 볼 수 있을 거다.

민혁이 몸을 돌려 뚜벅뚜벅 걸어갔다.

그리고 캡슐에 접속했다.

한편, 박문수는 뭐가 그리 좋은지, 허허허 웃는 강민후 회장을 보며 한숨을 쉬었다.

"뭐 젊은 친구들이 그럴 수도 있지, 허헛! 난 한숨 자야겠어. 잠도 안 자고 게임을 했더니, 너무 피곤하군. 아 참, 내 책상 좀 치워주시게."

강민후가 문을 열고 나갔다. 작게 묵례를 취한 박문수는 강민후가 나서자마자 표정을 싸늘하게 굳혔다.

그는 천천히 자신의 뿔테 안경을 벗고 왼쪽 상의 포켓에 걸었다.

'감히……! 감히……! 회장님을 건드려어어! 내 기필코 이놈들을 가만두지 않을 것이다!'

박문수는 이제까지 살면서 그 어떤 때보다도 분노하고 있었다. 물론 가상현실일 뿐이지만 회장님의 몸에 검을 꽂고 낄낄 웃어대었을 놈들을 생각하자 참을 수가 없었다.

그는 잠시 끓어오르는 화를 억누르며 책상을 치우기 위해 걸음을 옮겼다. 그러다 노트에 끼워진 만년필을 발견하고 빼내어 잘 정돈하려던 때였다.

'음?'

노트를 펼친 그의 동공이 확장되었다.

[후…… 내가 PK를 당하다니 씁쓸하구나, 이럴 때 나를 도와주는 이들이 있다면 참 좋을 텐데 말이지. 아…… 일화건설 김태식 그 친구도 아테네를 한다고 들었던 것 같은데, 그러고 보면 노뚜기의 이태진 사장도 그렇고.]

박문수는 회장 강민후가 나선 자리를 돌아봤다.

현재 강민후 회장이 아테네를 한다는 사실은 일화그룹 수뇌부 중 소수의 이들이 알고 있었다.

또한, 아테네라는 게임 자체는 근래 유명 인사들도 많이 하는 게임이었기에 나이가 좀 있는 이들이 해도 이상하게 볼 사람은 없었으며 수뇌부 다수가 랭커였다.

박문수는 알 수 있었다. 이것은 '신호'였다.

'감히 회장님을 건드린 죗값을 치르게 해주마……!'

그가 분노의 메시지를 보내기 시작했다.

그리고 그 시각. 회의를 진행 중이던 일화건설 사장 김태식은 비상 연락망을 통해 박문수 비서에게서 온 내용을 보고 눈을 크게 떴다.

[회장님께서 바크란 길드에게 PK를 당하셨다고 합니다.]

벌떡.

그가 몸을 일으키자 잠시 회의장 내가 침묵이 감돌았다.

"계속하지."

자리에 앉은 김태식 사장. 그는 어린 시절 아무것도 가진 것 없이 막노동부터 시작해 올라왔다.

하지만 결국 학벌에 의해 한계에 부딪혔다. 그때 학벌이나 혹은 출신 등을 따지지 않고 거두어준 게 강민후 회장이었으니 그는 곧 은인이었다.

아테네에서의 그의 레벨 424의 마법사였다.

그는 단톡방을 켰다. 단톡방에는 총 네 사람이 있었다. 노뚜기 사장, 일화유통 사장, 일화전자 사장, 그리고 자신까지 총 네 사람. 이 네 사람이 함께 아테네를 즐기고 있었다.

그들은 항상 가면을 쓰고 다녔고 모두가 400레벨대의 고렙 중의 고렙들이었다.

또한, 값비싼 아티팩트로 도배된 템을 무장한 그들은 항상 검은 가면을 착용하고 다녔으며 고독히 사냥터를 돌아다니는 그들에겐 '4인의 하이에나'라는 별칭이 붙어 있었다.

그리고 지금 채팅방엔 불이 나 있었다. 그들 모두 강민후 회장에게 은혜를 입은 이들!

곧 김태식 사장이 채팅을 쳤다.

[김태식: 하이에나들, 사냥을 준비하지.]

클론은 얼마 전 켄라우헬로부터 편지를 한 통을 받았다.

[수단과 방법을 가리지 말고 프라이팬 살인마로부터 재앙 아티팩트를 회수할 것, 그 과정에서 레전드 길드의 길드 마스터와 합의점을 찾아도 된다. 만약 그게 불가할 시에 레전드 길드와 프라이팬 살인마를 사냥할 것. 그를 위한 지원으로 블랙스톤 멤버 '파라오의 사자'의 지원을 비롯한 블랙스톤과 연결된 아스간 대륙 귀족들의 힘을 빌릴 수 있을 것이다.]

아스간 대륙은 대한민국 서버의 대륙이었다. 정말이지 파격적인 제안.

블랙스톤 멤버는 국내에도 상당수 존재한다. 그리고 국내 멤버 중 독보적인 스톤 멤버가 존재하는데, 그중 한 명이 바로 파라오의 사자였다.

파라오의 사자는 놀랍게도 고대 전사들을 소환할 수 있는 놀라운 힘을 가졌다.

'제아무리 레전드 길드라고 해도…….'

당해내기 힘들 것이다.

그러던 중, 클론은 생각해 봤다.

'지니가 과연 수긍할까?'

대답은 NO였다.

사실 들어볼 필요도 없다. 이미 프라이팬 살인마는 재앙 아티팩트에 대해 알고 있는 게 분명했다.

레전드 길드처럼 랭커들로만 똘똘 뭉친 집단과 최고만을 추구하는 곳에서 재앙 아티팩트의 값어치를 낼지언정 넘긴다?

그럴 턱이 없다는 거다.

때문에, 클론은 한 가지 묘책을 생각해 낸 게 있었다.

먼저 레전드 길드에서 자신의 길드원을 죽인 것처럼 위장하면 된다.

그는 곰곰이 생각했다.

그러다 입가가 비틀어졌다.

'그래, 그자를 이용하면 되겠어.'

현상금 사냥꾼 크로우.

그를 이용해 자신들이 먼저 공격당한 것처럼 꾸밀 수 있을 것 같았다.

일단 그 일은 바로 진행하기로 생각한 클론.

그는 현재 만약을 대비해 미리 바할라 소도시로 도적 클래스 유저 한 명을 투입시켜 놨다.

위치를 아는 것은 어렵지 않다. 레전드 길드 쪽에서도 영지를 승격시키기 위해 유저들이 바할라 소도시로 몰리는 게 좋았기에 이미 공식 커뮤니티 게시판에 그 위치가 게시되어 있었기 때문이다.

그리고 그가 보낸 이는 현재 바할라의 전력을 살펴보고 있었다.

바할라에 있는 유저 카른은 주변 전력을 살피고 있었다.

'개발되려면 한참 멀었군.'

유저들은 자원이나 혹은 본인들의 길드 자금을 이용해 건축물을 건설할 수도 있다. 그에 반해 아직 하사받은 지 얼마 안 된 바할라는 황량했다.

'경비병의 숫자도 적어…….'

카른이 수집한 정보에 따르면 전에 있던 영주 헤스돈은 무능한 자였다고 들었다. 또한, 그 무능한 헤스돈은 많은 병력을 무모하게 토벌대에 투입시켰다가 잃기도 했다.

그 때문에 발렌 왕으로부터 작위를 박탈당한 인물이었고 때마침 레전드 길드가 온 것이다.

'분명히 이 영토에는 무언가가 있을 거야.'

레전드 길드는 발키리 왕국의 영웅이었다. 그런 자들에게 이런 아무것도 없는 영토를 주었을 리 없다. 분명 다양한 퀘스트 및 자원 등이 있을 확률이 높다.

'흠…….'

카른은 주변을 살피고 수뇌부를 확인하기로 했다.

먼저 영주의 가신. 가신은 꼼꼼히 확인해야 한다. 혹여 가신이 자신의 생각보다 영향력 있는 인물일지도 모른다.

또한, 대부분 첫 번째 가신의 경우 부영주 자리에 있을 확률이 높다. 그 이유는 간단하다. 가신들은 24시간 이곳 아테네 세상에 있으니까.

그러던 중, 카른은 사람들로부터 영주의 자택이라고 들은 곳에서 나오는 한 노인을 볼 수 있었다.

"부영주님. 안녕하세요."

끄덕.

시민들의 말에 끄덕거리는 노인. 그는 꽤 포스가 있었다.

그러다 그는 걸음을 옮겨 어딘가로 향했다.

카른은 미간을 찌푸렸다.

'강한 인물?'

노인이 향한 곳은 자택과 가까운 곳에 위치한 농장이었다.

'잉?'

그리고 곧 노인은 희한한 행동을 하기 시작했다. 농장에서 키우는 고양이들의 항문을 유심히 보더니 수첩에 메모하기 시작했다.

"옳지, 옳지. 잘 싸는구나~ 이렇게 하면 영주님이 오면 루왁 커피를 아주 좋아하시겠어."

껄껄거리는 노인 밴.

'뭐야? 저 노인?'

이상했다.

그때 시민들의 목소리가 들렸다.

"휴, 부영주님 또 저러시네."

"그러게……."

"세상에 우리 바할라가 어떻게 되려는지."

"부영주님, 예전에 자식을 잃었다잖아, 그런데 그 자식이 커피를 그렇게 좋아했다지 뭐야? 우리 새로 부임하신 영주님이 저 노인을 부양하게 되었나 봐. 그때부터 우리 영주님이 자식인 줄 알고 매일 커피를 그렇게 타서 바친다던데?"

"그러니까 말이야. 근데 저런 노인이 왜 부영주인 거야?"

"미친 노인인 걸 알면 사람들이 무시할 테니까, 영주님이 마음을 쓴 거지."

"에휴, 그래도 부영주가 저런 노인이라니. 이거 건의를 해야겠어."

"쉬잇, 들을라."

소문은 본래 이상하게 도는 법.

그들의 이야기를 듣던 카른은 낄낄 웃었다.

'저 고양이 항문이나 보는 할배가 첫 번째 가신에 부영주라고? 미치겠군!'

아마도 레전드 길드는 아직 적당한 가신을 두지 않아, 임시적 부영주를 임명한 듯싶었다. 이 정도면 걱정했던 가신은 문제없을 거라고 생각했다.

그러던 중, 한 사내가 헐레벌떡 뛰어왔다.

'저자도 가신인 것 같군.'

듬직한 몸, 굵은 팔뚝! 바로 천명의 창술사 중 하나인 쟌크였다.

쟌크는 노인 밴의 인근에서 웨이터처럼 걷기 시작했다.

"예끼, 이놈! 그래서 영주님 커피를 신사적으로 드릴 수 있겠느냐? 어찌 된 게 넌 힘만 세지 잘하는 게 하나도 없는 게냐!"

"죄, 죄송합니다."

'뭐야, 웨이터?'

그에 카른은 폭소할 수밖에 없었다.

미친 노인에게 혼나는 웨이터 하는 남성이라? 이들은 더 이상 볼 필요 없다는 생각에 카른은 몸을 돌렸다.

그리고 영주의 자택에 침투했다.

그곳엔…… 한 아프리카 소년이 설거지를 하고 있었다. 그러다 구석에 쭈그리고 앉아 다시 빵을 먹었다.

아프리카 소년 카이스트라는 헤헤하고 웃었다.

(장인의 설거지)

엑티브 스킬

등급: 유니크

레벨: 1Lv 숙련도: 36%

소요 마력: 20 / 쿨타임: 없음

효과:

• 설거지 속도가 2배로 빨라진다.

• 물 없이도 빠른 설거지가 가능하다.

설명: 죽도록 설거지만 한 당신을 위해 나타난 설거지 스킬! 더 노력한다면 신의 설거지를 익힐 수 있을지도 모른다.

'민혁 님이 설거지 더 잘하게 되었다고 칭찬하겠지?'

라고 생각하며 빵을 먹다 헤죽헤죽 웃는 모습.

은신해 숨어 있는 카른은 갑자기 눈시울이 붉어졌다.

'빵 하나에 이토록 기뻐하는 소년이 있는 곳이라니…….'

그는 눈물을 삼키며 품에서 주섬주섬 무언가를 꺼내 바닥에 내려놨다. 그리고 확신했다.

'지금 이 영지를 습격하는 게 가장 적기군.'

그는 사라졌다.

그리고 다시 설거지하려던 카이스트라. 그는 고개를 갸우뚱했다.

"응?"

바닥에 떨어져 있는 1골드를 발견했기 때문.

"오, 1골드 주웠다."

그가 밝게 웃었다.

[카른: 레전드 길드가 이전한 지 며칠 되지 않아 병력을 비롯한 대부분의 것이 아직 미흡합니다. 심지어 부영주에 있는 가신은 노망이 난 노인이더군요. 특별히 신경 쓸 건 없어 보입니다.]

'노망난 가신?'

클론은 피식 비웃었다.

한데, 생각해 보면 그럴 수밖에 없다. 바할라 영토는 하사받은 지 오랜 시간이 되지 않았다.

가장 결정적인 문제는 레전드 길드원의 숫자였다. 그들은 소수 정예라는 명목하에 스무 명이 채 안 된다. 아무리 강한 존재들이어도 때론 다수가 나을 때가 있는 법이다.

그리고 그때 클론은 옆을 돌아봤다.

파라오의 사자. 국내에 있는 신 클래스 중 한 명. 고대 파라오의 전사들을 소환할 수 있는 이였다.

고대 파라오의 전사들은 레벨 350~450까지 다양한 편. 그는 어떻게 보면 소환술사에 가까운 편이다.

"일은 언제쯤 진행되지?"

"일단은 레전드 길드가 먼저 공격을 한 것처럼 위장하고 바로 진행할 예정입니다."

파라오의 사자는 파라오의 가면을 쓰고 있었는데 그 모습이 꽤 이질적이었다.

"듣기론 파라오께선 마계의 마물도 소환할 수 있다고 들었습니다."

파라오의 고개가 끄덕여졌다.

그는 어차피 자신과 이 앞의 클론이 오랜 시간 함께하게 될 파트너라는 것을 알았기에 말했다.

"바포메트를 소환할 수 있지."

"오호, 바포메트라면……."

클론의 눈이 흥미롭다는 듯 반짝였다.

"이족 보행의 '양'이지 않습니까?"

바포메트는 아테네뿐만이 아니라 현실 속에서도 쉽게 정보를 얻을 수 있는 기독교의 악마로 이족 보행의 검은 양이라고 흔히 잘 알려져 있다.

물론 클론의 경우 파라오가 부리는 바포메트의 힘에 대해선 모른다.

"어느 정도입니까?"

"강한 정도 말인가?"

그에 파라오가 말했다.

"5대 화신에 대해서 들어봤겠지? 그들과 싸우지 않는 이상 현 소환수들 중 최고일 것이야."

그 말을 들은 클론의 입가가 찢어졌다.

'레전드는 우리한테 짓밟힐 것이다!'

그러다 문득 클론은 미간을 찌푸렸다.

'그러고 보니 카이스트라는 연락이 안 되는군.'

그때 그일 이후로 연락이 되지 않고 있었다. 심지어 그와 함께 라크 또한, 잠수를 했다.

하지만 그 두 사람이 블랙스톤을 배신할 것이라는 생각은 들지 않았다. 그 이유는 블랙스톤의 배신은 말 그대로 켄라우헬에 대한 배신과 같았고 그게 얼마나 무서운지 카이스트라 본인도 잘 알고 있을 테니 말이다.

홍염의 격투가 에이스와 현상금 사냥꾼 크로우. 두 사람이 함께 현상금 사냥을 위해 움직이고 있었다.

"그러니까, 넌 왜 현상금 사냥에 따라온 거냐고."

갑자기 많은 돈이 필요할 것 같다며 에이스는 크로우의 현상금 사냥에 동참했다.

"결혼 자금 미리 마련해야지."

"응?"

에이스의 말에 크로우는 황당하단 표정으로 그를 보았다.

"나중에 내 이상형과 결혼하면 적어도 60평 이상의 아파트에서 시작해야 하는 거 아니겠어? 또 지금부터 차근차근 준비해 놔야 애들도 똘똘하게 키우고. 노후에 자식들 고생도 안 시키지."

크로우는 말문을 잃었다. 에이스의 나이. 13세였다.

크로우는 고개를 절레절레 저었다.

'요즘 애들 참.'

두 사람이 함께 가는 곳에 있는 자는 바트로 왕국의 펄리언 영지에서 현상금이 걸린 이로 바로 커런이라는 유저였다.

현상금은 NPC들에게만 걸리는 게 아니다. 유저들도 현상금이 걸린다. 커런의 경우 상단을 습격해 NPC들을 모조리 죽이고 모든 것을 약탈해 갔다.

그리고 그런 커런은 400레벨의 꽤 고레벨 유저였는데, 현상금이 자그마치 10플래티넘이 걸려 있다. 그만큼 잔악무도한 놈이라는 것이다.

두 사람은 커런이 은밀히 생활한다는 은신처에 도착할 수 있었다. 마을과 조금 동떨어진 곳이었다. 유명한 카오들의 경우 마을 곳곳에 현상금 포스터가 붙어 있기에 이렇게 숨어 지내는 경우가 많았다.

그리고 때마침, 커런이 나왔다.

에이스와 크로우의 시선이 마주쳤다.

"커런!"

커런의 눈이 커다래졌다.

"빌어먹을!"

현상금 사냥꾼 크로우는 카오들 사이에서 악마라는 이름으로 불리기도 했다.

커런이 도망치려던 때였다.

화르르르르륵!

에이스의 몸에서 뜨거운 화염이 치솟아 올랐다.

그가 손을 앞으로 뻗자 불로 이루어진 쇠사슬이 커런의 발목을 휘어잡았다.

화르르르륵!

"끄아아악, 왜, 왜들 이러는 거냐! 내가 뭘 잘못 했다고."

그리고 그 순간, 에이스는 이해할 수 없는 알림을 들었다.

'뭐야?'

[비매너 행위를 하셨습니다.]

[에이스 유저가 일시적 카오 상태가 됩니다.]

[공격당할 시, 상대방은 페널티를 받지 않습니다.]

"뭘 잘못했는지 몰라?"

크로우는 터벅터벅 커런에게 다가갔다.

그는 유저들이 아닌 NPC들만을 죽이며 악행을 일삼았다.

물론 유저들에게 NPC는 인공 지능일 뿐이지만, 그들의 생명은 자신들과 다르게 유한하다. 그로 인해, 실제로 NPC를 아끼는 이들도 적지 않다.

때문에 커런의 그 행동은 비난받아 마땅했다.

그때였다. 갑자기 커런의 몸이 축 늘어졌다.

그와 함께 에이스에게 알림이 들려왔다.

[상대방을 강제 로그아웃시켰습니다.]

[카오가 되셨습니다.]

[다양한 불이익이 적용됩니다.]

[바크란 길드의 길드원을 죽이심에 따라 바크란 길드와의 마찰이 발생할 수 있습니다.]

크로우도 갑자기 죽어버린 커런에 당혹했다.

그가 에이스를 돌아봤다.

"에이스 방금 그 스킬. 대미지 많이 입혀?"

"아니, 지속적인 2%의 대미지 효과야."

그에 크로우는 직감할 수 있었다.

'일부러 피를 깎아놓았다는 건데.'

그리고 이어 에이스가 말했다.

"크로우."

"응?"

"저 새끼, 바크란 길드 사람이야?"

"……무슨 소리야, 커런은 길드에 안 들어가 있어, 그리고 내가 움직일 땐 길드 소속 아닌 놈들만 잡는 거 알잖아."

"근데 지금 저놈 죽고 바크란 길드원이라고 떴어. 그리고 나 카오 됐는데?"

크로우의 눈이 크게 떠졌다.

바크란 길드. 길드 랭킹 8위의 길드였다. 또한, 비매너 길드로도 유명한 곳이기도 했다.

심지어 에이스가 카오가 되었다? 그 말은 커런이 카오를 풀었다는 거였다.

카오를 푸는 방법은 두 가지다. 사제에게 가서 참회한다. 대신에 이는 말도 안 되는 어마어마한 골드가 소요된다.

두 번째로는 사냥과 퀘스트다. 몬스터들을 잡을 때마다 카오 수치가 조금씩 떨어진다. 혹은 선행 퀘스트를 진행하면 카오 수치를 떨어뜨릴 수 있다.

'지금 일부러 에이스 카오 만들려고 참회를 한 것 같은데, 어째서지?'

참회 비용은 카오 수치에 따라 달라지는데, 정말 어마어마한 비용이 들어가게 된다.

커런이 그런 일을 할 이유가 뭐지? 그리고 바크란 길드?

"에이스."

"응?"

"뭔가 일이 심상치 않게 돌아가는 것 같다."

천명의 창술사 쟌크. 요 근래 열심히 서빙 일을 배우고 있는 그는 발키리 왕국 수도에 도착했다.

그곳에서 그는 열댓 명의 사람들이 이야기를 나누는 걸 볼 수 있었다.

"와, 저 사람들 뭐야?"

"딱 봐도 고렙 NPC인데?"

"멋있다……."

유저들이 감탄사를 터뜨렸다.

그들은 창술사들로 이루어진 무리였는데, 창술사들의 경우 명망 있는 NPC들의 경우 천명의 창술사, 혹은 백명의 창술사라 불린다.

천명의 창술사와 백명의 창술사는 그 강함의 정도가 다르다. 천명의 창술사 세 사람 정도는 있어야 백명의 창술사 한 사람과 붙어볼 만할 것이며 백명의 창술사는 보통 레벨 450~460 사이를 웃돌고 천명의 창술사의 경우 410~440사이다.

그 자리엔 백명의 창술사가 두명, 천명의 창술사는 여덟 명이 있었다.

그들은 한때 밴의 밑에서 창을 배웠거나 밴의 무용담을 들으며 자라난 이들로, 하나하나가 기사단장이나 귀족의 호위 기사 그리고 준남작과 남작까지 다양한 직급 또한 가지고 있었다.

"왜 이제야 왔는가, 쟌크!"

"전설께선 잘 계시나?"

"그럼 잘 계시고말고. 서둘러들 가시게. 마차를 타고 이동하면 반나절 안에는 도착할 수 있을 거야."

쟌크의 말에 창술사들의 얼굴은 두려움 반 설렘 반으로 가득했다.

"예전에 내가 요만했을 때, 전설께서 우로보로스를 사냥했다는 무용담을 듣고는 가슴속 피가 끓어올랐지."

"하하하, 나도 그래!"

그들은 지금 전설 '밴'에게 인사를 올리러 가는 길이었다.

그러던 중 한 사내가 물었다.

"그러고 보니 쟌크. 자네는 요새 전설을 도와 어떠한 역사에 길이 남을 일을 하고 있나."

그 말에 쟌크의 입이 한참 동안이나 떨어지질 않았다.

[민혁: 지니야.]

[지니: 여, 코끼리 장군 아니신가!]

지니는 갑자기 길드 채팅이 아닌 귓속말을 한 민혁에 의해 의아했다.

그러고 보면 자택에 온 후 잠시 로그아웃했던 민혁은 근래 보이지 않고 있었다.

[민혁: 바크란 길드 내가 손 좀 봐야 할 것 같다.]

[지니: 응? 바크란 길드? 무슨 소리야?]

지니의 표정이 심각해졌다.

바크란 길드? 국내 최악의 비매너 길드였다. 그런 길드를 민혁이 손을 본다?

곧이어 민혁은 그 이유를 설명하기 시작했고, 그 이유를 모두 들은 지니의 입술이 벌어졌다.

'민혁이가 화가 날 만하네.'

아무리 게임 속이라지만 아버지가 PK를 당하셨다. 심지어 민혁과 아버지의 사이는 돈독한 편이었다. 더군다나, 민혁의 경우 루크토의 무덤에서 뒤치기를 당할 뻔한 일도 있었다고 한다.

하지만 길드 마스터로서 이는 매우 신중히 생각해야 할 문제였다. 바크란 길드와 현재 자신들이 싸우면 이길 수 있느냐, 혹은 충분히 그 이유가 합당하느냐. 길드원들은 수긍했느냐 등 다양한 이유가 종합된다.

[민혁: 그리고 잠시 길드 탈퇴할게.]

[지니: ……응?]

지니는 그 말에 눈을 크게 떴다.

그녀는 곧 알 수 있었다.

'아…….'

지금 민혁이 바크란 길드를 치면 이는 민혁 개인 문제만의 일이 아니게 된다. 레전드 길드와 바크란 길드 전체가 움직이게 될 것이다. 하지만 민혁이 레전드 길드의 꼬리표를 떼고 간다면 이야기는 달라진다.

또한, 이미 민혁은 바할라 영토의 소유자였으며 부영주 가신 밴의 주인인 자작 작위를 가지고 있다. 때문에, 잠시 탈퇴했다가 일이 잘 끝난 후 가입해도 무리는 아니었다.

하지만 '그게 과연 옳은 일일까?' 하는 생각이 든다. 먼저 건드린 것은 바크란 길드 쪽이었기 때문이다.

지니는 이에 관련한 사항을 길드원들에게 물어봐야겠다고 생각했다. 또한, 그녀는 민혁을 도와주고 싶은 마음이 강했다.

바로 그때.

[길드 채팅 크로우: 길마님, 저희 함정에 빠진 것 같아요.]

[길드 채팅 에이스: 아, 바크란 길드 이 새끼들 왜 이런 짓을 한 거지?]

'바크란 길드?'

또 바크란 길드다.

지니는 미간을 좁히며 그 둘과 따로 이야기를 나눠보았다.

'PK를 유도해? 이거 엄청 옛날 베르사르 방식이잖아.'

예전에 존재했던 몇 PK길드들이 이런 방식을 이용해 자신들보다 약한 길드와의 PK를 유도, 그를 통해서 명분을 만들어내고 전쟁을 시작해 빼앗아갔다.

하지만 이는 결국 들통날 방법이다.

'어차피 욕먹을 거 아니까, 일단 들이대고 보겠다는 거야 뭐야? 바보야?'

아니, 그것보다 바크란 길드가 자신들과 싸울 만한 여유가 된다는 건가?

레전드 길드는 소수 정예다. 전쟁이 시작되면 레전드 길드는 모두 소리 없는 전쟁을 시작할 거다. 그들이 승리할 방법은 오로지 하나. 은밀히 바크란 길드를 학살하고 다니는 거다. 바크란 길드원이 백 명 이상이 모여 있지 않은 이상 레전드 길드 스무 명을 감당하지 못한다. 때문에, 결국 장기적으로 봤을 때 분명 레전드가 승리한다.

'엄청난 수가 있다면 달라지긴 하는데, 바크란 길드 그 쓰레기들한테 그런 지원을 해줄 곳이 있는 것도 웃기고.'

그런 생각을 하던 지니는 머리가 복잡해졌다.

그러던 때였다.

[클론: 안녕하세요. 바크란 길드의 마스터 클론입니다. 이번에 크로우와 에이스 길드원이 저희 길드원 커런을 이유 없이 'PK' 한 것에 대한 공식적 사과문을 요구하는 바입니다.]

"뭐야, 이 ×신은?"

지니는 황당해서 웃어버릴 수밖에 없었다.

뭐 이런 되지도 않는 방법을 써먹고 있단 말인가? 거의 막무가내 수준이었다.

지니는 깡그리 무시해 줬다.

그렇게 20분 정도가 지났을 때였다.

[클론: 아, 역시 사과 안 하실 줄 알았습니다 ^_^ 그러면 뭐. 길드전이죠.]

그에 지니는 황당함에 어이가 없어 피식 웃음 지었다.
클론에게 다시 귓속말이 왔다.

[클론: 안 그래도 저희도 막 다 왔거든요. 그럼 시작하겠습니다.]

"……?"
지니는 고개를 갸웃했다.
그리고 그 순간.
콰콰콰콰콰콰콰콰쾅!
거대한 폭음이 도시 전체를 크게 흔들었다.

정보꾼 아벨. 그는 근래 길드 마스터 지니가 '소환술사, 소환술사' 노래를 부르자 소환술사 유저 중에서 랭킹 1위 케리를 만났다. 케리는 아쉽게도 현재 소속된 길드가 친구 길드라, 레전드 길드로 넘어올 수 없다고 하였다.
그러던 중, 케리가 말했다.
"레전드 길드면 화신의 사자한테 한번 제안해 보는 게 어때요?"
"화신의 사자요?"
"아, 네. 모르시는군요? 하긴…… 소환술사 중에서도 아주 소수만 알고 있으니까요."

아벨은 고개를 갸웃했다.

그리고 곧 케리에게 화신의 사자에 관한 이야기를 들었다. 사자에 대한 정보는 베일에 감춰져 있었지만 하나둘씩 작은 정보들이 모여 형상을 갖췄다고 한다.

그 이야기를 들으며 아벨은 감탄했다.

'우리나라에 그런 유저가 있다고?'

말만 들어보면 그는 엄청난 유저였다. 그리고 케리의 말은 들을수록 엄청난 것투성이였다.

그러던 중, 케리가 말했다.

"듣기로 그는 아프리카 소년이라고 해요."

"예? 아프리카 소년이요?"

그에 아벨은 미간을 찌푸렸다.

아프리카 소년? 국내에 아프리카 소년이라? 그리고 아벨은 얼마 전, 지니가 '나 동생 한 명 생겼어. 이름은 카이스트라인데, 아프리카 사람이다. 짱 귀여움!'이라고 했던 게 생각났다.

"호, 혹시 그 이름이……."

아벨이 떨리는 목소리로 물었다.

"카이스트라입니까?"

타타타탓!

지니가 서둘러 바깥으로 나왔다.

"이런 미친 ×새끼들!"

그녀의 눈이 크게 떠졌다. 수십여 개의 마법들이 난무하며 영지 전체를 습격하고 있었다.

"사람들부터 피신시켜!"

어영부영하는 병사들에게 지니가 외치며 달려가기 시작했다.

[길드 마스터 지니: 바크란 길드의 습격이다. 지금 바로 바할라로 총집합할 것!]

심지어 그들은 길드원들이 없을 시간을 노렸다.

이런 대범한 짓을 벌이다니? 분명히 엄청난 비난을 살 것이 분명하다. 또한 이것은 이들이 이토록 많은 걸 포기하면서까지 얻어야 할 게 있다는 걸 의미하는 건지도 모른다.

그러던 때였다. 지니의 눈에 보였다.

'저, 저게 뭐야? 아누비스?'

자칼. 즉, 개의 얼굴을 가지고 근육질 인간의 상체에 하체는 말의 하체를 가진 이족 보행의 존재 수백 마리가 영지 입구로 밀고 들어오기 시작했다.

"끄아아악!"

"으, 으아아아악!"

"사, 살려줘!"

그 앞을 지키고 있던 병력이 저항 한번 하지 못하고 단칼에 쓰러졌다. 그것은 아누비스가 최소한 레벨 300~370의 존재라는 걸 의미했다.

“빌어먹을!”

지니는 영토를 지키는 기사단장에게 명령했다.

“일단 앞은 내가 막는다. 서둘러 시민들부터 안전한 곳으로 이동시켜!”

시민들이 죽으면 영지 만족도가 떨어져 영지 등급이 하락한다. 또한, 한번 시민들의 신뢰를 잃으면 이 영지는 끝이다.

지니는 매서운 속도로 달렸다.

“로크!”

“이게 뭔 일이냐!”

“일단 싸우고 봐!”

로크와 지니가 달려갔다.

화르르르르르륵!

[화염의 채찍]

[강력한 불의 화염이 적들을 소멸시킵니다.]

그녀의 채찍이 길어지며 아누비스들을 공격했다.

푸화아앗!

아누비스 한 마리가 불의 채찍에 가격당해 온몸이 끔찍한 화염에 휩싸였다.

하지만 문제가 있었다.

‘안 죽어……?’

아누비스가 엄청난 HP와 마법 방어력을 가지고 있는 놈들로 추정되었다는 것.

“크하하핫, 덤벼랏!”

로크가 밀고 들어오는 놈들을 입구 앞에서 막고 무차별적으로 도륙하기 시작했다.

치이이이익!

로크의 광전사의 힐이 발동하며 놈들의 몸을 썩어들어 가게 했다.

“크어어어어!”

“크와아아아아!”

하지만 아누비스들은 생각보다도 더 강했다.

더 큰 문제는, 바크란 길드의 길드원들이 속속들이 모습을 드러내기 시작했다는 거다.

“죽여라!”

“길드 마스터부터 따!”

“……미친!”

절망적인 상황. 하지만 길드원들이 바로 올 수 없을 것이다.

그녀는 입술을 깨물었다.

‘오늘…….’

길드원들 여럿이 모여서 조기 축구를 한다고 했었다.

‘하여튼 그놈의 축구!’

쉴 새 없이 몰려드는 바크란 길드원들과 아누비스들에 로크와 지니가 지쳐가기 시작했다. 안쪽에서 서둘러 병력이 투입되었지만, 속수무책으로 쓰러져갔다.

그때. 파라오의 탈을 쓴 한 유저가 나타났다.

그가 보석이 박힌 스태프를 허공에 들어 올린 순간이었다.

[파라오의 저주]

[모든 스텟이 일시적 15% 감소합니다.]

[공격 적중률이 10% 감소합니다.]

[치명타 확률이 20% 감소합니다.]

[파라오의 족쇄]

[공격 속도와 이동 속도가 10%씩 감소합니다.]

엄청난 광역 디버프. 심지어 상태 이상 저항력이 높은 지니에게도 걸렸다는 것은 병력은 피할 수 없다는 거였다.

결국, 지니와 로크, 병력이 계속 뒤로 밀리기 시작했다.

그러던 중.

"누나."

지니가 옆을 돌아봤다. 그곳에 고무장갑을 끼고 있는 카이스트라가 있었다.

"카이스트라! 너 빨리 누나 뒤로 가! 위험해!"

"저 길드 가입 좀 시켜줘요. 저 시켜주신다고 했잖아요?"

지니는 길드원들에게 묻고 물어 카이스트라를 길드원으로 받아들이기로 했다. 물론 카이스트라는 한없이 약한 아프리카 소년이었지만 길드원들도 카이스트라의 안타까운(?) 사연을 듣고 흔쾌히 응했다.

"응?"

"전 민혁 님과 같이 있고 싶어요. 그리고 이곳. 민혁 님, 아니, 영주님의 것이잖아요."

지니는 도무지 이해할 수가 없었다. 이 녀석이 왜 이러나. 지금 이 급박한 상황이 보이지 않는 건가?

일단 지니는 길드 가입을 시키고 녀석을 안전한 곳으로 피신시켜야겠다고 생각했다.

[카이스트라를 '레전드 길드'의 일원으로 받아들이시겠습니까?]

지니가 고개를 끄덕이자 곧이어 카이스트라가 길드원이 되었다는 알림창이 떴다.

카이스트라가 말했다.

"누나, 위험하니까. 뒤로 가 있어요."

"카이스트라. 너……!"

카이스트라가 그녀와 로크를 지나 앞으로 걸어갔다. 엄청난 숫자의 아누비스들과 유저들이 몰려오고 있었다.

그가 손에 끼고 있던 고무장갑을 벗어 인벤토리 안에 집어넣었다.

"난 역시 이게 어울리지."

그와 함께 그의 손으로 언월도가 생성되었다.

쩌저저저적-

그와 함께 카이스트라의 감춰두고 있던 검은색 레더 아머가 그의 손목에서 튀어나와 그를 휘어 감기 시작했다. 그리고 투구 역시 생겨났는데, 늑대의 머리 형상의 투구였다.

"너, 너……."

지니가 놀라 눈을 크게 떴다.

척 보기에도 저 창은 예사롭지 않아 보였다. 또한, 카이스트라에게서 이제까지 보지 못했던 기운이 흘러나왔다.

그때 지니에게 귓속말이 날아왔다.

[아벨: 길마님, 동생분이라는 그 카이스트라. 아프리카 소년이 맞지요?]

[지니: 아벨 님, 그게 중요한 게 아니라 빨리 와요. 지금 영지 난리 남!!]

정보꾼 아벨은 정보를 수집할 때, 길드 채팅을 꺼놓는다. 집중하기 위해서였다. 그렇기에 아마 지금 이 난리를 알지 못하는 듯싶었다.

[아벨: 카이스트라. 그 아프리카 소년이 지니 님이 말씀하셨던 동생 맞냐고요!]

아벨의 귓속말에서 다급함이 보였다. 지니는 의아한 표정을 지으며 대답했다.

[지니: 맞아요. 그런데 왜요……?]

그렇게 답한 지니는 카이스트라를 돌아봤다.

공간이 찢어지며 그 안에서 하얀 털을 가진 거대한 늑대 한 마리가 튀어나오고 카이스트라가 늑대 위에 올랐다.

[아벨: 화신의 사자. 카이스트라. 현재 국내에 알려진 유일한 5대 화신 중 하나를 소유하고 있는 인물. 비공식 세계 랭킹 9위. 그리고 우리나라…….]

콰아아아앙!

그 순간 들리는 굉음에 귓속말을 채 확인하지 못한 지니의 고개가 돌아갔다.

카이스트라가 탄 하얀 털을 가진 늑대. 그 녀석이 빛이 되어 움직여 순식간에 앞에서 몰려오던 수십 마리의 아누비스를 잿빛으로 소멸시켰다.

그와 함께 전장 한복판에 뛰어든 빛의 화신. 펜루스가 하울링했다.

"아우우우우우-!"

[펜루스의 축복]

[모든 상태 이상이 해제됩니다.]

[길드원의 모든 스텟이 8% 상승합니다.]

[레전드 길드가 보유한 바할라 소도시의 병력에 걸려 있던 모든

상태 이상이 해제됩니다.]

그와 함께 펜루스의 입에서 뿜어져 나간 둥근 빛의 구가 허공에 떠올랐다. 그리고 수십여 개로 쪼개지며 하나의 빛줄기가 되어 주변에 있는 아누비스들을 강타했다.

콰콰콰콰콰콰콰콰쾅!

수십 마리의 아누비스가 소멸되어 사라졌다.

지니는 고개를 돌렸다. 모든 병력의 상태 이상이 해제되었다. 그것도 수십 명의.

딱딱하게 굳어진 그녀가 다시 귓속말을 확인했다.

[아벨: 우리나라 비공식 랭킹 1위입니다.]

카른. 그는 다른 암살자 클래스를 가진 이들과 서둘러 걸음을 옮기고 있었다.

카른은 클론으로부터 부영주를 죽이라는 명령을 받았다.

부영주라고 한다면 바로 어제 보았던 그 미친 할배 아니겠는가? 일이 쉽게 돌아가고 있었다. 그는 그 노인을 찾아 암살자 다섯 명과 함께 움직였다.

현재 온 바크란 길드의 길드원만 자그마치 200여 명. 심지어 파라오라는 신 클래스가 있기 때문에 레전드 길드는 1시간도 되지 않아 모든 길드원이 죽을 것이다.

그리고 접속 불가 페널티에 따라 그들은 막대한 피해를 볼 것이고 그들이 드랍한 아티팩트도 챙길 수 있을 터.

쭉 찢어진 입가로 흐흐 하고 웃던 카른. 그는 곧이어 한 커다란 식당 안에 있는 어제 그 노인을 발견할 수 있었다.

카른이 문을 박차고 들어갔다. 저런 노인 하나 잡는데, 암살 스킬이나 혹은 은신을 쓰기엔 아깝기까지 했다.

그리고 그것은 그의 실수였다. 본래 암살자는 신중해야 한다. 안에 정확히 몇 명이 있는지 확인했어야 했는데, 어제 그 머저리 같은 노인만 생각하며 문을 박찬 게 실수였다.

그 안에 펼쳐진 광경에 카른은 고개를 갸웃했다. 열댓 명의 이들이 말 그대로 '대가리 박아'를 한 상태로 있었고 기다란 테이블 끝에 어제 그 미친 노인이 찻잔을 기울이고 있었다.

노인 밴은 지금 화가 나 있었다. '영주'인 민혁이 밴에게 커피를 타주길 말했다고 하자 이들이 노발대발하며 민혁을 욕했기 때문이었다. 그래서 밴은 그들의 원성을 한 번에 잠재웠다.

그러던 때 웬 애송이들까지 난입했다.

"뭐야, 할배? 사이좋게 지내야지."

한데, 지금 카른은 상황 파악도 못 하고 낄낄거리며 웃었다.

하지만 옆의 길드원들은 달랐다.

'분명히 듣기론 노망난 노인네라더니…….'

'뭐야, 이게?'

"할배라……."

그리고 밴의 입가에 작은 미소가 감돌았다. 그는 젓가락 한 짝을 집어 들었다. 그리고 마력을 불어넣었다.

"할배를 봤으면 절부터 해야지 않겠느냐."

푸슉!

밴이 힘껏 던진 젓가락이 단숨에 카른의 목을 관통하고 뒤쪽에 있던 암살자의 볼까지 찢어놨다.

"컵!"

[급소를 공격당하셨습니다.]

[출혈이 발생하며 호흡 곤란 증상이 나타납니다.]

[5초 내로 지혈하지 않을 시 사망하게 됩니다.]

"껍!"

목을 부여잡은 카른이 비틀거리다가 풀썩 머리를 땅에 박았다. 말 그대로 진짜 '절'을 하게 된 셈이다.

밴이 천천히 몸을 일으켜 창대를 쥐었다.

카른과 함께 온 길드원 중 한 명이 놀란 기색으로 딸꾹질을 했다.

"따, 딸꾹! 딸꾹!"

'노, 노망난 노인네라며!'

분명히 들었던 정보와는 완전히 다른 모습이었다. 그들은 절로 위축될 수밖에 없었다.

그때 노인 밴이 중얼거렸다.

"할배라니, 요즘 애들은 싹수가 없어."

그 말을 들은 길드원들은 말문을 잃었다.

그때, 눈치 없는 길드원 한 명이 말했다.

"재, 재가 그랬지 저희는 안 그랬는데, 그냥 가면 안 될까요……?"

길드원의 목소리에 울음기가 차 있었다.

그에 노인 밴이 부드럽게 웃으며 말했다.

"응, 안 돼."

그리고 고개를 돌려 말했다.

"기상."

"기상!"

그의 말에 머리를 박고 있던 창술사들이 몸을 일으켰다.

그 모습을 본 암살자 중 하나인 레피의 눈이 크게 떠졌다.

맨 앞줄에 있는 사내. 그는 보스딘 왕국의 창술단장이었다. 자그마치 레벨 460대의 자신들보다 레벨이 훨씬 높은!

'뭐, 뭐야?'

그는 당혹할 수밖에 없었다.

"이 약해 빠진 놈들아, 그동안 얼마나 실력이 더 퇴보했는지 보자꾸나."

'야, 약해 빠졌다고?'

보스딘 왕국의 창술단장이?

그 말이 허풍이느냐? 그런 것 같지 않았다. 보스딘 왕국의 창술단장 브렌이 고개를 정중히 숙이며 말했기 때문이다.

"전설의 귀신창 밴 어르신 앞에서 한없이 부끄러운 실력이나마 잠시 보여보도록 하겠습니다."

뒷짐을 진 노인 밴이 끄덕였다.

그 순간.

쏴화아아아아악!

눈에 보이지도 않을 엄청난 빠르기로 쇄도한 창들이 곳곳에서 쏘아져 나오기 시작했다.

"컵!"

"억!"

"커컥!"

단 3초. 3초 만에 암살자 다섯이 모두 강제 로그아웃을 당해 버렸다.

그리고 한 손은 창을 쥐고 한 손은 뒷짐을 진 밴이 밖으로 나섰다. 그의 눈에 몰려오는 적들이 보였다.

"우리 영주님의 영토를 건드려?"

밴의 치아가 빠드득 갈렸다.

그가 뒤쪽의 창술사들에게 말했다.

"브렌. 자네는 기사들을 지휘한다, 프로이트, 자넨 시민들을 대피시키고, 블로티 자넨…… 그리고 쟌크, 코로, 벤드리. 나와 함께 적을 사냥한다."

귀신창 밴은 과거에 오로지 창술사들로만 구축된 5만의 병력을 이끌고 몬스터 토벌에 나선 전설이기도 했다.

그의 노련한 지휘, 카리스마.

"예!"

"예!"

뜻하지 않게 밴을 만나러 왔다가 사냥에 나서는 창술사들이었다.

그리고 그 틈에 있는 쟌크.

'크하핫, 오늘은 서빙 연습 안 해도 된다. 내겐 이게 어울리지!'

그는 신나 있었다.

클론. 그는 이필립스 제국 쪽에 아주 작디작은 영토 하나를 보유하고 있었다.

정말 코딱지만 한 영토였지만 앞으로는 달라질 것이다. 켄라우헬로부터 받은 어마어마한 자금을 이용해 더욱더 높게 발돋움할 수 있을 테니까.

그는 조금 전, 바할라 영토 인근에 도착했다는 길드원들의 말을 듣고 지니에게 '길드전'예고를 했다. 좀 있으면 이 자리에 있는 2군들이 매스 텔레포트 귀환서를 이용해 날아갈 것이다.

매스 텔레포트 귀환서. 한 장에 자그마치 30플래티넘 이상의 값어치를 가진 아이템. 하지만 지금 들어가는 모든 돈은 켄라우헬에게 청구하면 다시 받을 수 있으니, 이때가 아니면 언제 써보겠는가?

그러던 때.

[파라오: 클론. 지금 이 자리에 화신의 사자가 있습니다.]

'음?'

그 말에 클론은 고개를 갸웃했다.

아……! 혹시 화신의 사자 카이스트라도 켄라우헬로부터 지시를 받은 것일까?

'이거 일이 쉽게 돌아가겠군.'

클론은 짙게 웃었다.

카이스트라의 소환수 펜루스는 듣기로 아직 완전한 성장을 이룬 존재는 아니었다. 하지만 카이스트라는 비공식 우리나라 랭킹 1위이다. 그런 카이스트라가 투입된다면 레전드 길드는 쪽도 못 쓸 것이 분명했다.

그런데 바로 그때.

[파라오: 카이스트라가 레전드 길드의 편에 붙었습니다.]

클론이 눈을 부릅뜨며 벌떡 몸을 일으켰다.

'뭐, 뭐라고……?'

카이스트라가? 어째서? 그가 어째서 레전드 길드 편에 붙었다는 말인가? 좀처럼 이해할 수 없는 이야기였다.

카이스트라는 명실공히 블랙스톤의 멤버였으며 한국 쪽의 간판이었다. 또한, 카이스트라는 그만큼 국내에서 켄라우헬과 가장 많은 대화를 나눈 인물이기도 했다. 그런 카이스트라가 켄라우헬의 무서움을 알지 못한다는 것인가?

켄라우헬은 마음만 먹는다면 뭐든지 할 수 있는 사람이다. 바로 지금, 대형 길드 하나와 신 클래스 하나를 손가락 하나로 부리는 것만 보아도 알 수 있지 않은가.

곧 평정을 찾은 클론이 피식 웃었다.

레전드 길드는 그래 봤자 스무 명이 안 된다. 심지어 바할라는 노망난 늙은이가 부영주로 있다고 하지 않았는가? 병력이 체계적으로 움직일 수 있을 리가 없었다.

또한, 2군 투입 전인지라 아직 길드원들이 본격적 전쟁을 나서지 않았다. 파라오의 뒤쪽에서 마법과 화살 등으로 지원 중이다.

그들과 자신들이 투입되는 숫자만 합쳐도 자그마치 300명이다. 카이스트라를 그들이 가져갔다고 해도 자신들이 분명히 승리한다.

'이건 기회다.'

그래, 이게 낫다. 카이스트라를 누르고 이제부터 켄라우헬의 신의를 자신이 받는 것이다!

그런데 바로 그때.

[길드 채팅: 카른 님이 강제 로그아웃 당하셨습니다.]

[길드 채팅: 레피 님이 강제 로그아웃 당하셨습니다.]

[길드 채팅: 쿄쿄 님이 강제 로그아웃 당하셨습니다.]

[길드 채팅: 바라드 님이 강제 로그아웃 당하셨습니다.]

"무슨 일이지?"

지금 강제 로그아웃 당한 사람들은 클론이 부영주를 암살하라고 명령했던 이들이다.

앞서 부영주를 확인했던 카른은 400레벨의 암살자였고 다른 이들도 비슷했다. 그런데 모두가 3초 텀으로 다 같이 죽었다.

그때 현실에서 카른이 귓속말을 보내왔다.

[카른: 길마님. 큰일 났습니다!]

[클론: 무슨 일이지?]

[카른: 그 노인…… 미친 부영주가…… 엄청나게 강합니다. 한 왕국의 창술단장을 어린애처럼 다룹니다. 또한, 저는 젓가락에 강제 로그아웃 당했어요.]

"……?"

클론은 미간을 찌푸릴 수밖에 없었다.

'젓가락?'

이게 무슨 뚱딴지같은 소리란 말인가? 젓가락에 강제 로그아웃을 당하다니?

[카른:그 노인의 이름은 밴이었습니다. 다른 이들은 '전설 밴'이라고 부르더군요.]

그에 클론은 자신의 길드에 속해 있는 셋의 공격대장 중 하나인 버로가 창술사라는 것을 알고 물었다. 버로는 레벨 416의 창술사였다.

"버로, 혹시 전설 '밴'이라고 알고 있나?"

"밴이요? 알다마다요. 모든 창술사들의 우상이자 아버지이지요. 또한, 그의 창술은 대부분의 아테네 창술사들의 기초가 되고 있습니다."

클론은 말문을 잃었다. 상황이 어떻게 돌아가는지 모를 노릇이다.

"그는 강한가?"

"강합니다."

"……자네가 예상하기에는 어느 정도지?"

"제가 열 명이 있어도 이기기 힘들 겁니다."

클론은 눈을 휘둥그레 떴다. 공격대장 중 한 명인 버로 열 명이 있어도 이기지 못한다? 탄식이 나올 정도였다.

하지만 클론은 고개를 저었다.

'그래도 본인들이 쪽수 앞에 어쩔 수 있어?'

지금 이 자리만 둘러봐도 40여 명의 유저가 모여 있었다. 이들을 잘 지휘한다면 충분히 이길 수 있다. 특히나, 파라오. 그가 소환할 바포매트를 생각하면 불가능이 아니다.

바로 그때였다.

쿠화아아아아아아악!

정체 모를 소리가 들려왔다. 그 소리를 들은 클론의 고개가 돌아갔다.

건물 위에 한 남성이 서 있었다. 그는 한 손에 커다란 대검을 쥐고 있었으며 다소 투박해 보이는 투구를 쓰고 있었다. 그리고 그의 어깨 위로는 정체 모를 아기 돼지가 양은 냄비를 쓰고 프라이팬 뒤집개와 냄비 뚜껑을 들고 있었다.

'뭐야, 저놈은?'

그리고 그 생각과 함께 클론의 고개가 거대한 소리가 들려온 곳으로 돌아갔다.

"헉!!"

"저, 저게 뭐야?"

"마, 마법사들! 디스펠! 디스펠!"

바크란 길드의 길드원들이 자신들에게 드리워지는 그림자를 볼 수 있었다.

그 소리의 정체는 다름 아닌 거대한 해일이었다. 약 7m 높이의 해일이 자신들을 향해 날아왔다.

[디스펠]

[마법 공격을 무효화시킵니다.]

바크란 길드의 마법대장 켄이 앞으로 나섰다. 그의 손에 들린 완드가 빛을 발했다.

하지만 곧 켄은 충격적인 음성을 들을 수밖에 없었다.

[무효화시킬 수 없는 마법입니다.]

“뭐……?”

켄의 미간이 찌푸려졌다.

곧이어 거대한 해일이 그들을 집어삼켰다.

푸화아아아아악!

[민혁: 지니야?]

민혁은 귓속말하던 도중 연락이 끊어진 그녀에 의해 의아할 수밖에 없었다.

그와 함께 길드 채팅창이 난리가 나기 시작했다. 바크란 길드가 먼저 선공을 했다고, 에이스와 크로우를 이용해 조작을 했다고.

뚜벅뚜벅 걸은 민혁은 어느덧 한 작은 마을 앞에 도착할 수 있었다.

‘아버지.’

그 이름 세 글자를 생각하면 가슴이 먹먹해진다.

생각해 보면 민혁 또래의 아이들은 이제 서서히 작아지는 아버지의 뒷모습이 보인다고 한다. 어느덧 자신들이 키도 더 커졌고 더 건장해져 있으니까. 그런 아버지의 모습을 보면 정말이지

가슴이 아프다고 말이다.

한데, 민혁에게 아버지의 등은 언제나 넓고 커다랬다. 든든했고 항상 믿을 수 있다고 생각했다.

하지만 그게 아니었을지도 모른다.

'아버지는 내게 약한 모습을 보일 수 없으셨던 거지.'

민혁이 믿을 사람은 아버지밖에 없었다. 어머니는 돌아가셨고 아버지만이 유일하게 민혁을 지탱해 줄 기둥이었다. 아버지는 자신의 앞에서 언제나 강경한 모습만을 보여왔다.

그런데 얼마 전, 문 앞에서 그 이야기를 듣는 순간 자신이 한없이 초라하고 한심하게 느껴졌다.

아버지는 자신을 위해서 소리 없이 발 벗고 뛰고 계신다. 하지만 자신은 언제나 아버지의 등이 계속 그처럼 커다랄 것이라는 생각을 하며 그 등 뒤에 숨어 있는 느낌이었다.

때문에 생각했다. 최소한 이 안에서만큼은 아버지를 지킬 수 있는 사람이 되자고.

민혁이 안으로 들어가기 시작했다.

이곳 영지 자체는 사실상 버려진 곳과 다를 것이 없는 느낌이었다. 마을 사람들의 숫자도 거의 없었다. 그리고 이곳엔 바크란 길드의 아지트가 존재한다.

그들의 정보는 쉽게 얻을 수 있었다. 그들이 워낙 벌인 일이 많아야 말이지 않겠는가?

그러던 때, 다시 지니에게 귓속말이 왔다.

[지니: 지금 바크란 길드에서 갑자기 습격을 해왔어, 그것보다 카이스트라. 얘 왜 이렇게 강해?]

[민혁: 걔 원래 강해.]

[지니: 그런 건 말을 해줬어야지!]

[민혁: 내 멱살 잡을 땐 언제고……!]

[지니: …….]

[민혁: 그것보다 지니야.]

[지니: 응?]

[민혁: 그럼 이제 마음 놓고 학살해도 되는 거지?]

[지니: 너 어디야?]

[민혁: 잠깐 여기서 볼일 좀 보고 바할라로 넘어갈게. 이제 도착했어.]

민혁은 조소했다. 바크란 길드에서 알아서 죽여줍쇼 하고 머리까지 숙이고 있었기 때문.

오늘은 사실 이 영토 전체를 훑어보려던 생각이었다. 그리고 지니의 대답이 떨어지면 습격을 가하려고 했었다.

민혁이 걸음을 옮겼다.

곧이어 커다란 자택 앞으로 모여 있는 서른 명이 조금 넘는 유저들을 볼 수 있었다. 민혁은 한 건물 위로 올라가 그들을 내려다봤다.

유저들 앞에 서 있는 유저 한 명.

'저자가 마스터.'

그는 귓속말을 하고 있는 것인지 시시각각 표정이 변하고 있었다.

민혁은 자신의 품속에서 반지 하나를 꺼내서 착용했다. 바로 조개 골렘을 사냥했을 때 얻었던 '로베스의 반지'였다.

(로베스의 반지)

등급: 에픽

제한: 신성력 500

내구도: 4,000/4,000

방어력: 108

특수 능력:

- 스킬 로베스의 해일
- 스킬 참회

로베스의 해일은 2주일에 한 번 사용이 가능한, 7m 높이의 거대한 해일을 일으키는 스킬이었다. 이 해일은 놀랍게도 디스펠이나 혹은 마법 반사 같은 것에 영향을 받지 않는다.

그리고 참회 스킬은 풀카오가 되어도 카오 수치를 게임 시간 기준 5개월에 한 번 없앨 수 있는 엄청난 능력이 있었다.

[엘레의 검술]

[9분 동안 모든 스텟이 22% 상승합니다.]

[회피율이 30% 상승합니다.]

[치명타율이 30% 상승합니다.]

민혁은 이어 콩이까지 소환해서 어깨 위에 올렸다.

콩이의 버프까지 받은 민혁은 싸늘한 표정으로 놈들을 바라봤다.

"꾸울?"

[콩이가 궁금해합니다.]

민혁이 어깨 위의 콩이를 봤다. 서로의 감정을 어느 정도 공유할 수 있기에 콩이는 민혁의 분노를 알아챈 것이다.

"오늘은 제대로 싸워보자, 콩아."

"꿀."

그리고 이어 민혁이 손가락에 로베스의 반지를 착용했다.

[로베스의 해일]

[7m 높이의 해일이 단숨에 적들을 집어삼키며 무효화시킬 수 없는 마법입니다.]

쏴화아아아아아악!

땅에서 생성되기 시작한 해일이 점차 그 크기가 거대해지기 시작했다. 그리고 그 해일은 빠른 속도로 바크란 길드의 길드원들에게 움직였다.

"저, 저게 뭐야?"

"허억!"

"마, 마법사들! 디스펠! 디스펠!"

당혹한 그들이 우왕좌왕했다. 그와 함께 한 마법사가 앞으로 나서 완드를 휘둘렀다.

하지만 곧 그는 당혹한 표정이 되었다.

"헉……!"

그리고 이어 거대한 해일이 순식간에 길드원들을 집어삼켰다.

푸화아아아악!

"커헉!"

"억?"

[호흡 곤란에 의해 HP가 지속적으로 감소합니다.]

[정신을 차릴 수 없습니다.]

로베스의 반지의 해일은 사실상 엄청난 대미지를 주진 못한다. 하지만 적들을 혼란스럽게 만들 수 있고 물기로 인해서 그들의 몸을 무겁게는 만들 수 있었다. 그리고 민혁이 로베스의 반지를 사용한 이유는 간단했다.

'물과 전기가 만나면…….'

그 배의 힘을 발휘하게 될 것을 그는 알았다.

그는 인벤토리에서 서둘러 번개의 맷돌을 꺼내 들었다.

"네, 네놈은 누구냐!"

클론이 소리쳤다.

해일이 사라지고 물에 휩쓸렸던 길드원들이 기침이나 토악

질을 해대며 하나둘 몸을 일으키며 전투 준비를 시작하고 있었다.

민혁은 그에 대답하지 않았다. 단지, 맷돌 손잡이 맷손을 잡고 돌리기 시작했다.

드드드드득-

갑자기 맷돌을 돌리는 그를 보며 바크란 길드의 길드원들은 황당한 표정을 지을 수밖에 없었다.

"저거 미친놈 아니야?"

"잡아!"

"마법사들, 마법 난사해!"

그 순간.

"어……?"

클론은 하늘을 향해 고개를 들어 올렸다. 갑자기 마른하늘에 먹구름이 가득해졌다.

클론은 눈을 크게 떴다.

'서, 설마……!'

재앙 아티팩트?

그리고 이어서.

[낙뢰지옥(落雷地獄)]

[추가 대미지 120%를 내는 강력한 번개가 무차별적으로 반경 20m 앞으로 1분 동안 내리쳐집니다.]

쾅!

거대한 벼락 하나가 길드원 한 명을 강타했다.

"끄아아아악!"

길드원 한 명이 비명을 질렀다.

클론의 눈이 크게 뜨였다.

현재 그들은 길드전 상태에 돌입했다. 때문에 길드전 모드였는데, 길드전 모드를 할 경우 길드원들의 HP 바와 MP 바가 개인의 머리 위에 떠오른다. 그런데 지금 조금 전 낙뢰에 맞은 유저의 HP가 순식간에 20% 이상이 깎여 나갔다.

"헉……! 모, 모두 피……!"

하지만 그 말이 끝나기 전이었다.

콰콰콰콰콰콰콰콰쾅!

먹구름에서 무차별적으로 내리치기 시작한 낙뢰가 길드원들을 집어삼키기 시작했다.

"끄아아아악!"

"으, 으아아악!"

"미친……!"

"피해!"

"어어어억! 모, 몸이 움직이질 않아!"

한번 강타당한 유저들은 몸 또한 움직일 수 없었다.

[강력한 전기에 감전됩니다.]

[일시적 스턴 상태에 빠집니다.]

벼락에 맞으면 보통 사람들은 발작을 일으키며 신경이 마비되게 마련이었다.

콰콰콰콰콰콰쾅!

내리치는 벼락은 멈추지 않고 그 힘을 발하고 있었다.

그 틈에서 클론은 볼 수 있었다.

[길드 채팅: 베야 님이 강제 로그아웃 당합니다.]

[길드 채팅: 베이즈 님이 강제 로그아웃 당합니다.]

[길드 채팅: 루미 님이 강제 로그아웃 당합니다.]

[길드 채팅: 케토톡 님이 강제 로그아웃 당합니다.]

[길드 채팅: 사자맨 님이 강제 로그아웃 당합니다.]

[길드 채팅: 꼴꼴 님이 강제 로그아웃 당합니다.]

순식간에 열 명이 넘는 길드원들이 죽어버렸다.

'……가, 강하다.'

클론은 눈을 크게 뜰 수밖에 없었다.

재앙 아티팩트. 심지어 물을 이용해 그 효과를 배로 내니 엄청날 수밖에 없었다.

그 와중에도 벼락은 계속해서 길드원들을 집어삼키고 있었다. 그리고 그들이 떨어진 자리로 후두둑- 그들의 아티팩트와 골드가 드랍되기 시작했다.

'미친……!'

클론이 다른 길드와 마찰을 피하는 가장 큰 이유. 길드원 전부가 카오였기 때문에 죽는 순간 엄청난 아티팩트와 골드 드랍량, 경험치 다운이 발생하기 때문이었다.

지금 길드원들의 아티팩트가 주변에 널브러져 있었다.

그리고 건물 위에 서서 무미건조한 표정으로 내려다보던 사내. 그가 뛰어내리더니 남아 있는 길드원들을 향해 달리기 시작했다.

"저, 전투 준비!!"

클론이 목에 핏대를 세워 외쳤다.

민혁의 목표는 먼저는 클론이었다.

그 앞을 탱커들이 겹겹이 막아섰다. 비록 HP가 크게 깎여 있었지만, 그들은 빠르게 포션을 마셔 어느 정도 회복시켰다.

"놈!"

"이 새끼가!"

"바람 같은."

수우우우웅!

"억?"

앞을 막아선 탱커 블로우는 깜짝 놀랄 수밖에 없었다. 순식간에 그가 코앞에 도달해 있었기 때문이다.

푸화아악!

그의 대검이 강력하게 몸을 훑고 지나갔다. 한데, 거기서 끝이 아니었다.

[낙뢰(落雷)]

[5% 확률로 2~4연속 낙뢰가 내리칩니다.]

[2연속.]

쾅!

하늘에서 갑자기 낙뢰가 내리쳐 블로우의 몸의 HP를 깎아 놨다.

'무슨 HP가 20%나 깎여!'

그와 함께 또다시 한번.

쾅!

"커허억!"

블로우는 정신을 차릴 수 없었다. 온몸이 마비되어 부들부들 떨려왔다.

그 순간, 민혁이 그를 베고 지나갔다.

푸지익!

"막아!"

"×발, 길마님한테 못 가게 막으라고!"

민혁의 타켓을 알아챈 길드원들이 서둘러 클론의 앞을 겹겹이 둘러쌌다.

그 모습을 본 민혁의 입가에 작은 미소가 감돌았다.

'웃어……?'

그에 클론은 무언가 이상하다는 걸 깨달았다. 그는 주변을 둘러봤다. 겹겹이 있는 길드원들.

'서, 설마?'

광역 스킬이 또 있다는 건가?

그런 생각을 하던 순간, 민혁이 번쩍 뛰어올랐다.

수우우우우웅!

그리고 있는 힘을 다해 땅에 대검을 내리꽂았다.

[피어나는 검]

[전방 9m의 적을 땅에서 무차별적으로 솟아난 검이 공격하며 관통 시 폭발을 일으켜 70% 추가 대미지를 입힙니다.]

푹푹푹푹푹푹푹!

수백여 개의 검의 꽃이 피어나 그 날카로운 예기를 반짝였다. 그 앞을 막고 있던 길드원들의 몸 곳곳이 관통되어 있었다.

클론은 그 범위에서 빗나가 있었다.

'빌어 먹……!'

그 순간, 아직 끝나지 않은 폭발이 이어졌다.

쾅쾅쾅쾅쾅쾅쾅쾅쾅!

거대한 폭발이 주변을 휘감으며 길드원들의 몸이 후두둑 터져 나갔다.

"끄으읍!"

"으으으으……."

"커어어어억!"

하지만 다행스럽게도 살아남은 유저들은 분명히 있었다.

문제는 그들도 상당한 중상을 입었다는 거다.

그 순간.

"바람 같은."

다시 한번 바람이 불었다. 그리고 바로 앞에 민혁이 있었다.

클론이 서둘러 아티팩트를 꺼냈다.

플람베르크. 플람베르크는 베였다는 느낌이 아니라 찢겼다가 어울리는 잔혹한 검이었다.

클론 역시 국내에서 영향력 있는 랭커 중 한 명. 또한, 앞의 사내는 프라이팬 살인마였다.

"도대체 어떻게 그렇게 강한 건지는 모르겠다만……."

클론의 플람베르크가 순간적으로 이어지는 민혁의 검을 막아냈다.

태애앵!

민혁의 검은 대검이었으나, 클론의 플람베르크 또한 거대하고 무거운 검의 형태였다.

클론은 거대한 대검임에도 불구하고 높은 대검 마스터리 스킬에 의해 이 플람베르크를 자유자재로 휘두를 수 있었다.

심지어 민혁은 혼자였으며 그에게 길드원들이 이리 크게 당한 것은 '재앙 아티팩트'와 조금 전 검날이 튀어 오른 그 광역 스킬 때문이었다. 그를 뺀다면 그는 1:1에서는 충분히 상대할 수 있으리라.

"너희는 뒤를 공격해라!"

"예!"

클론이 서둘러 명령을 내렸다.

그때 한 존재가 민혁의 등 뒤에 두둥실 날아올라 그의 등을 방어했다.

"꿀!"

[콩이가 자신만만해합니다.]

콩이는 얼마 전 카이스트라 덕분에 진화했고 이제 높은 공격력 또한 보유 중이었다.

"콩아, 가자."

"꿀!"

민혁이 한 걸음을 떼는 순간, 콩이가 뒤집개를 들고 맹렬한 속도로 적들을 향해 날아갔다.

태애애앵!

민혁의 검이 다시 클론의 플람베르크와 충돌을 일으켰다.

쐐에에에에엑! 핏핏핏핏핏핏-

그 순간 날카로운 바람이 플람베르크에서 발생하며 민혁의 몸 곳곳을 찢고 지나갔다.

주르르륵-

그의 몸 곳곳에서 피가 흘러내렸다.

바로 클론의 플람베르크에 붙어 있는 특수 능력인 '물결 바람'이었다. 이는 7~14% 확률로 발동되는데, 상대방이 공격을 시도했을 시 막아내면 발동된다.

또한, 이는 꽤 적잖은 대미지를 준다.

탱탱탱!

민혁과 클론의 검이 다시 부딪쳤다. 그러자 또다시 물결 바람이 발동되었다.

핏핏핏핏핏-

그의 몸 곳곳을 찢어놓는 물결 바람.

클론의 입가에 웃음이 드리워졌다.

"역시 광역 스킬 말곤 아무것도 없는 놈이었어."

클론은 속도로 놈을 잡자고 생각했다. 그리고 그 커다란 플람베르크로 쾌검을 구사했다.

탱탱탱탱탱!

한데, 놀라운 이변이 발생했다. 앞의 사내가 매서운 속도로 자신의 공격을 방어하고 있었다.

하지만 곧 클론은 빈틈을 보았다.

푸화앗.

그의 플람베르크에 강력한 빛이 서리며 힘껏 민혁의 복부를 찔렀다.

퍼엇!

"됐……!"

[물리 대미지 반사! 두 배의 대미지를 돌려줍니다.]

"커허억!"

클론은 반대로 자신의 복부를 비집고 들어오는 고통에 깜짝 놀란 표정을 지었다.

그 순간.

"비산하는 검."

민혁의 검이 그를 가격했다.

"크아아악!"

연속적인 대미지에 클론의 입에서 비명이 터져 나왔다. 하지만 클론은 쓰러지지 않기 위해 버텼다.

"곧 다른 놈들이 도착한다. 우리 길드의 정예 중의 정예들이지."

그가 씨이익 웃었다.

그에 민혁이 고개를 끄덕였다.

"오늘도, 내일도 모레도, 그다음 날도, 그 다음다음 날도."

"……?"

"계속 전부 죽여줄게."

푸화아아악!

클론이 천천히 허물어졌다.

그와 함께 민혁은 뒤를 돌아봤다.

푸화앗!

콩이의 뒤집개를 막은 한 유저의 몸에서 피가 솟구쳤다.

곧이어 뒤쪽에서 달려오는 이들의 목소리가 들려왔다.

"빨리!"

"이 새끼가 감히 여기가 어디라고!"

민혁의 미간이 구겨졌다. 바로 그때.

수화아아아아악!

소용돌이치는 강력한 힘이 민혁을 향해 쏘아져 들어오기 시작했다.

민혁의 눈이 크게 떠졌다.

'가, 강한 힘이다.'

클론의 말처럼 아직 정예는 도착하지 않았다. 그리고 클론이 길드 마스터라고 해서 길드 내에서 가장 강한 건 아니었다.

곧 뒤쪽에서 무리를 이끌고 걸어오는 한 명의 사내가 보였다.

그는 범상치 않은 힘을 가진 듯 보였다. 그리고 뒤에서 함께 오는 길드원들만 40명이 넘었다.

'후퇴해야 하나?'

민혁이 조금 전, 클론과 그 무리를 사냥할 수 있었던 가장 큰 이유 중 하나는 바로 번개의 맷돌과 로베스의 반지 덕분이었다. 그렇기에 위험 부담이 커 보였다.

민혁은 일단 '마하바의 더블링'을 이용 흡수를 통해 막아내자고 생각했다.

바로 그 순간.

"불기둥."

푸화아아아아아악!

땅속에서 솟아오른 거대한 화염 장벽이 민혁에게 쏘아지던 힘을 막아냈다. 그리고 네 개의 건물에 나누어져 서 있는 검은 가면을 착용한 네 사람이 나타났다.

서둘러 달려오던 바크란 길드의 1공격대장, 434레벨인 마검사

킬레는 당혹할 수밖에 없었다.

'내 능력을 단 한 번에……?'

그는 눈살을 찌푸렸다가 건물 위의 네 사람을 보고 눈을 크게 떴다.

"4, 4인의 하이에나들?"

어째서 그들이 여기에 있단 말인가?

4인의 하이에나들은 오로지 사냥에 미친 존재들이었다. 사냥감이 있는 곳이라면 어디든 간다.

그리고 확실한 것은.

"내 정의의 화염이 네 심장을 꿰뚫을지니!"

"내 뜨거운 가슴은 저 하늘의 태양보다 강렬하고 강하다! 너희들에게 본때를 보여주마!"

아재들이 분명하다는 거였다.

민혁은 그들 중 방금 불기둥을 소환한 이의 목소리가 너무도 익숙했다. 그에 자신도 모르게 말했다.

"태식이 삼촌?"

"……잉?"

"창식이 삼촌도 있네."

"음?"

하이에나들은 놀란 표정으로 민혁을 돌아봤다.

민혁은 헛웃음을 흘렸다.

일화건설, 노뚜기, 일화전자, 일화유통을 이끄는 분들, 그리고 우리나라 재계의 전설들이었다.

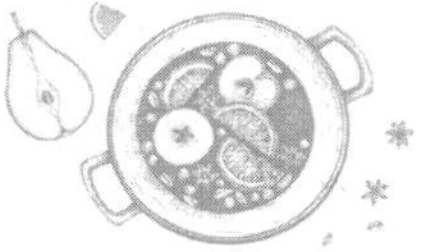

7장
무한 리필 양고기

태식이 삼촌. 즉, 불의 마도사 루스도 익숙한 목소리라는 것을 알아챘다.

"혹시 민혁이냐?"

민혁은 고개를 끄덕였다. 그들에게 자신의 정체를 숨길 필요는 없었다.

민혁은 현재 일화그룹 내에서 유학을 갔다고 알려져 있다. 하지만 그중에서 아주 소수의 이들만이 그의 병명을 알고 있었다. 바로 앞의 네 분이었다. 그들은 충분히 믿을 수 있는 분들이었다.

'역시 우리 아버진…….'

멋지게 사신 분이다. 아마 그들도 우연히 아버지가 PK를 당했다는 사실을 접했겠지. 그래서 하던 일도 내팽개치고 저들에게 심판을 내리기 위해 왔으리라.

"허어, 네가 그 유명한 프라이팬 살인마였다니, 놀랄 노 자구나."

"삼촌들이 4인의 하이에나라는 사실도 놀라운데요?"

4인의 하이에나. 그들은 한 명 한 명이 국내 20위권 랭커들과 견준다고 알려져 있었다.

그들의 레벨은 20위권 유저들만큼 높지는 않았다. 하지만 그들은 희소성 있는 아티팩트로 온몸을 도배하고 있었다.

본래 그들은 사냥을 통해 게임의 즐거움을 느끼는 이들이었다. 공식적으로 모습을 드러낸 적이 없었고 길드와의 마찰도 없었다. 그런데 바로 지금, 아버지의 일에 나서시는 것이다.

"4인의 하이에나. 지금 바크란 길드하고 전쟁이라도 하겠다는 겁니까?"

그리고 상황을 지켜보던 킬레가 경고했다. 그들이 아무리 강한 4인이라고 할지라도 숫자가 적지 않은가.

그에 너클을 착용한 노뚜기의 베즈가 말했다.

"전쟁? 우린 너희를 학살할 생각이다만?"

킬레의 미간이 꿈틀거렸다.

"이유는?"

"건드려선 안 될 사람을 건드렸어."

킬레는 그 말에 누구인지 생각해 봤다. 하지만 도무지 떠오르는 이가 없었다.

"그럼 전쟁뿐이겠군."

킬레가 그 자리에서 검을 휘둘렀다.

좌아아앗!

검이 순간적으로 길어지며 채찍처럼 4인의 하이에나들을 노렸다.

"워워."

킬레는 마검사였다. 다양한 마법들을 구사하기도 하며 검도 잘 다루는 이였다.

"일단은……."

그리고 베즈가 건물에서 뛰어내리며 바닥에 착지했다.

"이 녀석들부터 처리하고 이야기하자꾸나."

콰콰콰콰콰콰쾅!

사방팔방에서 수십 가닥으로 쏟아져 내리는 마법과 화살 등에 카이스트라가 후방으로 빠졌다.

푸지익!

앞에서 거대한 도끼를 들고 달려오는 아누비스의 목을 언월도로 베어내자 놈이 잿빛이 되어 스르르 흩어졌다.

"와아아아!"

"죽여! 레전드 애들 죽이면 아이템 좋은 거 떨굴 거다!"

드디어 적들이 영지 안으로 진입하기 시작했다.

지니와 카이스트라, 로크는 계속 뒤로 밀려났다.

"애들은 왜 이렇게 안 와?"

로크가 눈살을 찌푸렸다.

"오늘 조기 축구 하는 날이잖아."

"내가 축구를 못하는 게 이렇게 좋을 수가 없구만?"

그리고 그 틈에서 카이스트라는 펜루스의 상태를 확인했다. 아무리 카이스트라와 펜루스가 강하다고 할지라도 저렇게 몰려드는 유저들과 아누비스들을 감당하기 쉽지 않았다.

하물며 가장 큰 문제는 파라오였다. 그는 마력이 차오르면 계속해서 아누비스들을 소환하고 있었다.

'빌어먹을 능력이다.'

즉, 마력만 받쳐주면 소환을 어느 정도 유지할 수 있다는 의미였다.

퍼지잇!

또 하나의 아누비스를 베어낸 순간이었다.

수화아아아! 쿠우우우우웅!

카이스트라가 미간을 구겼다.

허공에서 떨어져 내린 거대한 사자 두 마리. 돌로 이루어진 두 마리의 사자는 크기가 집 한 채는 될 만큼 커다래 보였다.

타타탓!

펜루스가 빠른 속도로 움직였다.

태에엥!

그 틈에 카이스트라가 창을 움직였다. 한데, 베이지 않고 창극에 스파크가 튀었다.

'방어력이 높아.'

"크라아아!"

사자 한 마리가 펜루스를 짓이기기 위해 달려들었다.

팟!

재빠른 펜루스가 피해냈다.

"꺗!"

"지니!"

그 순간, 뒤쪽에서 지니가 아누비스의 공격을 허용했다.

전방의 화살 부대와 마법사들이 그 틈을 노리고 지니와 로크를 향해 총공격을 펼쳤다.

퓻퓻퓻퓻퓻! 수화아아아아!

새까만 화살이 비처럼 하늘을 덮으며 쏟아져 내리고 여러 속성의 마법들이 쏟아진다.

'펜루스의 MP는?'

펜루스의 MP는 무한하지 않았다. 저 마법들을 상쇄시킬 수는 있으나 그러면 펜루스는 더 이상 속도를 높여주는 '가속'을 사용하지 못한다.

그리고 바로 그때.

쐐에에에에엑!

창 하나가 날아왔다. 빠른 속도로 회전하는 창은 허공에서 쏟아지던 화살들과 마법들을 빨아들였다.

퍼지지지짓!

그리고 허공에서 소멸시켜 버린 다음 어딘가로 다시 돌아갔다. 그곳에 시선을 돌리자 노인 밴과 창술사들이 도착해 있었다.

겁에 질려 있던 병력이 움직이기 시작했다.

탓!

창술사들이 빠르게 내달리기 시작했다.

푹푹푹푹푹!

순식간에 몰려들던 아누비스들을 창으로 관통시키는 창술사들!

"……미쳤어."

지니가 깜짝 놀랐다. 그리고 그 틈에서 뚜벅뚜벅 뒷짐을 지고 걸어오는 밴. 그가 자신에게 달려오던 근접 유저 한 명의 목을 가뿐히 꿰뚫고는 뽑아냈다.

"예끼, 이놈. 그 실력으로 어딜."

그리고 앞에서 몰려오는 유저와 아누비스들을 향해 창을 힘껏 찔렀다.

[귀신의 춤사위]

[귀신같은 창이 춤을 추듯 적들을 유린합니다.]

푹푹푹푹푹푹푹푹푹!

"커허억!"

"헉!"

"크하아아악!"

곧 유저들이 쓰러지고 아누비스들이 잿빛이 되어 사라졌다.

"1군. 앞으로!"

창술사 중 한 명이 소리쳤다. 그와 함께 혼비백산하던 병력이 일사불란 움직이기 시작했다.

쿠우우웅!

"나도 저놈 하나를 맡으면 되겠군."

밴이 거대한 사자를 향해 덤벼들었다. 밀릴 듯, 밀리지 않을 듯 팽팽하다.

그 순간 파라오가 든 스태프의 보석이 빛을 발했다.

[파라오의 축복]

[아누비스들의 능력치가 30% 상승합니다.]

아누비스들이 더욱 흉포해졌다. 그와 동시에.

쿵! 쿵쿵쿵!

여섯 마리의 거대한 사자들이 추가로 나타났다.

"제길!"

맹렬한 속도로 달려오는 사자들, 그리고 사자들이 건물과 충돌할 때마다 그 건물은 후두둑 무너져 내렸다. 놈들이 안으로 난입하는 순간 끝이다.

그때 때마침 도착한 에이스와 크로우가 움직였다.

"히히히히히힝!"

홍염의 격투가 에이스가 소환한 지옥마가 매서운 속도로 달려 나가 사자 한 마리를 밀쳐냈다.

"크하아아악!"

거대한 사자가 지옥마를 향해 포효했다.

화르르르륵!

그리고 불길이 되어 사라진 에이스는 어느새 지옥마의 위에 올라 있었다.

"누나, 나 왔어!"

"빨리도 온다!"

"다른 애들도 이제 곧 접속할 겁니다!"

크로우가 외쳤다. 그와 함께 전장의 신 아스갈을 비롯한 몇몇 길드원들이 접속했다.

차가운 표정의 아스갈. 그녀는 말없이 한 마리의 사자를 맡았다.

사자들은 방어력이 말도 안 될 정도로 높은 수준이었다. 때문에 전장의 신 아스갈도 그 두꺼운 피부를 뚫지 못하고 있었다.

"여어! 애들아 오늘 조기 축구 우리가 이겼어!"

"캬! 나 골 넣었을 때 세리머니 봤어야 하는 건데."

"세리머니로 나한테 개 패듯 맞을래요?"

속속들이 도착하기 시작한 길드원들!

그들을 보는 파라오. 그의 눈이 날카로워졌다.

파라오의 사자. 그는 레전드 길드의 길드원들이 모이길 기다리고 있던 참이었다.

그가 소환하려 하는 바포메트는 소환 시간이 고작 30분밖에 되지 않을 정도로 아주 짧지만, 소환되면 아직 완전한 성장을 이루지 못한 펜루스에게 절대 밀리지 않을 것이다.

또한, 바포메트는 엄청난 광역 마법과 다양한 능력을 보유하고 있기에 순식간에 지금의 판을 뒤집을 수 있을 것이었다.

하지만 바포메트는 파라오가 일시적인 힘을 빌리는 존재일 뿐, 파라오의 소환수가 아니었다. 때문에 페널티로 자신의 모든 스텟을 5씩 갉아먹어 버린다.

"이 새끼들이, 어딜 감히!"

"크하하핫, 너희 왜 이렇게 늦게 왔냐? 이따가 좀 처맞자!"

속속들이 접속을 시작한 레전드 길드원들은 체계적으로 나뉘어 바크란 길드원들을 공격하거나 아누비스, 또는 사자를 상대하기 바빴다.

'사자들은 공격력은 강하지 않지만, 방어력이 어지간해선 잡을 수 없을 정도로 높은 편이지.'

파라오의 입가에 비릿한 미소가 감돌았다.

역시 레전드는 레전드였다. 고작 스물. 그 정도 숫자로 바크란 길드의 길드원들을 압박하고 있었다.

"끄아아아악!"

"으, 으아악!"

"이 새끼들, 우리 생각보다 엄청 세잖아!"

그들이 지나가는 자리로 바크란 길드의 길드원들이 맥도 못 추리고 쓰러져 갔다.

그렇게 팽팽한 접전이 이어지던 때. 펜루스가 순식간에 허공을 밟고 나타났다.

'여유가 생기니 나부터 잡고 보자는 거군.'

카이스트라는 영리한 소년이었다. 지금 그가 맡고 있던 사자들을 다른 길드원들이 대신 맡아주고 있었다. 그리고 그는 위험을 감지했다.

'놈은 아직 모든 걸 보인 게 아니다.'

그리고 빛처럼 빠르게 움직이는 펜루스가 그 앞을 가로막는 적들을 사냥하며 빠르게 그와 거리를 좁힌 순간, 파라오의 스태프의 보석이 검은빛을 터뜨렸다.

그 검은빛은 곧 하늘 전체를 뒤덮었고, 그와 함께 하늘에서 한 존재가 천천히 모습을 드러냈다.

양의 얼굴과 상체, 그리고 하체는 말과 닮아 있었으며 온몸이 검은색이었다. 그리고 파라오처럼 스태프를 들고 있었다.

사자들과 바크란 길드의 길드원들을 상대하고 있던 레전드 길드원들이 일제히 멈춰 그 존재를 바라봤다.

"저, 저게 뭐야?"

"마, 마물?"

[마계의 7대 마물. 바포메트의 출현!]

[바포메트는 파라오의 귀속 소환수가 아닙니다.]

[바포메트를 사냥할 시 마계 보상을 최초 획득할 수 있습니다.]

그리고 이어 바포메트가 울음을 터뜨렸다.

놈의 스태프에서 검은 기운이 폭사되었다. 그 검은 기운은 자리에 있던 레전드 길드원과 병력을 휘감았다.

"음메에에에에!"

[마물의 저주]
[물리 공격력이 40% 감소합니다.]
[물리 방어력이 40% 감소합니다.]
[마법 방어력이 40% 감소합니다.]
[마법 공격력이 40% 감소합니다.]
[스킬 쿨타임의 지속 시간이 20% 길어집니다.]

"미, 미친……!"

"뭐, 뭐?"

엄청난 디버프.

곧 바포메트의 주변으로 수십여 개의 마법이 떠오르기 시작했다.

바포메트는 마물 중 하나였지만 엄청난 마법을 구사하는 존재이기도 했다. 가장 큰 문제점은 현재 바포메트의 디버프에 따라 물리 방어력, 마법 방어력이 40% 감소했다는 거였다. 때문에 저 마법에 한 번만 잘못 허용해도 끝장이다.

콰콰콰콰콰콰쾅!

수십여 개의 마법이 뿔뿔이 흩어져 있는 레전드 길드원과 병력을 향해 쏟아져 내렸다.

칼바트 백작. 남쪽에 위치한 이파스 영지를 거느리고 있는 영주 중의 한 명인 그는 현재 마차에 타고 있었다.

그의 앞에는 보좌관 제크가 함께 있었다.

"수배령 지원서와 함께 만찬 초대라니, 어쩐 일일까요?"

수배령 지원서. 각 영지의 영주들은 수배령 지원서를 황궁에 지출할 수 있다. 물론 영지 내에서 자체적으로 수배령을 내릴 수 있는 힘 또한 있다. 하지만 황궁에 수배령이 걸린다는 의미는 말 그대로 제국 전체에 걸린다는 의미였다.

칼바트 백작은 블랙스톤과 은밀한 관계를 이어가는 이였다.

아테네는 게임이다. 그 게임 속에서 NPC가 이방인들이 만들어낸 그룹과 은밀한 관계를 이어간다? 다른 이들이라면 상상도 못 할 일이다.

하지만 블랙스톤 쪽에서 그에게 매번 수십여 채의 자택을 살 수 있을 정도의 거금을 쥐여준다면? 매번 엄청난 뇌물을 바친다면? NPC들은 자유도가 높기 때문에 욕심 많은 귀족은 혹할 수밖에 없다.

그렇게 친밀을 유지해 가던 중 파라오가 수배령 지원서를 하나 넣어줄 것을 말했다. 이는 프라이팬 살인마라는 존재에 대한 수배령이었다.

수배의 이유? 그는 만들면 그뿐이다.

'바쁜 황궁에서 그런 걸 확인할 턱이 없지.'

어떠어떠한 일이 있었는지 황궁에서 확인할 수 있을까? 그

보단 신하를 파견해서 아마 칼바트 백작인 그에게 어떤 경위인지 물었을 터. 결국에 황제는 꼭두각시와 비슷하다.

때문에 칼바트 백작은 걱정 없는 표정으로 답했다.

"앞으로 이필립스 제국을 이끌어갈 나를 알아보신 거 아니겠나?"

"……흠."

하지만 그와 다르게 제크는 괜스레 불길한 느낌이 들었다.

그리고 이어 황궁 앞에 마차가 도착했다. 미리 기다리고 있던 황제의 직속 보좌관인 루스가 그들을 안내했다.

"황제 폐하께서 저를 위한 만찬을 준비하셨다니, 정말 황송하기 그지없군요. 정말 기대됩니다."

"기대하셔도 좋을 겁니다."

루스의 말에 칼바트 백작은 혹시 이러다 '작위'가 승급하는 건 아닐까 기대했다.

이어 만찬장의 문이 열렸다.

끼이이이익-

문이 열리고 드러난 모습에 칼바트 백작의 눈이 휘둥그레 커졌다. 차가운 표정의 엘레가 포크와 나이프로 스테이크를 썰고 있었고, 그 옆으로 세 명의 귀족들이 흔히 말하는 '대가리 박아' 자세를 취한 상태로 부들부들 떨고 있었다.

엘레는 자신의 앞에 종이 뭉치를 훑어보다가 칼바트를 보며 입꼬리를 말아 올렸다.

"대가리부터 박고 시작하지."

"폐, 폐하…… 가, 갑자기 이러시는 이유가……."

칼바트 백작은 두려웠다. 조금 전까지 꼭두각시라고 생각했던 그 모습은 흔적 없이 사라져 있었다.

엘레는 단호한 황제였다. 그가 이런 행동을 보인다는 건 무언가 이유가 있어서가 분명했다.

"일단 대가리부터 박아, 네 머리통을 날려 버리기 전에."

엘레의 차가운 웃음에 그는 서둘러 머리를 땅에 박았다.

"너도 저기 줄 맞춰서 대가리 박고 있으렴."

그 상태에서 기어가는 칼바트 백작의 꼴은 누가 보더라도 우스꽝스러운 모습이었다. 그리고 옆에서 함께 부들부들 떠는 다른 귀족들에게 동질감이 느껴졌다.

"프라이팬 살인마에 대한 수배령 지원서를 보냈지, 또한 네가 말한 것들을 내가 한번 꼼꼼히 조사해 봤어."

"……."

"허구 사실을 여기에 적으라고 되어 있든?"

"허, 허구라니…… 그 무슨……."

칼바트 백작은 일단 발뺌하고 봐야겠다고 생각했다.

그 순간, 엘레가 손을 휘저었다.

우두둑!

"꺼억!"

칼바트 백작의 오른쪽 다리가 뒤로 꺾여 올라갔다.

"넌 그 상태로 대가리 박아. 만약 쓰러지면 네 목도 날아가는 거야."

"……끄흐흡!"

"두 번 묻게 하지 마라. 너희가 작성한 이 수배령 지원서 자체는 모두 거짓이지? 그 명백한 증거를 내가 가지고 있어."

"……."

"프라이팬 살인마가 내가 아끼는 동생이라면 너희는 믿겠니?"

머리를 박고 있던 네 귀족이 동시에 경악할 수밖에 없었다. 황제와 누나, 동생 하는 사이라고? 미친! 그게 말이 되는가?

엘레가 천천히 몸을 일으켰다. 그리고 싸늘한 표정으로 그들을 내려다봤다.

"일단 너희들이 걸린 건 이번이 처음이지, 하지만 내가 마음먹고 탈탈 털면 영원히 감옥에서 썩게 만들 수 있다."

사실이었다. 실제로 형벌의 감옥에 갇혀 늙어 죽어가는 이들이 한 둘이 아니었다.

"누구야? 이거 시킨 게."

결국 귀족들은 입을 열 수밖에 없었다.

엘레는 심각한 표정으로 그에 관련한 이야기를 들었다.

'이방인 따위가…….'

세상을 휘어잡으려고 한다.

하지만 그는 결코 간과하지 못한 사실이 있다. 그들이 노리는 사냥감의 뒤에는 황제가 있다는 사실을.

"너희가 이제부터 해야 할 일. 내 입으로 말해야 하나?"

"아, 아닙니다!"

그들은 우렁찬 대답에 엘레가 피식 웃음 지었다.

때마침 루스가 하르벤 백작과 함께 들어왔다.

"응, 너도 여기서 대가리 박으렴."

엘레가 빙긋 웃었다.

킬레를 비롯한 바크란 길드의 길드원들이 모두 강제 로그아웃 당했다. 반면에 4인의 하이에나와 민혁은 아직도 굳건했다.

'와, 삼촌들 짱 강해…….'

레전드 길드원들 한 명, 한 명보다 더 강하거나 비슷한 수준이었다. 그리고 드랍된 것들의 경우 킬레의 무리에게서 나온 것은 민혁과 그들이 나눠 가지고, 그들이 오기 전에 민혁 혼자 죽인 이들의 것은 민혁이 습득하기로 했다.

정말이지 어마어마한 양의 아티팩트와 골드. 그것들을 모두 줍던 중, 민혁은 클론이 쓰러졌던 자리에서 한 양피지를 획득했다.

[아티팩트 변화 양피지를 획득합니다.]

아티팩트 변화 양피지. 민혁은 몰랐지만, 클론이 어렵게 획득한 것으로, 한 장에 약 50플래티넘 정도의 값어치를 가지고 있었는 것이었다.

민혁은 확인하고는 '호오' 하는 표정을 지었다.

아티팩트 변화 양피지는 같은 종류의 무기류 내에서 변화시킬 수 있다. 예를 들어 민혁은 지금 대검을 착용하고 있는데, 이 대검을 일반 검, 롱소드, 플람베르크, 레이피어 등으로 변화시킬 수 있으며 그에 따르게 공격력과 특수 능력 등이 변화된다.

'난 대검이 안 어울려.'

사실 민혁은 대검이 귀속돼서 쓰고 있긴 했지만, 대검보다는 일반 검이 더 편하고 좋았다. 때문에 민혁은 이 아티팩트 변화 양피지를 발라카의 대검에 적용시켰다.

[아티팩트 변화 양피지를 고대 수룡 발라카의 대검에 사용하시겠습니까?]

"예."

[검의 종류 중에서 원하시는 것을 선택해 주시기 바랍니다.]

민혁은 일반적인 검 모양의 형태로 선택했다. 그러자 커다란 크기의 발라카의 대검이 일반 크기의 검으로 변화되었다. 투박한 그립 부분이 한 손에 더 잘 들어오게 작아졌고, 검신 또한, 줄어들고 날렵해졌다.

[고대 수룡 발라카의 대검이 고대 수룡 발라카의 검으로 변화합니다.]

[아티팩트 변화 양피지에 따라 특수 능력이 변화하며 기존의 능력을 대부분 유지합니다.]

(고대 수룡 발라카의 검)

등급: 전설

제한: 민혁 귀속 아티팩트

내구도: ∞/∞

공격력: 700

특수 능력:

- 힘 10%, 민첩 10% 상승
- 패시브 스킬 검 상급 마스터리 5레벨까지 상승
- 공격 성공 시 15% 확률로 상태 이상 호흡 곤란
- 공격 실패 확률 50% 미만 감소
- 스킬 아티팩트 아공간

설명: 고대 수룡 발라카의 뼈와 아다만티움이라는 신의 광물로 이루어진 검으로써 신들의 세상에서도 명검으로 불린다.

민혁은 흡족하게 고개를 끄덕였다.

공격력이 32 하락했다. 대검의 경우 휘두르는 게 힘든 만큼 공격력이 더 높은 게 감안된 것이다.

그리고 패시브 스킬 대검 상급 마스터리 5레벨이 일반 검, 상급 마스터리 5레벨로 변했다. 이에 관련하여 공격 속도가 대검 마스터리 때처럼 올랐다. 대검보다 약 1.5배는 훨씬 빠른 속도일 것이었다.

"우린 앞으로도 계속해서 바크란 길드의 학살을 멈추지 않을 것이다. 민혁아."

"저 역시요."

민혁은 삼촌들의 말에 자신도 고개를 끄덕였다. 그들은 건드려선 안 될 사람을 건드렸다.

이어 민혁은 길드 채팅을 켰다. 길드 채팅이 수시로 깜빡이고 있었지만, 전투 중인지라 미처 확인하지 못했다.

[길드 채팅 로크: 아 저 양 대가리 겁나 세잖아!]

[길드 채팅 칸: 디버프 때문에 마법 한 대만 맞아도 피가 40%가 깎여 나가는데?]

"……양?"

민혁은 고개를 갸웃할 수밖에 없었다. 갑자기 '양'이라니?

곧이어 그는 길드 채팅에서 '바포메트'라는 네 글자를 볼 수 있었다.

바포메트! 양의 머리를 한 이족 보행의 존재!

그리고 '양' 하면 떠오르는 것.

'야, 양꼬치!'

희한하게 생긴 기계에서 빙글빙글 돌아가는 양꼬치는 이젠 흔하게 찾아볼 수 있는 느낌이다.

양고기 전문점에서 잘 구워진 양고기는 때론 소고기 맛이

나지 않던가? 거기에 양꼬치에는 자고로 찡따오라고 하였다. '찡따오'라는 맥주를 함께 곁들이면? 감탄이 나온다는 거다.

"삼촌들, 저 이만 가봐야 할 것 같아요."

민혁은 그들도 사실 함께 데려가고 싶었다. 길드 전력에 도움이 될 테니까, 하지만 매스 텔레포트라는 개념은 그 위치를 저장해 둔 마법사여야만 가능했다.

"그래, 알겠다."

민혁은 그들과 친구 추가를 하고는 빛이 되어 사라졌다.

전설 탐사꾼 라크. 그는 카이스트라가 알려준 바할라 영지에 도착하고 주변을 둘러봤다.

'이, 이게 대체…….'

라크의 시선은 파라오와 카이스트라, 레전드 길드의 인원들에게 향해 있었다.

며칠간 연락이 되지 않았던 카이스트라. 그는 한 남성을 주인으로 모시겠다고 했다.

그리고 지금, 파라오가 소환한 바포메트의 디버프에 레전드의 길드원들이 수세에 몰리기 시작했다.

쐐에에에엑! 콰아아앙!

"크흡!"

날아오는 불덩이에 적중당한 전장의 신 아스갈이 신음을

토해냈다.

"쿨럭……!"

자신의 옆에서 피를 토하는 아스갈을 보며 라크는 입술을 질끈 깨물었다.

[라크: 카이스트라, 파라오면 그분께서 보낸 사람 아니야? 도대체 네가 왜 여기서 싸우고 있는 거야, 그분의 무서움을 몰라?]

라크 또한 켄라우헬의 무서움에 대해 알았다. 소문에 따르면 그의 재산은 약 1천여 조가 넘는다고 했다.

너무 허황된 사실 아니냐고? 아니, 라크는 바로 오늘 이곳에 오기 전 그가 속한 귀족 가문에 대한 꼬리를 어느 정도 밟았다. 엄청난 재벌 귀족 가문! 금융권을 통해 막대한 수익을 벌어들이는 세계 최고의 명문 가문.

그리고 그 중심에 선 남자. 그가 바로 켄라우헬이었다.

[카이스트라: 라크, 미안해. 하지만 난 '그분'을 모시기로 했어.]

바포메트와 싸우는 카이스트라. 그는 파라오에게 접근하려고 했지만 바포메트가 그를 차단하고 있었다.

그 순간.

콰지익!

바포메트가 사용한 마법에 카이스트라가 뒤로 퉁겨 날아갔다.

"크르!"

펜루스가 빛처럼 날아가 그런 카이스트라를 받아냈다.

"쿨럭!"

카이스트라도 많이 지쳐 보였다. 초반에 몰려오는 적들을 거의 혼자서 막아냈다. 빛의 화신이 아무리 강할지언정, 이 정도 숫자를 감당해 낼 순 없다.

또한, 바포메트는 마계의 마물. 디버프 능력과 각종 마법 능력을 합치면 레벨 520을 가뿐히 넘는 존재다.

"……도대체 나보고 어쩌라는 건데!"

바포메트가 또다시 울음을 터뜨렸다.

"메에에에에에!"

[그레이트 어스 퀘이크]

[전방 20m 앞의 적을 집어삼키는 강렬한 지진!]

꽈드드드드득!

땅이 뒤틀리며 밀려나는 레전드 길드원들을 집어삼키려 움직였다. 저 공격에 집어삼켜진다면 최소한 길드원 다섯 명은 죽어 나갈 것이다.

라크는 생각을 마쳤다.

[왕자의 무덤]

[강력한 돌무덤이 솟아나 공격을 막아냅니다.]

꽈드드드득!

땅을 비집고 커다란 무덤이 나타났다. 그 무덤이 쏘아져 오던 방대한 힘을 가진 그레이트 어스 퀘이크와 충돌을 일으켰다.

콰아아아아아앙!

"이 틈에 피해요! 얼마 못 버팁니다!"

"감사합니다."

"땡큐, 남루한 아저씨!"

그 틈에 레전드 길드원들이 대피했다. 그리고 이어 왕자의 무덤이 차르르르 내려 들어갔다.

라크는 카이스트라에 비해선 한없이 약하지만, 전설 클래스 중 하나였다. 또한, 바포메트의 저주 디버프가 현재 걸린 상태가 아니었기에 방어할 수 있었던 것.

콰르르르르!

라크가 온 마력을 끌어올리기 시작했다. 그 순간, 주변에 있던 아누비스와 바크란 길드원들의 몸이 허공에 떠오르기 시작했다.

중력을 다스리는 힘. 그것이 바로 라크가 가진 힘이었다.

그가 들어 올린 팔을 땅에 내려치듯 몸짓을 했다.

콰아아아아앙!

그러자 허공에 떠올랐던 존재들이 땅에 처박혔다.

[카이스트라: 고마워, 라크.]

[라크: 나쁜 새끼, 이따가 볼기짝을 때려주마.]

카이스트라. 그는 믿을 수 있는 소년. 때문에 라크 또한 그를 믿고 가기로 결정했다.

바할라 소도시의 소년 케빈. 그는 2년 전 무모한 영주의 토벌대 파견으로 아버지를 잃은 소년이었다. 소년 케빈의 아버지는 한때 바할라 소도시의 기사단장이었다.

아직도 소년 케빈은 그때의 그 날을 기억한다. 웃으며 돌아온다고 했던 아버지는 결국 2년 동안 돌아오시지 못했다.

그리고 소년 케빈은 바로 오늘 악마처럼 보이는 존재가 나타난 것을 보았다. 그와 함께 개의 상체에 하체는 말의 것을 가진 놈들이 영지를 습격하고 있었다.

케빈의 나이 고작 7살이었다. 그러한 소년 케빈은 마을에 있던 병력이 죽어 나가고 레전드 길드의 길드원들이 속속들이 쓰러지는 걸 볼 수 있었다.

갈수록 수세에 몰리기 시작하는 것 같았다. 무덤 하나를 소환했던 아저씨가 적들을 땅에 내리꽂았음에도 말이다.

그러던 중.

쿠웅!

거대한 돌로 이루어진 사자 한 마리가 앞에 나타났다.

케빈은 두려워 덜덜 다리를 떨었다. 도망치기 위해 몸을 돌렸다가 돌아가신 아버지의 말씀이 생각났다.

'남자라면 적 앞에서 사랑하는 이들을 지키기 위해 돌아서는 게 아니란다.'

소년 케빈은 그에 항상 소지하고 다녔던 작은 단도를 품속에서 꺼냈다.

아버지의 유품.

"크르르르!"

돌로 이루어진 사자가 이를 드러내 다가왔다. 두려웠지만 케빈은 아버지의 행동을 떠올렸다. 아버지는 검을 양손으로 쥐고 힘껏 위에서 아래로 내려쳤다.

그 순간, 사자가 뛰어들었다.

"으합!"

케빈은 두려웠지만, 눈을 질끈 감고 아버지처럼 단도를 위에서 아래로 힘껏 내려쳤다.

펏펏펏펏펏펏펏펏! 콰르르르르르르르!

거대한 돌 사자가 무너져 내리는 소리가 들려왔다.

"내, 내가 해냈어!"

소년 케빈이 활짝 웃었다. 그에 옆에서 빛이 되어 나타난 한 사내가 작게 웃으며 물어왔다.

"정말 멋졌어, 기사가 되고 싶니?"

"응! 아주아주 멋지고 강한 기사. 우리 아버지는 예전엔 아주 강한 기사로 불렸던 사람이었거든, 나도 아버지처럼 훌륭한 기사가 되고 싶어!"

"그래, 꼭 될 수 있을 거야."

그렇게 말하며 머리에 손을 올린 청년. 그의 어깨 위로는 아기 돼지가 올라타 있었다.

"인제 그만 돌아가렴, 위험하니."

"알았어, 참. 형 이름은 뭐야?"

소년 케빈의 물음에 사내가 앞으로 달려 나가며 말했다.

"민혁."

달려 나가는 사내의 앞으로 대검을 휘두르는 한 이방인이 보였다. 대검을 휘두르는 이방인은 단단한 돌 사자의 갑각을 뚫지 못하고 있었다.

그 순간, 사내가 두 개의 손가락을 입에 집어넣었다.

"삐이이이이이이이!"

달려 나가던 민혁이란 사내의 주변으로 거대한 사자들과 아누비스들이 몰려들기 시작했다.

"난무하는 검."

팟팟팟팟팟팟팟팟팟팟!

높은 방어력 때문에 그 누구도 사냥하지 못했던 돌 사자들이 후두두둑 무너져 내렸다.

이어서 사내가 검을 땅에 꽂았다.

"피어나는 검."

푹푹푹푹푹푹푹푹!

날카로운 예기를 가진 검날이 아름답게 적들을 꿰뚫고 강력한 폭발을 일으켰다.

콰콰콰콰콰콰콰콰쾅!

그를 바라보던 케빈.

"우와!"

그가 감탄했다.

소년 케빈은 추후, 이날 영지를 구했던 영웅을 상상하며 추후에 뛰어난 기사가 된다.

미친 사냥마, 그리고 투신이라 불리는 로반. 어느덧 그는 레벨을 360까지 올렸다. 실질적으로 민혁보다 더 높은 수준.

바할라 영토에 있는 그는 버서커의 광기 스킬을 사용했다.

3일 동안 경험치 획득 불가에 5대 스텟 5가 영구 소멸된다는 엄청난 페널티 대신 50% 모든 능력치를 10분간 상승시켜주는 능력. 이제 이 자리에 있는 이중 로반은 자신이 절대 뒤처지지 않을 정도로 강하다고 여겼다.

하지만 빌어먹을 돌 사자의 방어력은 넘사벽이었다.

꽈드드드득!

놈의 방어력을 뚫기는 힘들었다.

거대한 대검이 놈을 후려치자 돌무더기가 튀었다. 하지만 놈의 높은 방어력에 의해 큰 피해는 없어 보였다.

바로 그때 익숙한 소리가 들려왔다.

"삐이이이이이이이!"

[그리폰의 비명]

[길드원 민혁의 버프 능력에 따라 5대 스텟 15% 상승효과를 얻습니다.]

"너무 오랜만이신데?"

로반은 과거에 절규의 언덕에서 들었던 이 울음소리를 똑똑히 기억했다. 미친 사냥마 로반이라고 불렸던 자신이 지칠 정도로 사냥에 미친 인물! 그리고 자신에게 패배를 안겨준 인물!

하지만 로반은 지금 자신 있었다. 그는 버서커의 광기까지 사용하지 않았는가? 돌 사자를 해치우지 못하고 있었지만, 이 놈의 방어력이 워낙 강하기 때문이지, 자신이 약한 게 아니다.

지금도 그 대단한 카이스트라가 돌 사자의 방어력을 뚫지 못하고 있다. 놈의 방어력은 최소 4,500이 넘어 보이는데, 돌 사자들이 탱커를 하고 바포메트가 뒤에서 마법을 쏴대니 미치고 팔짝 뛸 노릇.

그러다 얼마 전, 로크가 했던 말이 생각났다.

'저 얼마 전에 타임 어택 던전 민혁이랑 같이 갔다고 했잖아요?'

'네.'

'근데 민혁이랑 같이 게임 하다 보면 갑자기 엄마가 보고 싶어집니다.'

'잉?'

로반은 그에 고개를 갸웃했었다. 그다음의 말은 로크가 해주지 않았다. 나중에 차차 알게 될 거라는 듯.

'왜 어그로를 끄신 거야? 우리도 다 감당 못 하고 있는데.'

로반은 그런 생각을 하며 서둘러 민혁을 지원해야겠다고 생각했다.

그리고 시선을 돌렸을 때, 민혁이 보였다.

오랜만의 재회. 그는 많이 변해 있었다. 투박해 보이는 투구, 낡은 망토, 뼈로 구축된 갑옷, 그리고 어깨 위에 있는 아기 돼지.

곧이어 주변에 퍼져 있던 돌 사자 여덟 마리 중 여섯 마리가 모두 민혁에게 달려갔다. 심지어 아누비스 스무 마리도 달려들었다.

'이크, 어서 도와 드려야겠어!'

로반이 달려가려는 순간, 민혁의 검이 움직였다.

비산하는 검의 경우 한 명을 연속 타격한다. 반대로 일반 난무하는 검은 광역 스킬 중 하나이다. 곧이어 난무하는 검이 펼쳐지며 수십여 개의 칼날이 무차별적으로 휘둘러진다.

펏펏펏펏펏펏펏!

그 순간, 로반의 눈이 휘둥그레 뜨여졌다.

"헉……!"

레전드 길드도 뚫지 못하고 있던 빌어먹을 돌 사자의 피부가 찢어지기 시작했다.

그리고 이내.

쿠웅! 쿵! 쿠우웅!

하나둘 쓰러지기 시작했다.

오장육부까지 돌로 이루어지지 않았을까 하고 생각했던 돌 사자들의 몸에서 피가 솟구쳤다.

하지만 아직 끝나지 않았다. 이번엔 땅에서 피어난 검날들이 돌 사자들을 집어삼키더니, 강력하게 터졌다.

콰콰콰콰콰콰콰쾅!

돌 사자들을 사냥하지 못해 고전을 면치 못하고 있던 레전드 길드원들의 시선이 일제히 민혁에게 향했다.

그리고 버서커의 광기를 사용하고서도 한 마리에 고전하고 있던 로반. 그가 먼 허공을 바라봤다.

이제야 로크의 마음이 이해가 됐다.

"……아빠 보고 싶다."

그는 엄마보다 아빠가 좋았다.

검을 갈무리한 민혁은 호흡을 추슬렀다.

민혁이 돌 사자들을 다른 길드원들과 다르게 사냥할 수 있었던 이유. 바로 '무형검' 덕분이었다.

애초에 돌 사자들은 생각보다 HP량이 높지 않으며 공격력도 마찬가지. 오로지 탱커의 역할을 한다. 방어력은 워낙 높아 정말 어지간해선 뚫기 힘든 녀석들.

한데, 그런 녀석들을 향해 9초 동안 무차별적인 공격이 이어지는 난무하는 검을 비롯한 수백여 개의 칼날이 튀어 오르는 피어나는 검을 사용했다. 무형검의 영향을 벗어날 수 없었고 놈들을 터뜨릴 수 있었던 거다.

그리고 그 찰나. 민혁의 시선이 한 곳에 향했다.

바포메트를 본 순간 민혁에게 레전드 길드원들이 들었던 알림과 똑같은 알림이 울렸다.

[마계의 7대 마물. 바포메트의 출현!]

[바포메트는 파라오의 귀속 소환수가 아닙니다.]

[바포메트를 사냥할 시 마계 보상을 최초 획득할 수 있습니다.]

'마계 보상을 최초로 획득한다?'

최초로 획득하는 거 이왕이면 맛있는 거였으면 좋겠단 생각이 스쳤다.

그 순간, 돌 사자들을 사냥한 민혁을 경계한 바포메트의 스태프에서 검은 마력이 뿜어져 나와 민혁을 휘감았다.

"음메에에에에!"

[마물의 저주]
[물리 공격력이 40% 감소합니다.]
[물리 방어력이 40% 감소합니다.]
[마법 방어력이 40% 감소합니다.]
[마법 공격력이 40% 감소합니다.]
[스킬 쿨타임의 지속 시간이 20% 길어집니다.]
[모든 상태 이상으로부터 버텨낼 수 있는 만독불침의 육체를 가지고 계십니다.]
[상태 이상으로부터 저항하셨습니다.]

그와 함께 또 다른 예상외의 알림이 들려왔다.

[마물입니다.]
[신성력 스텟에 따른 특혜가 적용됩니다.]
[판도라의 투구의 특수 효과인 신성력 두 배가 적용되어 마물에 대한 공격력과 방어력이 100% 상승합니다.]

민혁은 다소 놀랄 수밖에 없었다. 언데드가 아닌, 마물에게도 적용된다?

그러고 보면 아직 아테네에는 마물, 마계, 마족이라는 콘텐츠가 오픈되지 않았다. 하지만 생각해 보면 애초에 신성력과 반대되는 존재들이 바로 마계의 존재들이지 않은가?

그리고 민혁은 앞에 있는 바포메트가 검은빛으로 빛나는

걸 볼 수 있었다.

[바포메트에게서 얻을 수 있는 재료.]

[어깨 갈비, 가슴살 갈비, 등심, 안심……. (생략)]

예상처럼 먹어도 되었다.

그 순간, 바포메트가 방심한 틈을 타 로크가 빠르게 접근해 놈의 어깨를 내리찍었다.

채채채채채챙!

순간적으로 바포메트의 어깨 부근에 생겨난 검은색 실드! 그 실드가 깨져 나갔다.

채채채챙! 와장창창! 퍼지잇!

"메에에에에!"

그리고 바포메트의 스태프에서 뿜어진 강력한 힘에 로크가 튕겨 날아갔다.

데굴데굴.

"크헉!"

로크가 개구리 죽는 울음소리와 함께 엎어졌다.

바로 그때 민혁은 볼 수 있었다. 바포메트. 녀석의 어깨 부위가 엄청난 속도로 재생되고 있었다.

그에 민혁의 먹거리 더듬이가 발동했다.

"펴, 평생 양고기 걱정 안 해도 될 방법……!"

놈을 포획해서 양고기를 얻어내는 거다. 그러면 놈은 자연

스레 회복하지 않겠는가? 그럼 또다시 양고기를 얻어내는 것! 이것이야말로 창조 경제!

어떻게 놈을 포획하느냐? 바로 '유혹의 요리 스킬'.

하지만 곧 민혁은 좌절했다.

'크흑, 나보다 레벨이 100 높으면 테이밍이 불가능하잖아!'

세상에!

민혁은 지금 이 순간, 무한 리필 소고기만큼 놀라운 양고기를 얻지 못하는 것에 아쉬워하고 있었다.

그리고 이내, 민혁은 그 아쉬운 생각을 떨쳤다. 어쩔 수 없지, 일단은 얻을 맛있는 양고기로 양갈비, 양고기 스테이크, 양꼬치로 만족하리라!

타앗!

민혁이 바람처럼 움직였다.

수세에 몰리고 있던 레전드 길드원들! 그들은 사자가 전부 죽자 한시름 놓을 수 있었다.

"민혁아, 위험해!"

"저놈 엄청 세다고!"

길드원들은 우려했다.

민혁의 만독불침를 모르는 그들은 그의 몸을 관통했던 힘이 단숨에 디버프를 걸었을 거라 생각했다. 또한, 신성력이 마물에게도 적용된다는 사실을 모른다. 그런 걸 감안하면 민혁은 실제로 지금 일반 레전드 길드원들과 다를 것이 없었다. 한데, 달려가는 민혁!

이어, 달려가는 민혁을 향해 바포메트가 땅에 스태프를 꽂았다.

화르르르르르륵!

불덩이, 스파크를 튀기는 번개, 모든 것을 찢어발길 듯한 바람 칼날. 그 존재들이 민혁을 향해 쏘아져 왔다.

[프라이팬 거대화]

[마력량에 따라 프라이팬 크기를 조절할 수 있습니다.]

프라이팬이 커지며 민혁의 앞을 막아섰다.

쾅! 탱탱!

[마법 반사]

[마법 공격을 적에게 돌려줍니다.]

마법 하나가 튕겨 날아갔다. 바포메트가 스태프를 휘둘러 검은 실드를 만들어냈다.

쾅!

검은 실드에 의해 튕겨 나간 마법.

민혁은 보란 듯이 다시 작아진 프라이팬을 어깨에 걸치고 오른손으로 까닥거렸다.

"……패기 보소."

"이소룡인 줄?"

길드원들이 황당하단 표정으로 바라봤다. 그 제스처를 끝낸 민혁이 빠르게 달리기 시작했다.

타타타타타타탓!

"메에에에에에에!"

민혁의 도발에 분노한 바포메트. 그의 주변으로 수십여 개의 마법이 떠올랐다. 그리곤 민혁을 향해 날아갔다.

쑤화아아아악! 쑤화아아아아악! 쑤화아아아아악!

"미, 미친……!"

"그러니까 왜 도발을!!"

길드원들이 경악했다. 바포메트의 저 정도 마법 공격에 적중당하면 한 번에 강제 로그아웃이다.

바로 그 순간. 민혁은 자신의 코앞에 다다른 마법 공격들을 볼 수 있었다. 광역 마법부터, 일반 마법까지.

"바람 같은."

그가 단숨에 3m를 좁혔다.

콰콰콰콰콰콰콰콰쾅!

그 뒤로 막대한 양의 마법들이 쏟아져 내렸다.

하지만 바포메트는 결코 바보가 아니었다. 피해낼 것을 대비한 2차 마법이 날아갔다.

"콩아!"

"꿀!"

[절대 방어]

[2초간 콩이와 주인에게 그 어떠한 공격도 허용되지 않습니다.]

헤파스의 양은 냄비 뚜껑에 붙어 있는 특수 스킬의 발동이었다.

콰콰콰콰콰콰콰콰콰콰쾅!

엄청난 양의 마법이 적중했다.

"헉!"

"크흑, 그러니까 왜 그런 짓을 해서……."

"미, 민혁 님……."

길드원들은 자욱하게 피어오르는 흙먼지를 보며 입술을 깨물었다. 그러나.

푸화아아아악!

흙먼지를 뚫고 민혁이 달려 나갔다. 생채기 하나 없는 민혁의 망토 자락을 붙잡은 콩이 역시 함께였다.

타타타타탓!

민혁이 날아오르자, 망토를 꾹 쥐고 있던 콩이도 바포메트의 등 뒤로 한 바퀴 빙글 회전해 이동했다.

"분노하는 검."

"꾸울!"

그리고 콩이의 칼날의 뒤집개.

팟팟팟팟팟팟팟팟!

"아, 아빠 돼지와 아기 돼지 케미 보소!"

로크가 소리쳤다.

그리고 두 존재의 공격이 바포메트를 힘껏 강타했다.

"매에에에에에에에!"

[펴, 평생 양고기 걱정 안 해도 될 방법……!]

이민화와 박 팀장 역시 함께 모니터를 보고 있었다.

그리고 방금 전, 민혁이 했던 말. 그 말을 보며 아차 한 이민화가 말했다.

"티, 팀장님……!"

"왜?"

"방금 전 민혁 유저가 말했던 평생 양고기 걱정 안 한다는 말……."

"유혹의 요리로 테이밍해서 평생 옆에서 양고기를 무료로(?) 채취하겠다는 야망이지. 하지만 자신보다 100레벨 더 높으면 못한다는 거 알잖아? 봐봐, 민혁 유저도 이제 눈치챘나 보네. 엄청 실망한 표정인데? 솔직히 마물을 데리고 다니는데, '양고기 채취용'으로 데리고 다니면 그만큼 웃긴 게 세상에 어딨겠어? 지금 귀신 바리스타 밴이나, 설거지의 신 카이스트라도 황당한데."

박 팀장은 대수롭지 않게 말했다.

곧이어 이민화가 말했다.

"그, 그게…… 그 웃긴 게 현실이 될 것 같은데요."

"응?"

"마물 사냥 최초 보상이요……."

"그래, 그게 어쨌다는 건…… 헉!"

박 팀장의 눈이 파르르 떨렸다.

마물 사냥 최초 보상! 마물을 사냥하면 최초 보상은 값진 게 여러 가지가 드랍된다. 그리고 그중에 하나.

"나약한 바포메트 소환석……!"

그 소환석을 사용하면?

"민혁 유저가 사냥에 성공하면…… 바포메트를 옆에 두고 매일매일 '양고기 좀 떼어갈게'라고 하겠는데……? 아니, 설마 그래도 그렇게 잔인한 짓을……."

"하겠죠. 민혁 유저라면."

"……응."

순간 두 사람의 시선이 다시 모니터로 향했다. 막 콩이와 민혁의 공격이 바포메트에게 적중했다.

순간 이민화의 온몸에 소름이 쫙 돋았다.

그녀는 생각했다.

'바, 바포메트…… 불쌍해…….'

이러다간 바포메트가 무한 리필 양고기가 될 것이다.

푸지이익!

바포메트는 복부를 비집고 들어온 검날을 볼 수 있었다.

그 순간 민혁에게 알림이 울렸다.

[급소 찌르기에 성공하셨습니다.]

[100% 추가 대미지!]

검 끝에 강력한 힘이 응축되었다. 그리고 이어 그 힘이 강력한 폭발을 일으켰다.

콰아아아아앙!

하지만 끝나지 않았다.

[낙뢰(落雷)]

[3연타.]

파지지지지직!

바포메트의 머리 위로 스파크가 일렁이는 소리가 퍼졌다.

그리고 이어.

콰콰쾅!

강력하게 내리친 번뇌가 놈을 집어삼켰다.

낙뢰는 패시브 스킬이다. 재앙 아티팩트인 번개의 맷돌의 핵심이라 할 수 있는 힘. 낙뢰의 효과는 공격 성공 후 5% 확률로 발동되며 첫 공격 대미지만큼의 연타 공격력이 낙뢰로 발생한다.

민혁의 조금 전 첫 공격 대미지는 급소 찌르기가 성공되었다. 기존 대미지에서 100% 대미지가 추가된 상태. 심지어 그러한 대미지를 가진 번개가 3연속 내리치는 것.

파지지지지직!

"메에에에에에에!"

바포메트는 끔찍한 번개에 파르르르 몸을 떨 수밖에 없었다. 심지어 복부를 관통한 검이 응축된 힘을 터뜨려 놈의 배쪽 부위가 거의 형체를 알아볼 수 없을 정도로 일그러졌다.

그 상태에서 위에서 내리친 낙뢰가 사정없이 세 번 연달아 내리치자 이젠 얼굴과 상체도 끔찍한 모습이었다. 게다가 뒤쪽에 선 콩이가 칼날의 뒤집개를 사용, 놈의 등을 갈가리 찢어놨다.

'말도 안 되는 재생력.'

한데, 그런 상황에서도 불구하고 엄청난 빠르기로 꾸물꾸물 재생되는 바포메트의 몸! 그와 함께 놈의 스태프 보석이 미약한 빛을 발하고 있었다.

민혁은 저 보석에서 느껴지는 이질적인 힘을 느꼈다. 그리고 검을 휘둘러 보석을 가격했다.

탱! 빠지지지직!

작은 균열이 가기 시작한 보석.

이어 그 보석이 와장창창 깨지며 바닥에 떨어졌다.

그 순간, 길드원들과 병력은 알림을 들었다.

[바포메트의 저주가 해제됩니다.]

"아자!"
"이 개자식들, 다 일루와!"
유저들과 아누비스들을 막으며 밀리고 있던 레전드 길드원들이 환호했다.
그리고 민혁은 바포메트가 완전히 재생되기 전, 말했다.
"걱정 마, 내가 맛있게 먹어줄게, 그러고 보니 너……."
민혁이 입술을 핥았다.
"가슴살이 참 먹음직스럽게 생겼네?"
"메에에에에?"
얼굴의 일부가 복원되었던 바포메트는 두려움에 휩싸인 듯한 표정이었다.
탓-

[갈라내는 검]
[적을 향해 날리는 강력한 붉은 검기에 공격력 115%가 추가됩니다.]

민혁의 검이 위에서 아래로 내려쳐졌다.
그 순간, 반월의 붉은 검기가 세로로 날아갔다. 그리고 재생되고 있던 바포메트의 몸을 반으로 갈라냈다.
쩌저저적-
"메, 메에에에……?"

바포메트의 작은 울음소리. 찰나에 스쳐 지나간 검기에 놈은 어떠한 일이 벌어졌는지조차 감을 잡지 못하는 듯싶었다.

그리고 이어 양쪽으로 갈라지며 주르르륵 쓰러져 내렸다.

그 순간 민혁에게 알림이 들리기 시작했다.

[레벨업 하셨습니다.]

[레벨업…….]

레벨이 자그마치 5나 올랐다. 하지만 거기서 끝이 아니었다.

[마계의 마물을 최초 사냥하셨습니다.]

[획득했던 경험치의 100%를 추가 획득합니다.]

[경험치 700,000을 획득합니다.]

[명성 300을 획득합니다.]

[레벨업 하셨습니다.]

[레벨업…….]

[마계 광물 안타리늄을 획득합니다.]

[마계 광물 블루티늄을 획득합니다.]

[마계 광물 블루티늄을 획득합니다.]

[나약한 바포메트의 소환석을 획득합니다.]

최초 보상의 경우 아이템을 습득하지 않아도 처음으로 사냥한 이가 획득하게 된다.

마계 광물과 더불어 나약한 바포메트의 소환석을 얻은 민혁은, 나약한 바포메트의 소환석에 가장 흥미가 동했다.

(나약한 바포메트 소환석)

특수 능력:

• 본래 사냥한 마계 마물 바포메트보다 80레벨 낮은 나약한 바포메트를 총 3시간 동안 소환할 수 있으며 3시간을 모두 소모할 시 소환석은 소멸하게 된다.

설명: 마계의 마물을 최초로 사냥한 유저만이 얻을 수 있는 나약한 바포메트 소환석이다. 한 번씩 적들의 틈에 바포메트를 소환하고, 바포메트가 위험하다 싶을 때 소환 해제하면 큰 효과를 볼 수 있지 않을까?

"……!"

민혁의 입가에 미소가 자리 잡았다.

'조금 전 그 녀석보다 80레벨이 낮다고?'

민혁은 바포메트가 사실상 극강팔인 중 하나였던 대마도사 아필드와 비슷한 무력이라고 여겼다.

물론 그때보다 민혁이 지금 더 훨씬 강해졌기 때문에 그렇게 느낀 것이고. 아까 전 그 녀석의 추정 레벨은 500대였다.

하지만 놈이 까다로웠던 이유는 레벨이 아닌, '저주' 때문이었다. 오로지 레벨이 높다고 강한 몹으로 치부되는 건 아니었기 때문.

바포메트의 능력 자체는 사실상 어마어마했던 수준이라 할 수 있으니까. 80레벨이 낮은 수준이라면 이제 민혁이 차근차근 업을 해주면 할 수 있을 것이다.

'무한 리필 양고기!'

민혁은 희열했다. 하지만 문제가 있었다. 소환석의 경우 총 사용시간 3시간이 지나면 소멸되어 사라진다. 여기에서 만약 민혁이 유혹의 요리를 사용함으로써 테이밍에 성공하면 바포메트가 사라지지 않느냐다.

물론 그것은 추후에 확인할 문제였다.

그는 주변을 둘러봤다. 파라오는 바포메트 소환 이후로 더 이상 크나큰 마법과 소환 능력 자체를 부릴 수 없는 듯 보였고 아누비스 대부분은 창술사들에 의해 정리된 상태였다.

"튀어, ×발!"

"……미친!"

바크란 길드원들은 다시 힘을 되찾고 소수 정예로 학살을 감행하는 레전드 길드원들을 볼 수 있었다. 그들이 지나가는 자리마다 동료들의 아티팩트와 골드가 후두둑 떨어져 있었다.

파라오가 힘을 쓰지 못하는 상황에서 바크란 길드는 레전드 길드의 상대가 되지 못했다. 또한, 본래 오기로 했던 2군들이 갑작스러운 습격에 모두 죽어버린 상황.

"아직 후퇴 명령 안 떨어졌는데?"

"그게 문제냐? 죽어서 경치랑 아티팩트 겁나 떨궈서 레전드 길드한테 자원봉사할 판인데?"

그들은 카오로, 강제 로그아웃 페널티를 받지 않기 위해 의리고 나발이고 도망치기 시작했다. 하지만 한 유저가 말한 것처럼, 그들은 지금 자원봉사를 한 셈이었다.

레전드 길드는 사방팔방에 널브러진 아티팩트와 골드를 볼 수 있었다.

그리고 그 틈을 타서 파라오는 귀환서를 찢었다.

그 순간.

[귀환서 제한 스킬이 발동됩니다.]

"……!"

파라오의 눈이 크게 떠졌다.

그가 고개를 돌렸을 때, 한 남성이 복면을 쓰고 목에 단도를 겨누고 있었다. 정보꾼 아벨이었다.

아벨은 정보도 정보였지만 암살자 클래스로 국내 랭킹 1~3위를 다투는 최상위 랭커이기도 했다.

"어딜 쥐새끼처럼 빠져나가려고?"

파라오는 몰려드는 레전드 길드원들을 볼 수 있었다. 로크가 침을 양손에 뱉고 도끼를 꽉 쥐며 다가왔다.

파라오는 상위 랭커였다. 상위 랭커들은 단 몇 %의 경험치에 잃는 것이 무척이나 많았다. 그 정도 경험치만으로도 단숨에 랭킹 순위가 변동되곤 했기 때문이다.

퍼지익! 퍼지익!

"크하핫, 쭈그라, 쭈그! 쭈그!"

그리고 로크는 사정없이 그런 파라오의 몸 곳곳을 내리찍어 댔다.

"으으음……."

길드원들이 휘파람을 불거나 혹은 파라오의 시선을 피한 채 딴청을 피웠다.

"끄아아악! 이 못생긴 놈아, 그냥 죽여라!"

"싫은데? 얘 힐 좀 줘."

파라오의 몸에 힐이 깃들었다. 다시 치유되자 로크가 끔찍하게 유린하기 시작했다.

그렇게 10분 정도 두들기자 파라오가 추욱 늘어졌다.

"오, 득템!"

[바탈라이의 스태프를 획득합니다.]

로크가 히죽 웃었다. 자그마치 전설 아티팩트였다.

그리고 지니는 주변을 둘러봤다.

"하아, 이건 또 언제 정리한다냐."

많은 건물이 부서졌고 꽤 많은 시민이 죽었다.

그나마 다행인 것은 바크란 길드에서 드랍하고 간 것들 덕분에 재정적인 손실은 없을 것으로 보였다. 아니, 오히려 이득으로 보였다.

"오, 님 아까 중력 마법 진짜 멋지던데요?"

"감사합니다."

"근데 님 누구예요?"

라크와 길드원들이 이야기하고 있었다.

지니는 그들을 보다가 한 사내를 찾기 위해 주변을 두리번거렸다. 헌데 보이지 않았다.

"……응?"

그녀는 의아한 표정을 지었다.

"얘들아."

"응?"

"왜?"

로크와 칸이 고개를 돌렸다.

그리고 지니가 물었다.

"……민혁이 어디 갔어?"

"그러게. 얘 어디 갔지?"

"흐음?"

심지어 민혁뿐만이 아니라, 바포메트의 시체 또한 완전히 사라져 있었다. 도대체 이 녀석은 어딜 간 걸까?

민혁은 흐뭇하게 웃고 있었다.

바할라 영토의 모든 것이 정리되자마자 혹여 한입이라도 뺏어 먹으려는 사람이 있을까 싶어 민혁은 후다닥 그곳을 벗어났다.

아이템 분배는 따로 지니가 해줄 것이다. 또한, 민혁이 획득한 아이템에 대한 분배도 일단은 먹고 하면 되는 것 아니겠는가?

푸쉭-

맥주 캔을 따는 소리.

맥주는 자고로 차갑게 마시는 것이라고 하였다. 쥐고 있는 손이 시릴 정도로 차가운 '찡따오'맥주. 그 맥주로 식사의 시작을 알린다.

꿀꺽 꿀꺽 꿀꺽-

"캬!"

고된 노동 후의 시원한 캔맥주의 첫 모금만큼 달고 시원하게 느껴지는 건 없으리라.

이어서 민혁은 자신의 앞을 보았다.

치이이익-

"와……."

민혁은 감탄사를 터뜨렸다.

그의 앞에는 양꼬치 전문점에 가면 흔히 볼 수 있는 양꼬치 굽는 기계가 있었다. 그리고 안에는 숯이 한가득 들어 있었다.

뜨거운 열기를 후끈후끈 피워내는 숯. 그 위로는 기다란 꼬챙이에 끼워져 있는 양고기가 레일과 꼬챙이에 있는 별 모양 톱니에 따라 스스로 빙글빙글 돌고 있었다.

그러다 먹기 좋아 보이는 양꼬치에서 기름 한 방울이 또르르 떨어지면?

치이이이이이-

숯에서 미약한 연기가 피어오른다.

"히야."

구경하는 재미!

그 옆으로는 향신료가 준비되어 있었다.

향신료는 여러 가지 종류가 있는데, 보통 처음 양꼬치 전문점에 오게 되는 사람은 붉은색의 가루를 보면 이런 생각을 한다. '양꼬치는 라면 수프에 찍어 먹는 건가?' 하고.

실제로 가장 눈에 띄는 붉은색 가루는 라면 수프와 비슷하게 생겼다. 바로 '양꼬치 시즈닝' 가루다. 그리고 그 옆에 벼와 흡사하게 생긴 향신료는 '쯔란'이다. 이 쯔란은 미나리과에 속하는 식물, 커민의 씨를 이용해 만든 향신료이다.

양꼬치는 주로 이처럼 향신료와 곁들여 먹는다.

"히야, 다 익었다."

민혁은 양꼬치 하나를 들어 올렸다. 양꼬치 표면에서 기름이 지글지글 작게 끓어 오르는 게 보였다. 그만큼 노릇노릇하다는 의미.

그리고 양꼬치의 사이에는 통마늘도 끼워져 있었다. 통마늘은 양고기들과 함께 노릇노릇 잘 구워진 듯 보였다.

양꼬치 사이에 통마늘을 끼우는 것, 이것은 민혁이 양꼬치를 더 맛있게 즐기는 방법 중 하나였다.

양꼬치를 먼저는 소금에 콕콕 찍는다. 시작은 이렇게 소금에 찍어 먹는 게 좋다. 그래야 양꼬치 본연의 맛이 가장 잘 느껴지니까.

입에 넣고 치아를 이용해 쭈우우욱 빼내자 양꼬치 서너 개가 입안 가득 들어왔다. 그것을 우물우물 씹자 양꼬치의 풍부한 육즙, 고소한 맛, 그리고 짭조름한 소금 맛이 감돌았다.

"와……."

민혁은 감탄사를 터뜨렸다.

"하나도 안 비려……."

양꼬치가 다소 비릴 거라고 생각할 수도 있지만 정말 잘하는 가게의 양꼬치는 A++ 등급 소고기처럼 입에서 살살 녹으며 잡내도 없다.

그렇게 씹어 넘기다가 이번엔 라면 수프 같은 양꼬치 시즈닝. 매운 향신료에 찍어 먹어본다. 입안에 매콤한 맛이 확 퍼져 나갔다. 이마에서 작은 땀이 송골송골 맺히는데, 괴롭게 매운맛이 아닌, 맛있게 매운맛이 난다.

흐뭇하게 웃다가 이번엔 다른 소스들을 찍어 먹는다.

그렇게 양꼬치 먹방을 끝낸 후엔? 양갈비가 있다.

양꼬치는 사실 레스토랑의 식전 빵과 같은 것일 뿐! 본격적인 양고기의 먹방은 양갈비로 시작된다.

양갈비는 뼈대와 두툼한 고기가 튼실하게 붙어 있다. 그것을 불판 위로 올렸다.

치이이이이이익-

허연 연기가 피어오른다.

노릇노릇 익기 시작하는 양갈비 옆으로는 얇게 썬 단호박,

방울토마토, 엄지손가락만큼 튼실하게 자른 대파, 가지, 통마늘, 새송이버섯 등을 함께 잘 구워준다. 그러다 양갈비가 잘 익었을 때쯤엔 싹둑싹둑 잘라내 준다. 그 속이 붉은빛을 띠는 양갈비. 그리고 민혁의 앞에는 간장 양념에 청양고추가 듬뿍 들어가 있는 장이 놓여 있다.

양갈비 하나를 집어 든다. 마치 잘 익은 등심 고기를 든 것처럼 황홀한 빛을 띤다.

그 양갈비를 양념장에 찍어서 입에 넣었다. 그 순간, 입안 가득 육즙이 화악 퍼져 나가며 달콤한 소스와 매콤한 청양고추 맛이 퍼진다.

"하나도 안 느끼하네?"

이 정도라면 100인분도 뚝딱 할 수 있지 않겠는가?

그렇게 양갈비들의 살코기들을 먹어주다가 이번엔 뼈대 끝을 휴지로 돌돌 만다. 그리고 돌돌 휴지로 말린 그 부분을 쥔다. 기다란 양갈비를 들고 끝에 큼직큼직 붙어 있는 갈비 고기를 뜯고 맛보고 즐긴다.

"우물우물, 역시 고기는 뜯어야 맛이지."

그렇게 먹어주다가 함께 익힌 새송이, 방울토마토, 단호박 등을 먹어주면 건강한 느낌도 든다.

양고기 먹방을 하던 중, 어느덧 민혁은 모든 고기가 다 사라진 걸 볼 수 있었다.

"더 먹고 싶다, 양고기!"

바포메트 양고기! 정말 엄청나게 맛있었다.

그러던 중, 민혁은 알림을 들을 수 있었다.

[바포메트의 스킬을 획득하실 수 있습니다.]
[획득을 시도하시겠습니까?]

바포메트는 마물이며 여러 가지 마법과 저주를 익힌 존재였다. 민혁이 가진 괴식의 식신 스킬은 만약 여러 가지 스킬을 가진 존재의 경우 랜덤 주사위를 굴려 그중에서 한 가지, 또는 운이 좋으면 추가로 스킬 획득이 이어질 수도 있다.

즉, 그나마 안정적이게 하나를 선택하느냐, 혹은 랜덤 주사위로 더 폭넓게 도전해 보느냐고 할 수 있을 거다.

"시도한다."

[랜덤으로 스킬 획득을 시도합니다.]

그 순간 민혁의 앞으로 주사위 두 개가 던져졌다.

주사위의 각 면에는 바포메트가 가지고 있던 스킬이 다양하게 적혀져 있었는데, 그중에는 '5 클래스 마법 습득'이라는 파격적인 문구도 있었다.

[획득률 11%…… 22%…… 36%…… 68%…….]

이어 주사위가 멈춰 서며 어떤 스킬을 시도할지가 나타났다.

그와 함께 알림이 울렸다.

[……100%.]

[획득에 성공합니다.]

아테네:한국전. 세계 각국에서 벌어지는 자신들 나라 최고의 유저를 뽑는 대회로 우승 시 막대한 상금과 한국 MVP라는 칭호를 하사받을 수 있으며, 한국 MVP 칭호를 받은 유저들은 '국가 대표' 자격을 받는다고 할 수 있다.

그리고 아테네 게임을 만든 ㈜즐거움의 회의실에서는 이 아테네:한국전을 두고 끝이 나지 않을 것만 같은 회의가 진행 중이었다.

아테네:한국전은 먼저 생산직 클래스와 전투직 클래스들이 나뉘어 참여하게 되는데, 현재 진행되는 회의는 '생산직 클래스'의 대회 종목에 관련한 이야기였다.

먼저는 '깃발전'이었다.

개발팀의 이석훈 팀장이 스크린을 통해 설명을 시작했다.

"깃발전은 간단한 규칙으로 이루어져 있습니다. 3인 1조의 유저들이 팀을 이뤄 움직이며 가장 많은 깃발을 빼앗은 유저들이 승리하게 되는 시스템입니다. 또한, 깃발전을 시작하게 되면 유저들은 모두가 클래스에 맞는 가장 노멀 등급의 아티팩트를 부여받고 기존의 것들은 사용할 수 없게 되죠.”

깃발전에서 아티팩트를 사용할 수 없는 이유.

“이들은 생산직 클래스들인 만큼 곧바로 자급자족할 수 있겠지요. 생각해 보십시오. 우리나라의 최고의 생산직 랭커들, 그들이 곧바로 자급자족한 후에 아티팩트를 제작해 그걸로 싸운다. 우리나라 유저들은 열광할 겁니다.”

그 말에 사장 강태훈이 고개를 끄덕였다.

그러던 중, 강태훈이 물었다.

“만약 이 깃발전이 아테네:한국전이 아니라 아테네:세계전이었다면 우리나라에서 메달을 딸 확률은 몇 %나 될 것 같나.”

그 말에 회의장 내에 침묵이 감돌았다.

사실 힘들 확률이 매우 높다. 헤파스의 후예인 혜민아빠가 우리나라엔 있었지만, 그가 참여한다는 보장이 없었으며 국내 생산직 클래스 중에서 사실 혜민아빠만큼 힘을 가진 존재가 몇 없었다.

게다가 이 종목은 3인 1조. 혜민아빠보다는 못해도 적어도 그를 서포트 할 정도는 돼야 한다는 건데, 국내 유저 중에서 그 정도 힘을 가진 유저는 찾아보기 힘들었다.

박민규 팀장은 단 한 명의 유저가 떠올랐다.

‘……민혁 유저.’

하지만 여기서 문제는 민혁 유저가 아테네:한국전을 참가하느냐. 또한, 한국 MVP를 따내고 국가 대표가 되어주느냐였다.

민혁 유저는 여전히 베일에 감춰진 유저였다. 자신을 드러내기 싫어하며 유명세보다 맛있는 거, 아티팩트보다 맛있는 거, 그 어떤 것보다 맛있는 걸 추구하는 사람. 때문에 대답은 NO였다.

그때 개발팀의 직원 한 명이 안으로 들어왔다.

그는 다급해 보였다. 그가 이석훈 팀장에게 서둘러 다가가 귓속말하려던 때에, 강태훈 사장이 말했다.

"공개적으로 말하지."

"아테네와 저희 개발사 측에서 설계한 종목 하나가 추가되었습니다."

"호오, 그래?"

슈퍼컴퓨터 아테네는 개발팀의 의견을 수렴하고 그에 따른 종목을 만들어낸다. 그리고 드디어 그중 하나가 완성된 것이다.

"생산직 클래스 대회 중 가장 열렬한 환호를 살 것 같다는 '몬스터 사냥' 분야 있지 않습니까?"

그에 강태훈 사장이 고개를 끄덕였다.

생산직 클래스들의 몬스터 사냥! 다양하고 특별한 자신들만의 능력으로 몬스터들을 사냥할 테니, 세계 아테네인들의 많은 이목이 집중될 것이다.

"그렇지."

"그 부분이 완성되었습니다."

"그래, 종목 이름은?"

종목 이름. 그 부분에서 사내는 잠시 머뭇거리다가 말했다.

"바로 '빨리 먹기 종목'입니다."

그 순간, 박 팀장의 눈이 휘둥그레 커졌다. 그리고 그의 주먹이 꽉 쥐어졌다.

'빠, 빨리 먹기?'

이름만 들어도 민혁 유저가 '내가 1등 할 거닷!' 하면서 뛰어올 것 같은 종목이지 않은가?

"이름이 좀…… 그렇군?"

"하지만 내용 자체는 아주 탄탄하고 재밌을 것 같습니다."

개발팀 직원의 말에 강태훈 사장이 계속 말하라는 듯 고개를 끄덕였다.

"빨리 먹기 대회. 몬스터들을 사냥할 때마다 음식이 떨어지는 겁니다."

"호오?"

애초에 몬스터 사냥의 본질이 흐려지지 않았다. 심지어 놈들을 사냥할 때마다 음식이 떨어진다.

"그리고 그 음식은 우리나라에서 진행하는 아테네:한국전인 만큼 국내 음식이면 좋지 않겠습니까?"

"그렇지."

"그리고 슈퍼컴퓨터 아테네와 저희들의 의견 조율 결과. 어떠한 음식이 드랍될 지가 결정되었습니다."

개발팀 직원은 기대해도 좋다는 듯 말했다.

"바로 '시장 먹거리'입니다."

"흥미로운데?"

"괜찮군요."

주변에서 작은 탄식이 흘러나왔다.

강태훈 사장도 그 먹거리가 괜찮은 이유가 무엇인지 알고 말했다.

“우리나라 시장들은 고유의 맛을 가진 곳들이지, 나도 어렸을 적엔 부모님과 자주 시장에 가곤 했는데, 요샌 대형 마트가 너무 많아.”

“그렇지요, 그리고 시장 먹거리로는 정말이지 많은 음식을 맛볼 수 있죠. 또한, 해외 언론에는 우리나라의 시장 먹거리를 소개할 수 있는 기회이기도 하고요, 자연스럽게 관광객 유치도 될 것입니다.”

그에 사장 강태훈이 끄덕였다.

그러던 중, 김대식 부장이 말했다.

“시장 먹거리가 어떠한 게 있더라?”

그에 박민규 팀장은 군침을 삼켰다. 그리고 민혁 유저가 된 것처럼 상상하며 말했다.

“설탕 묻힌 꽈배기, 팥이 가득 든 찹쌀도넛, 빈대떡, 또는 광장시장에서 요즘 이슈인 잡채와 누드김밥 조합, 시장 통닭, 시장 족발, 국수.”

박 팀장은 입안에 침이 가득 고였다.

강태훈도 마찬가지인 듯 침을 꿀꺽 삼키며 말했다.

“상상만 해도 입에 침이 고이는 음식들 조합인데? 하하!”

그리고 이어 박 팀장이 생각했다.

‘민혁 유저는 얼마나 침이 고이겠습니까.’

그가 빙긋 웃음 지었다.

[엑티브 스킬 저장을 획득하실 수 있습니다.]

[엑티브 스킬 다크 파이어 스톰을 획득하실 수 있습니다.]

[괴식의 식신 스킬을 통해 저장할 수 있는 스킬은 총 세 개입니다.]

[현재 보유한 '흡수전환', '어스퀘이크' 중 하나를 삭제하시거나 혹은 스킬 습득에 성공한 것 중 하나만을 선택하시기 바랍니다.]

자그마치 두 개의 스킬 습득 성공이었다.

때문에 총 두 가지 선택지가 있었다. 기존에 보유한 스킬을 삭제하거나, 혹은 새로 얻는 것 중 하나를 포기하는 것.

민혁은 선택 전에 스킬을 확인해 봤다.

(저장)

엑티브 스킬

레벨: 없음

소요 마력: 스킬에 따라 다름 / 쿨타임: 72시간

효과:

• 보유한 엑티브 스킬 중 하나를 무기에 저장시킬 수 있다. 저장된 무기는 쿨타임과 상관없이 바로 사용할 수 있다.

먼저는 스킬 '저장'.

'굉장히 유용한데?'

말 그대로 민혁이 보유한 엑티브 스킬 중 하나를 무기에 저장시킨다는 개념이다.

예를 들어 '난무하는 검'을 저장해 놨을 시, 먼저 저장되지 않은 난무하는 검을 사용하면 MP 소모 및 쿨타임이 시작된다. 하지만 여기에서 저장해 두었던 스킬 '난무하는 검'을 발동시키면 곧바로 난무하는 검이 또다시 발동되는 거다.

어떻게 보면 마법사들이 스태프나 혹은 양피지, 완드 등에 마법을 저장시키는 것과 흡사했다. 마법사들은 고레벨이 될수록 아티팩트에 저장할 수 있는 마법의 개수가 늘어나며 그 때문에 간혹 쿨타임이 없는 것처럼 보일 때가 있다.

하지만 '저장'이란 스킬은 뛰어난 만큼, 쿨타임이 길었다. 3일에 하나의 스킬만 저장 가능했으니까.

그다음 다크 파이어 스톰.

(다크 파이어 스톰)

엑티브 스킬

레벨: 6 클래스

소요 마력: 400 / 쿨타임: 1시간

효과:

• 반경 6m 안에 들어온 적들을 검은 불의 폭풍이 집어삼키며 초당 마법 공격력 600~1,000의 피해를 입힌다.

피어나는 검이나 혹은 낙뢰지옥에 비한다면 엄청나다고 할 수 없는 광역 스킬이지만 중요한 것은 '6 클래스'라는 거였다.

유저들 중에서 6 클래스 이상에 도달한 이들의 숫자는 매우 적은 편이다. 또한, 기존에 가지고 있던 '어스 퀘이크'보다 압도적으로 뛰어났다.

그에 민혁은 결정했다.

"어스 퀘이크를 삭제한다."

[어스 퀘이크를 삭제하시겠습니까?]

민혁이 고개를 끄덕였다.

[어스 퀘이크가 삭제됩니다.]
[엑티브 스킬 저장을 획득합니다.]
[엑티브 스킬 파이어 스톰을 획득합니다.]

민혁은 곧바로 스킬 '저장'을 사용했다.

[저장하실 스킬을 지정해 주시기 바랍니다.]
[피어나는 검이 저장됩니다.]

민혁은 흡족하게 고개를 끄덕였다.

'자, 이제 그럼 다시…….'

바크란 길드를 사냥할 때다.

클론은 울기 일보 직전이었다.

[길드 채팅: 하야크 님이 바크란 길드를 탈퇴하셨습니다.]

[길드 채팅: 꺄륵쿠스 님이 바크란 길드를 탈퇴하셨습니다.]

[길드 채팅: 껄껄 님이 바크란 길드를 탈퇴하셨습니다.]

[길드 채팅: 호우 님이 바크란 길드를 탈퇴하셨습니다.]

[길드 채팅: 로빈의엉덩이 님이 바크란 길드를 탈퇴하셨습니다.]

[길드 채팅: 하앍 님이 바크란 길드를 탈퇴하셨습니다.]

쉴새 없이 길드원들이 탈퇴하고 있었다.

4인의 하이에나, 프라이팬 살인마, 심지어 레전드 길드까지 학살을 감행하기 시작했다.

고작 4일 동안 이어진 학살이지만 길드의 피해는 막심했다.

때문에 며칠 전엔 파라오가 돌파구를 찾기 위해 귀족들을 만나기 위해 움직였다. 그리고 그곳에서 곧바로 감옥으로 직행했단다.

'이게 말이 되냐고!'

귀족들이 갑자기 등을 돌렸다. 파라오를 감금했고 그뿐만이 아니라, 바크란 길드에 대한 수배령이 제국에서 내려왔다.

한 귀족이 말하기를.

'그러게 왜 하필 건드려도…….'

라고 말했단다.

'도대체 프라이팬 살인마의 뒤에 누가 있기에?'

심지어 공식 게시판엔 이런 글도 올라왔다.

[바크란 길드의 길드원 제보 시 1천만 골드 지급합니다.]

그 때문에 유저들은 너나 할 것 없이 '바크란 찾기'를 벌이고 있었다. 시작된 사냥에 길드원들은 더 이상 참지 못하고 바크란 길드를 나가고 있었다.

그나마 아직 일부 네티즌들은 이런 반응을 보이고 있다.

-gadad31: 근데 먼저 시작한 거 레전드 길드 아님? 레전드 쪽 에이스가 이유 없이 유저 죽였다며? 뭐, 그런 거 아니겠음? 넌 어차피 비매너 길드 바크란 길드 놈이니까, 죽여도 아무도 나한테 뭐라고 안 해~

-cbcvb: 그런 느낌 좀 있음, 바크란 길드라고 다 쓰레기만 있는 건 아닐 텐데……. 이거 솔직히 마녀사냥 아님?

-baddadd313: 응~ 아니야~ 바크란 길드에서 조작한 거야, 윗분들 진짜 아테네 초짜 인증? ㅋㅋㅋ 저거 누가 봐도 바크란에서 명목 만들려고 조작질 한 거구만.

아주 소수의 이들은 공격의 타당성을 믿고 있다는 것. 하지만 이대로 가다가 클론은 모든 걸 잃을 분위기였다.

다니던 회사도 그만두고 전 재산으로 길드를 운영해서 막대한 돈을 벌어들인 클론! 이대로 가다가는 쫄딱 망한다.

그래서 합의점을 찾기 위해 공식 게시판에 글을 올렸다. '프라이팬 살인마는 연락 주세요'라고.

그리고 진짜 프라이팬 살인마의 연락이 왔다.

클론은 떨리는 마음으로 이필립스 제국에서 가장 비싼 음식을 판다는 호화로운 식당에서 그와 만났다.

투구를 쓰고 있는 그는 차가운 표정으로 클론을 봤다.

클론은 죄인처럼 깨갱 했다. 지금도 자신의 길드원들은 제국군들에게 잡혀가거나 혹은 유저들의 현상금 사냥감이 되어 잡혀 들어가기 때문이다.

그리고 프라이팬 살인마가 말했다.

"밥값은 계산해 주시는 겁니까?"

"아, 물론입니다. 얼마든지요!"

지금 프라이팬 살인마는 '갑'이고 자신은 '을'이다. 이깟 음식 값 얼마나 하겠나?

그리고 그 말을 들은 프라이팬 살인마. 그가 쐐기를 박았다.

"정말 밥값 계산해 주시는 거죠? 딴말하면 안 됩니다."

그에 클론은 너털웃음을 터뜨렸다.

"6박 7일을 여기에서 식사만 하셔도 괜찮습니다!"

"……그래요, 그럼."

그리고 민혁의 입꼬리가 쭈우욱 올라갔다.

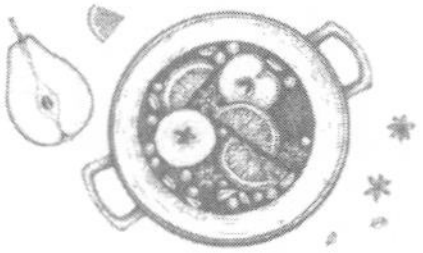

8장
그레모리의 시련

클론은 그에게 메뉴판을 내밀었다.

메뉴판에 있는 음식들은 대부분이 엄청나게 비쌌다. 말 그대로 이곳은 '이필립스 제국, 더 나아가 대륙에서 가장 비싼 식당'이었다.

현실에서도 가장 비싸게 먹을 수 있는 철갑상어 알 한 캔이 2,500만 원에 이르며 유바라시라는 희귀한 멜론은 1,340만 원이다. 그리고 뉴욕의 어느 한 레스토랑에선 핫도그를 250만 원에 팔기도 한다.

민혁의 웃음의 의미를 모르는 클론. 그가 말했다.

"그, 그만해 주십시오. 제발!"

클론은 거의 사정사정하듯 말했다.

이러다간 진짜 거지가 될 것 같았기에. 그리고 프라이팬 살인마가 귓속말을 보냈다는 건 합의점을 찾기 위함이지 않겠는가?

그 와중에 프라이팬 살인마는 메뉴판의 음식들을 전부 주문했다.

"시키는 건 뭐든 하겠습니다. 그러니 한 번만 봐주세요. 원한다면 그에 따른 보상도 하겠습니다."

그 말에 프라이팬 살인마는 차갑게 그를 바라봤다. 그는 투구를 쓰고 있었지만 차가운 표정이 그대로 흘러나오는 것 같았다.

민혁은 고개를 끄덕였다.

"그럼 먼저 에이스와 크로우 사건에 관련해 공식 게시글을 올려주시죠."

그 말에 클론의 입이 다물어졌다.

클론의 입이 어버버거렸다. 그 말은 즉, 자신들 조작을 인정하라는 셈. 바크란 길드가 완전 '쓰레기'임을 인정하는 것.

"싫어요?"

하지만 클론에게 선택지는 없었다. 차라리 쓰레기가 되고 남아 있는 길드라도 살리는 게 낫다.

"싫기는요!"

클론은 맹렬히 고개를 끄덕이며 그 자리에서 그 글에 관련한 사과문을 공식 게시판에 올렸다.

다 올린 후에, 클론은 안도의 한숨을 쉬었다.

'이, 이로써…… 그나마 길드는 구했어.'

클론의 공식 사과문 내용.

[안녕하세요. 바크란 길드의 마스터 클론입니다. 얼마 전 있었던 레전드 길드의 에이스의 PK는 사실 저희 쪽에서 조작한 것으로 이에 관련한 공식적 사과를 레전드 길드에게 표하는 바입니다. 입이 두 개라도 할 말이 없습니다. 죄송합니다.]

-fadghg313: 미친개는 몽둥이가 약이라고 레전드 길드한테 발리니까 곧바로 꼬리 내리고 인정하는 거 보솤ㅋㅋㅋㅋㅋㅋ

-vaded13: 바크란 길드 조작이라고 했던 분 어디 감? 잘했어.

-hgsfsf111: 진짜 추잡하다…… 개혐오스러움…….

-갓갓: 역시 레전드! 사랑해요! 레전드, 개싫어요 바크란!

댓글이 쉴 새 없이 바크란을 비난한다.

클론은 비굴하게 웃으며 뒷머리를 긁적였다.

"그럼 이제 수배령이랑 거둬주시는 건가요?"

클론은 여기에서 어느 정도 물질적 보상을 치러주면 모든 게 끝날 거라 생각했다.

그 말에 프라이팬 살인마는 음식을 먹으며 말했다.

"뭔 소리예요?"

"……네?"

"제가 게시글 올리라고 했지, 언제 봐드린다고 했어요?"

그 순간 클론은 알았다.

'나, 낚였다…….'

그가 빠르게 게시글을 삭제하려 했다. 하지만 프라이팬 살인마. 그가 이번엔 명치를 엄청 세게 가격했다.

"아, 스샷 찍어놨어요. 감사요."

그렇게 말하며 프라이팬 살인마는 음식을 계속 주문했다.

클론은 '그래도 혹시 봐줄지 몰라'라고 생각하며 계속 흔쾌히 끄덕였다.

하지만 접시가 쌓여갈수록 그는 경악했다.

'히이이익, 사, 사람 새끼냐?'

그렇게 6시간이 지났다.

"저…… 식사는 언제쯤…… 끝나나요?"

"지금 애피타이저 먹고 있는 거 안 보여요?"

"그…… 정확하게 86그릇째이신데…… 애피타이저라고요?"

[정말 밥값 계산해 주시는 거죠? 딴말하면 안 됩니다.]

[6박 7일을 여기에서 식사만 하셔도 괜찮습니다!]

민혁은 자신의 애장품인 녹음기를 틀었다. 그러고는 수저와 나이프를 잠시 멈추고 '하!' 하고 웃어버렸다.

"언제는 마음껏 먹어도 된다고 하시지 않았나요? 이거야 원, 눈칫밥에 밥이 입에 안 넘어가질 않네요. 와구!"

그렇게 말하며 민혁은 값비싼 캐비어를 한 수저 가득 퍼서 숟가락으로 야무지게 먹었다.

'×발 놈아! 눈칫밥에 밥이 안 넘어간다며!'

"아, 아닙니다. 하핫, 마음껏 드셔요! 하하, 저, 정말 마음껏……."

"예! 안 그래도 그러려고요."

프라이팬 살인마가 고개를 끄덕였다.

그리고 이틀이 지났다. 심지어 이 가게는 24시간이었던 것!

"드르렁, 푸우우, 드르렁, 푸우우."

"웨이터!"

"앗, 다 드셨…… 응?"

"여기서 여기까지 다시 한번 주세요, 그리고 이제부터 주문 받지 마시고 음식 떨어지면 알아서 가져다주시면 됩니다!"

"아, 네!"

또 하루가 지났다.

"아, 일단 로그아웃하죠."

"드디어 다 드셨……."

"로그아웃하고 와서 다시 먹죠."

그리고 대망의 7일째가 되었다.

'어, 어떻게 사람 새끼가 7일 동안 먹기만 하냐!!'

클론은 경악할 수밖에 없었다.

하지만 몸을 일으켜 나가는 프라이팬 살인마의 말이 더 충격적이었다.

"학살은 계속할 겁니다. 나중에 봐서 진심으로 뉘우치는 기색이 있다면 그만두도록 하죠."

그리고 프라이팬 살인마는 그대로 나가 버렸다.

그런 클론을 붙잡은 건 지배인이었다.

"다 합쳐서 61플래티넘 나오셨습니다. 손님."

"어, 얼마요……?"

언급했듯, 이 가게는 대륙에서 가장 비싼 가게였다.

계산서를 확인한 클론은 말문을 잃었다. 거의 5m 길이는 넘어 보이는 계산서! 61플래티넘이면 현금으로 하면 3억 원이 넘는다.

그의 눈에서 주르륵 눈물 한 방울이 흘러내렸다.

그리고 그가 울먹이는 목소리로 말했다.

"여, 여기 할부 되나요……?"

"안 됩니다."

지배인은 단호박 같았다.

집문서를 팔아야 할 것 같다.

길드 랭킹 8위인 바크란 길드가 랭킹 100위권 밖으로 물러나는 건 순식간이었다.

심지어 민혁은 바크란 길드의 '뽕'을 제대로 뽑았다. 클론에게 식사를 얻어먹은 것뿐만이 아니라, 바크란 길드를 계속 죽이고 다니면서 얻은 전리품들!

클론은 처음에 '설마 진짜 계속하겠어?'라고 생각했다. 그러나 민혁과 4인의 하이에나, 레전드 길드는 정말 계속했다.

결국 바크란 길드의 길드원 40% 이상이 나간 후에야, 클론은 접속 금지령을 내렸다. 그에 따라 바크란 길드원들은 접속하지 않았고, 추후 길드 랭킹은 500위권 바깥까지 물러날 것으로 보였다. 심지어, 그간 기회를 노리고 있던 바크란 길드에게 당한 적 있던 중소 길드들이 그들이 접속하면 잡을 날을 기다리고 있으니, 거의 그들은 아테네 인생 '종 쳤다'라고 볼 수 있을 거다.

한편 민혁은 현실에서 인터넷으로 옷을 구매하고 있었다.

어느덧 150kg까지 살이 빠진 그! 그에 새로운 옷을 구매하는 것! 절로 설렜다.

한데, 인터넷 쇼핑몰에선 이메일 인증 절차를 거치란다. 민혁은 이메일 인증을 위해 오래간만에 네이바 메일로 들어갔다.

그렇게 인증을 하던 민혁은 고개를 갸웃했다.

'응?'

[㈜즐거움. 안녕하세요. 민혁 유저님.]

아테네에서 메일 한 통이 와 있던 걸 확인할 수 있었기 때문.

'메일을 보낸 날짜가…… 내가 식신으로 전직했을 때쯤인데?'

아테네 계정과 네이바 메일은 연동되어 있었다. 하지만 민혁은 메일을 거의 사용하지 않기 때문에 그동안 확인하지 못했던 것.

민혁은 메일 내용을 확인했다.

'헐……?'

민혁의 눈살이 찌푸려졌다.

아테네 메일에는 '신 클래스'에 관련한 이야기가 적혀져 있었다. 바로 식신의 경우 350레벨 이후부터는 먹어서 '스텟 업'이 제한된다는 내용이었다.

물론 명약과 음식 자체가 가진 스텟이 오르지 않는 건 아니었다. 말 그대로 식신의 진가가 불가능해지는 것. 설명에 따르면 '밸런스 조절' 때문이라고 하였다.

민혁은 고개를 끄덕였다.

'그동안 메일을 확인하지 못한 내 잘못도 있으니…….'

㈜즐거움에선 식신 전직과 동시에 이러한 메일을 발송하였고 심지어 민혁이 메일을 읽지 않자 가장 최근에도 계속 보내왔다.

그리고 민혁은 한 가지 사실을 알아챘다. ㈜즐거움 측에선 350레벨쯤의 식신이 되면 본인의 레벨대비 약 100레벨 더 높은 수준의 스텟 보유가 있을 거라 예상했다. 하지만 민혁의 스텟은 그보다 더 높은 수준이었다.

'뭐, 큰 상관은 없나?'

이미 일정 궤도에 올랐고 여기에서 민혁의 스텟이 계속 먹어서 오른다면 정말 밑도 끝도 없이 높아질 테니까.

또한, 민혁의 주목적은 '맛있는 거'였기에 그는 흔쾌히 수긍했다.

'그러고 보면 이제 곧 350레벨이네?'

민혁은 그런 생각을 하며 몸을 일으켰다.

그러다 휴대폰에 온 문자를 봤다.

[사랑하는 아버지: 아들 아테네에 접속해 보거라. 줄 게 있단다.]

[민혁: 알았어요, 아버지.]

민혁의 입가에 은은한 미소가 감돌았다.

'맛있는 널빙!'

곧 민혁이 아테네에 접속했고, 아테네에서 흑염룡과 만날 수 있었다. 그리고 그와 몇 마디 이야기를 주고받았다.

흑염룡도 민혁과 레전드 길드가 바크란 길드를 학살했다는 말을 들었다. 공교롭게도 바크란 길드에서 레전드 길드를 습격했을 때와 날짜가 겹쳤기에 민혁은 모른척하며 얼렁뚱땅 넘어갔다.

아버지는 자신이 사실 오래전부터 게임을 했었다고 밝혔고 민혁을 어딘가로 안내했다.

민혁을 안내한 곳. 그곳엔 커다란 마차가 있었다.

"응? 취사 마차 아니에요?"

"아니다. 냉동 마차야."

"냉동 마차?"

민혁은 고개를 갸웃했다.

트레일러와 비슷한 개념의 이 냉동 마차는 현실 속 식품 트럭이라고 볼 수 있다. 온도를 낮게 조절할 수 있는 마법이 걸려 있다.

"문을 열어 보거라. 얼마 전 먹었던 대게에 대한 보답이다."

흑염룡은 흐뭇하게 웃었다.

민혁은 마차의 문을 힘껏 열어젖혔다. 그러자 그 안에서 차가운 냉기가 흘러나왔다.

그리고 곧 민혁은 경악할 수밖에 없었다.

“……헉! 이 디, 디자인은!”

민혁은 벌벌 몸을 떨며 천천히 안으로 들어갔다.

그의 입에서 이런 말이 절로 흘러나왔다.

“베스킨~ 라빈스~ 써리~원!”

“허허!”

흑염룡은 그저 흐뭇하게 웃었다.

냉동 마차 안은 말 그대로 시중에 있는 아이스크림 가게 베스킨 라빈스와 똑같았다.

안쪽으로 들어가자 31가지의 다양한 맛의 아이스크림이 있었는데, 그 옆에는 맛있는 ‘치즈 널빙’, ‘메론 널빙’, ‘딸기 널빙’까지 있었다.

안 그래도 지금 아테네의 날씨는 막 더워지고 있었다.

“크, 아몬드 붕붕에 슈팅쓰타, 엄마는 외동딸까지……!”

여름만 되면 얼마나 먹고 싶었던가!

종류별로 펼쳐진 31가지의 아이스크림의 향연! 민혁이 말했던 것 외에도 체리뉴빌레, 쿠키엔 크림, 붸리붸리 스트로붸리, 뉴욕의 치즈케이크, 러브에 빠진 딸기 등이 전부 있었다.

민혁은 베스킨 라빈스 용기까지 준비한 아버지의 은혜에 감격했다.

"아자!"

민혁이 좋아하는 모습에 흑염룡은 부드럽게 웃었다.

민혁은 먼저 보라색 플라스틱 수저로 엄마는 외동딸을 퍼봤다. 찐득하면서도 달콤한 초코의 맛이 입안 가득 퍼져 나갔다.

"……맛있어."

입안을 감도는 그 달콤함에 감도는 미소.

그다음으로는, 슈팅스타.

토도톡- 톡톡

입안에서 작은 알갱이들이 터지는 소리!

이번엔 뉴욕의 치즈케이크. 아이스크림 안에 치즈케이크가 작게 들어가 있어서 입안에 풍부한 맛이 감돈다.

거기에 웨리웨리 스트로베리는 한없이 달콤했으며 러브에 빠진 딸기는 상큼한 맛이 최고였다.

그렇게 다 먹은 후에, 널빙 앞으로 다가갔다.

민혁이 먼저 손을 움직인 것은 메론 빙수였다. 메론 반 통이 통째로 뒤집혀 있는 메론 빙수.

작은 칼을 이용해 메론을 싹둑싹둑 잘라낸다. 그리고 그 메론을 입에 가져갔다. 시원하고 달콤한 과즙이 입안 가득 퍼져 나가는데, 절로 행복한 미소가 감돈다.

그렇게 메론을 다 먹어준 후에는 그 안에 하얀 아이스크림과 얇게 갈린 얼음, 딸기가 사이사이 있는 게 보인다.

작은 그릇에 든 하얀 연유를 원을 그리며 부어준다. 사르르르 파고드는 연유.

민혁은 연유를 한 번 더 담아서 뿌렸다.

'빙수는 연유가 많이 들어가야 맛있지.'

그 후에 먼저 아이스크림을 떠먹어 주다가, 빙수에 수저를 가져간다. 그의 수저 위로 연유를 머금은 빙수, 딸기가 한가득 올라갔다.

그것을 크게 퍼서 입안 가득 넣었다. 그러자 머리가 띵해졌다.

'크……! 기분 좋게 차가운 맛!'

너무 차가우면 느껴지는 두통! 이 중독성!

그렇게 메론 빙수를 먹은 후, 민혁은 이제껏 그토록 먹고 싶었던 빙수를 원 없이 먹었다.

다 먹은 순간. 알림이 울렸다.

[특별한 얼음 조각으로 만든 널빙을 드셨습니다.]

[식신의 위대함]

[명약 페널티를 무시합니다. 단, 이는 여러 명이 효과를 볼 수 없습니다.]

[명약 요리. 추가 스텟을 획득합니다.]

[경험치 800,000을 획득합니다.]

[레벨업 하셨습니다.]

[레벨업…….]

[특별한 포인트 106개를 획득합니다.]

[보너스 포인트로 올릴 수 없는 스텟도 투자 가능한 특별한 포인트입니다.]

'오…….'

민혁은 작게 웃음 지었다.

특별한 포인트를 손재주에 전부 투자하면 이제 1,950대에 들어선다. 곧 2,000개 달성이다.

그리고 알림은 거기서 끝나지 않았다.

[숨겨진 신전으로 가는 지도의 봉인이 해제됩니다.]

어두컴컴한 신전. 그 신전 앞에 여성체 악마를 표현한 동상이 세워져 있었다.

이윽고 동상의 바로 옆의 공간이 찢어지며 그 안에서 한 여인이 걸어 나왔다. 매혹적인 몸매와 새까맣지만 아름답다는 말이 절로 나오는 또렷한 이목구비를 가진 존재. 바로 악마 중 하나인 그레모리였다.

3대 악마 중 하나인 그레모리는 흥미롭다는 듯 동상의 옆에서서 중얼거렸다.

'누군가 내가 가진 지도의 봉인을 풀었군. 이제 곧 신전에 오려나?'

그녀가 작은 웃음을 지었다.

곧이어 그녀는 허공에 대고 무어라 중얼거리기 시작했다.

그러자 얼마 지나지 않아 그녀의 앞으로 한 중년 남성이 소환되었다.

"왜 부르고 난리냐?"

그녀의 앞에서 굉장히 딱딱한 말투로 말하는 남성은 다름 아닌 인간이었다. 남들이 본다면 경악할 만한 모습이었지만 그레모리는 이내 팔짱을 끼고 웃었다.

"역시 그 쿨함은 시간이 지나도 여전하네?"

"부른 용건이나 말해라."

중년 남성이 물었다.

"그냥, 오랜만에 세상을 구한 '검신'의 얼굴이 보고 싶었달까?"

검신이라 불린 사내. 그 사내는 미간을 찌푸렸다.

그레모리와 검신. 두 존재는 아테네 시스템상 끈끈하게 이어져 있었다.

10년도 더 된 과거의 이야기였다.

한 작은 마을에서 정체 모를 입구가 발견되었다. 그리고 그 입구 안에서는 마족들이 튀어나와 사람들을 죽이기 시작했다. 그때 나타난 존재. 그게 바로 검신과 그가 이끄는 귀신분대였다.

그들은 신출귀몰한 움직임을 보이며 마족들과 싸웠으며 그들을 죽이는 데 성공했다. 그리고 '입구'를 닫는 데도 성공했다. 그것이 앞의 중년 남성이 검신이 되기까지의 과정이다.

그레모리는 시스템상 다른 두 악마와 대립 구조로 이루어져 있다. 또한, 그녀는 악마임에도 마족들이 인간계를 침범하는 것을 원치 않았다. 그녀는 감성적인 악마인 것이다. 그저 인간들이 있는 땅을 보고 유희하고 하는 걸 좋아했다.

그때에도 엄청난 실력을 가진 검신과 그 분대에게 힘을 나눠준 게 그레모리였다. 그로 인해, 지금의 검신이 있는 것이다.

검신은 7대 신화의 인물 중 하나이기도 하였다. 하지만 그 누구도 검신과 그 분대에 대해서 알지 못한다. 그 얼굴도, 이름도. 그들은 귀신처럼 나타나 귀신처럼 사라졌으니까.

"아직도 자신을 감추며 살아가고 있나?"

"그게 편하거든."

"지금은 뭘 하는데?"

"작은 마을 인근에서 처음 이 세상에 발을 들이는 이방인들을 교육한다. 아테네 신께서 그걸 원하는 것 같더군."

그레모리가 말문을 잃었다.

"선…… 생 같은 건가?"

"그렇지. 결혼도 했다, 아내는 얼마 전 애도 낳았고."

오랜만의 재회의 작은 회포였다.

그러던 중, 그레모리는 눈을 가늘게 떴다.

"네가 항상 가지고 다니던 그 검은 어디 둔 거냐? 너와 어울리지 않게 낡아 보이던 검."

그에 검신이 피식 웃었다.

"내게 추억을 선물한 이에게 주었다."

"흐음."

그레모리는 고개를 끄덕였다.

검신도 결국엔 인간이다. 하지만 현존하는 인간 중 가장 놀라운 검을 구사한다. 검의 대제라 불리는 엘레조차도 검신과 검을 부딪친다면 이길 수 없으리라.

그러던 중, 검신이 먼저 물었다.

"이곳으로 곧 누군가 도착하는 건가?"

그레모리가 고개를 끄덕였다.

그에 사내가 말했다.

"이겨낸다면 내 힘의 일부를 얻겠지."

그리고 이어, 그가 피식 웃으며 말했다.

"어떠한 자일지 기대되는군."

알림을 들은 민혁.

숨겨진 신전으로 가는 지도는 고락이 민혁에게 주었던 것이다. 그는 그곳에 가면 맛있는 재료가 있을 것이라고 하였다.

민혁은 한번 확인해 봤다.

[연계 퀘스트: 숨겨진 신전으로]

등급: SSS

제한: 340레벨

보상: 경험치 300,000

실패 시 페널티: 모든 스텟-30

제한 시간: 48시간

설명: 숨겨진 신전으로 가는 지도이다. 그곳으로 간다면 보상에 대해서 확실히 알 수 있을 것이며 48시간 내로 도달해야만 한다. 그렇지 않을 시 페널티를 받게 된다. 또한, 귀족 작위를 가지고 있다면 가신 한 명을 데리고 갈 수도 있으며 유저 한 명에게 퀘스트 공유를 해서 함께 가는 것도 가능하다.

보상이 '미정'으로 되어 있었다.

하지만 확실한 것 한 가지는 분명히 있었다.

'요리 재료가 있을 것 같은데…….'

그 요리 재료가 무엇인지를 모른다. 심지어 실패 시 페널티가 어마어마한 편. 더군다나, 시간제한도 있었다.

그리고 가장 놀라운 것은 바로 퀘스트 등급이었다.

'SSS.'

세계적으로나 혹은 국내에서 횟수를 찾는다면 몇 번 SSS급 퀘스트가 발발하기는 했다. 하지만 신 클래스로 전직하는 것만큼이나 어렵고 찾기 힘든 등급이었다.

'제한 때문이라도 해야겠어.'

물론 제한이 아니라고 해도 도전했을 거다. 그곳에 맛있는 것이 있었으니까.

민혁은 설명을 보고 고개를 갸웃했다.

'가신이나 혹은 유저를 데리고 갈 수 있다?'

하지만 설명을 보면 없으면 굳이 데리고 가지 않아도 된다는 것처럼 보였다.

물론 민혁은 혼자가 좋았다. 하지만 민혁은 이러한 종류의 퀘스트의 정보에 대해 얼핏 알고 있었다. 가신이나 유저가 추가될 경우 시련은 보통 더 강해진다. 하지만 그만큼 보상이 더 뛰어나질 거다.

'흐흐, 카이스트라와 밴 어르신이 재료를 받으면 달라고 해야지.'

민혁은 악덕 영주의 모습으로 웃었다.

"물론입니다!"

카이스트라는 민혁의 제안에 밝게 웃었다.

"당장 가죠!"

민혁과 함께라면 어디든 좋아요. 같은 모습이었다.

그리고 이는 밴 노인조차도 마찬가지였다.

"허허, 나들이 가는 건가? 우리 아들과…… 아니, 영주님과 나들이라니!"

"……나들이는 아닌데요."

"뭐, 우리가 이렇게 함께 가면 나들이 아니겠는가."

"맞습니다. 설레네요. 민혁 님과 함께 나들이를 가다니. 아, 저 설거지 열심히 할게요!"

"난 커피를 열심히 타주지! 이번에 루왁 원두를 얻은 게 있는데, 맛이 기똥차!"

'……이 사람들도 정상은 아니야.'

민혁은 여기에서 유일하게 자신만이 정상(?)처럼 느껴졌다.

숨겨진 신전으로라는 퀘스트는 척 보기에도 범상치 않은 퀘스트다. 한데, 긴장감이라고는 눈곱만큼도 보이지 않았다.

하지만 다르게 생각하면 그것은 그들의 '자신감'이었다. 국내 비공식 랭킹 1위 카이스트라와 전설창 밴이었으니까.

먼저 카이스트라에게 퀘스트 공유를 했다. 그순간, 카이스트라와 민혁에게 같은 알림이 들려왔다.

[퀘스트 메인 진행자를 선택하여 주시기 바랍니다.]

민혁과 카이스트라는 잠시 고개를 갸웃했다.

"당연히 민혁 님이 메인 진행자시죠."

민혁이 얻어낸 퀘스트였고 카이스트라는 숟가락만 얹어 가는 거였으니까. 그렇기에 민혁으로 메인 진행자가 선택되었다.

출발하기 전 카이스트라가 말했다.

"참, 지니 누나가 민혁 님 만나러 간다니까, 그 광물 다 가지라고 하시던데요?"

"오, 그래?"

광물.

얼마 전 바포메트를 사냥했을 때, 민혁은 두 가지 종류의 광물을 얻었다.

하나는 안타리늄이었다. 이 안타리늄은 은은한 붉은빛이

감도는 광물이었다. 마계의 광물. 아직 마계에 도달한 이가 없기 때문에 민혁이 최초 획득자였다.

하지만 지니는 사실 그가 바포메트를 거의 사냥하다시피 했기에 양보한 듯싶었다. 그리고 이 안타리늄은 확인 결과 '어디에 쓰는지 알 수 없는 신비한 광물'이라고 적혀 있었다.

하지만 블루티늄은 무기 강화석이었다.

무기 강화석. 아직 아테네는 무기 강화석은 풀리지 않았다. 하지만 운영자들은 차근차근 업데이트로 풀어갈 전망이라 하였다.

보통의 강화석으로 1의 강화가 가능하다. 한데, 놀랍게도 블루티늄은 1~3으로 랜덤 강화가 가능하다는 거였다.

본디 강화란 실패할 시에 아티팩트가 증발해 버린다. 한데, 놀랍게도 이 블루티늄으로 하는 강화의 시도는 증발이 없다고 했다.

그가 가진 블루티늄은 총 두 개였는데 민혁은 출발 전에 블루티늄으로 강화를 하기로 했다.

블루티늄은 설명에 따르면 손재주 500 이상만이 사용할 수 있다고 하였다.

[블루티늄을 사용하기 위해선 모루가 필요합니다.]

민혁은 모루 위로 고대 수룡 발라카의 검을 올렸다. 그다음 망치를 쥐고 힘껏 두들기기 시작했다.

탱! 탱탱! 탱!

당연하게도 민혁의 시야에 붉게 표시된 부분이 보였다. 그 부분을 정확하게 두들겼다.

그리고 이어 알림이 울렸다.

[강화를 최고로 잘하셨습니다.]

[+1 강화에 성공합니다.]

[+2 강화에 성공합니다.]

[+3 강화에 성공합니다.]

"오!"

민혁은 손재주의 영향이 여기서도 발현되는 걸 깨달았다.

이어서 추가적으로 블루티늄 하나를 더 소모했다.

[강화를 최고로 잘하셨습니다.]

[+4 강화에 성공합니다.]

하지만 '최고로'가 뜨긴 했어도 두 번째에선 또다시 3이 오르는 기적이 일어나지 않았다.

민혁은 고대 수룡 발라카의 검을 확인해 봤다.

(고대 수룡 발라카의 검+4)

등급: 전설

제한: 민혁 귀속 아티팩트

내구도: ∞/∞

공격력: 850

특수 능력:

- 힘 18%, 민첩 17% 상승
- 패시브 스킬 검 상급 마스터리 7레벨까지 상승
- 공격 성공 시 18% 확률로 상태 이상 호흡 곤란
- 공격 실패 확률 70% 미만 감소
- 스킬 아티팩트 아공간

설명: 고대 수룡 발라카의 뼈와 아다만티움이라는 신의 광물로 이루어진 검으로써 신들의 세상에서도 명검으로 불린다.

공격력이 자그마치 150이 상승했고 검 상급 마스터리가 2레벨 올랐다. 그에 따라 공속 1.5배 정도 오르던 것이 거의 1.7배 가까이 상승했다.

그 외에 힘 8%가 추가로 붙었으며 민첩도 7%가 붙었다. 생각보다 강화석에 따른 강화 효과가 상당했다.

모든 채비를 끝마친 민혁은 카이스트라, 밴과 함께 펜루스의 등 위에 올라 말했다.

“카이스트라.”

“넵?”

“혹시 마계 재료 같은 맛있는 거 나오면 어떻게 할 거야?”

“그야 당연히 민혁 님한테 드려야죠!”

"하하하하, 안 그래도 되는데? 정 그러고 싶다면 어쩔 수 없지, 아무리 그래도 꼭 그렇게 '심각한 표정'으로 줘야 한다고 해야겠어? 카이스트라. 너의 성의를 생각해서 정말 받기 싫은데, 어쩔 수 없이 받을게."

"넵, 그 대신에 빵 좀 만들어주세요."

카이스트라는 빵을 굉장히 좋아했으며 그 종류를 불문하고 무척 좋아했다. 때문에 민혁이 자주자주 빵을 만들어주곤 했다.

그리고 카이스트라를 노인 밴은 이렇게 불렀다.

"역시 빵쟁이답군."

마치 '약쟁이' 같은 말이었다.

근래 카이스트라는 정말 민혁이 만들어준 빵이 너무너무 맛있었기에 하루에 한 번 그 빵을 먹지 않으면 금단 증상이 올 정도였다. 그에 카이스트라에겐 '빵쟁이'라는 호칭이 붙었다.

그들은 펜루스의 등 위에 올라 있었기 때문에 엄청난 빠르기로 지도에 나와 있는 곳으로 도착할 수 있었다.

"여기가 맞는데."

민혁은 주변을 두리번거렸다.

숲속이었다. 하지만 이곳이 유저들이 찾지 못할 정도로 으쓱한 곳이냐? 그건 또 아니었다.

"흐음."

민혁은 몰랐지만 숨겨진 신전은 퀘스트가 시작되는 순간 나타나는 던전이었다. 또한, 퀘스트를 받지 않았다면 입장 자체가 불가능했다.

그러던 중, 민혁은 갑자기 숨겨진 신전으로 가는 지도가 반짝거리는 걸 볼 수 있었다.

민혁은 몸을 움직여 봤다. 그러자 어느 부분에서 반짝임이 빨라졌다.

"이쪽으로 가죠."

민혁과 일행이 걸음을 옮겼다. 그러던 중, 반짝임이 사라지고 하얀빛만이 지도에 서렸다. 그 앞에는 넝쿨이 처져 있었는데, 그 뒤가 보이지 않을 정도였다.

펜루스의 입에서 미약한 빛이 흘러나왔다.

화아아아악! 화르르르륵!

넝쿨이 순식간에 잿빛이 되어 소멸했다. 그리고 그 뒤로 들어가는 '입구'가 나타났다.

그들이 걸음을 옮겨 천천히 안으로 들어가기 시작했다.

그리고.

끼이이익- 쿵!

뒤쪽에 있던 입구가 저절로 닫히는 소리가 들려왔다.

그와 함께 알림이 울리기 시작했다.

[그레모리의 신전을 최초로 발견하셨습니다.]

[명성 10을 획득합니다.]

[그레모리의 시련을 시작하실 수 있습니다.]

[가신과 유저를 데려온 유저임에 따라 '2번째 타입의 시련'이 진행됩니다.]

이어서 인기척이 들려왔다.

"그레모리의 시련에 온 것을 환영한다."

"……응?"

그리고 민혁의 고개가 돌아갔다. 다소 익숙한 목소리였기 때문이었다.

이어서 민혁의 시선이 한 곳에 멈춰 눈이 크게 떠졌다. 사내도 민혁을 발견하곤 눈을 휘둥그레 떴다.

민혁이 말했다.

"교관님이 왜 거기서 나와……?"

그 순간 알림이 울렸다.

[7대 신화 중 하나인 검신 발렌과 만납니다.]

[명성 100을 획득합니다.]

교관 발렌. 이스빈 마을에서 처음으로 게임을 시작하는 이방인으로 유저들의 뇌리에 각인되는 사람이다. 그 이유는 NPC임에도 불구하고 그에게서는 항상 쿨내가 진동했기 때문이다. 또한, 허리춤에 검을 차고 레더 아머를 착용한 그는 팔짱을 끼고 가만히 서 있어도 오오라가 흘러나오는 것만 같다.

그러한 교관 발렌은 아테네 신이 교관으로 있어주길 원해 그곳에 있었다. 또한, 스스로가 평범한 삶을 살고 싶어 수긍하고 있었다.

하지만 본디 그는 '검신'. 과거 세상을 구했던 영웅이었다.

그런 검신 발렌은 당혹한 표정이었다.

"……그러면 너는 왜 거기서 나온 거냐."

"앗, 안녕하세요. 교관님! 헤헤, 그동안 잘 지내셨어요?"

교관, 아니, 검신 발렌의 입가에 미묘한 웃음이 감돌았다. 처음 당혹했던 목소리는 온데간데없이 사라지고 과거 그때처럼 예의 바르게 꾸벅 인사를 하고 있었기 때문이다.

'민혁이가 이 시련을 도전할 줄이야…….'

또한, 그가 이곳으로 오는 지도를 얻었다는 건 그간 상당히 강해졌다는 의미일 터. 하지만 이 시련 자체는 무척이나 어렵다.

"로이나 교관님은 잘 계신가요?"

"결혼을 하였고 애도 낳았지."

"축하드려요."

"그래, 고맙다. 그보다 이제부터 본론으로 넘어가자."

"예, 알겠습니다!"

발렌은 반가움과 지금 시련을 진행해야 할 건 다르다고 판단했다. 그리고 민혁도 빠르게 그것을 이해했다.

"먼저 메인 진행자인 너의 자격을 확인할 거다. 확인은 한 번에 걸쳐서 진행된다."

발렌은 설명을 시작했다.

"또한, 네가 이 아테네에서 얻은 힘들이 일시적으로 봉인될 것이다. 너는 순수한 너의 힘으로 싸워야 한다."

민혁은 그 말에 고개를 갸웃했다.

그 순간 추가적인 알림이 민혁에게 들려왔다.

[모든 스텟이 일시적으로 가장 기본으로 변경됩니다.]

[임시 상태창을 확인해 주시기 바랍니다.]

[모든 스킬과 아티팩트 사용이 제한됩니다.]

민혁은 곧바로 열람해서 확인해 봤다.

(민혁)

레벨: 340

직업: 괴식의 식신

HP: 55 MP: 50

힘: 5 민첩: 5 체력: 5 지혜: 5 지력: 5

포만도: 100%

민혁은 자신의 상태창이 처음 이 아테네에 왔을 때와 동일하게 변했음을 볼 수 있었다.

"너는 오크 전사를 상대할 것이다. 본래 지금 네 상태보다 오크 전사가 훨씬 강한 것이 맞으나 지금 이 순간 오크 전사의 능력치는 너와 동일해졌다."

자신과 동일한 힘을 낸다는 것. 그 말은 자신의 실력이 이길지, 패배할지의 결정적인 역할을 한다는 의미였다.

발렌은 생각했다.

'쉽지 않을 거다.'

이방인들은 본디 자신들의 세상에서 운동 한번 해본 적이 없는 이들이 태산이라고 들었다.

반면, 오크 전사의 경우 본래 사냥을 좋아하고 흉포하며 죽이는 것에 능통했다. 오크가 그냥 일반인이라면 오크 전사는 체계적인 훈련을 받은 백부장이나 다름이 없다.

또한, 이방인들은 현실에서 자신을 '방어'하는 무술들을 주로 배운다고 했다. 반대로 오크 전사들은 죽이기 위해 살기 위해 진화한 이들이다.

'너는 범상치 않은 이방인이었다. 하지만 해낼 수 있을까?'

발렌은 안타까웠다. 사실 이 오크 전사를 이기는 것만 해도 상당히 힘들다. 또한, 패배하는 순간 민혁은 퀘스트 실패 페널티를 받고 이곳에서 튕겨 나갈 것이다.

발렌이 손을 휘저었다. 그 순간 공간이 찢어지며 두 마리의 오크 전사가 나타났다. 한 마리도 아닌, 두 마리.

물론 능력치는 민혁과 동등했다. 하지만 본능적으로 죽이는 것에 능통한 오크, 심지어 전사의 이름까지 부여받은 오크 전사라는 거다. 그걸 민혁의 순수한 '실력'만으로 사냥해야 했다.

식단 관리사 혜진은 뾰로통한 표정이었다.

"아, 김치 냉장고를 부탁해 봐야 하는데……!"

"이것만 보고요!"

"하핫, 혜진 양. 이것만 보겠네."

오창욱과 의사 이진환이 소파에 앉아 TV를 독차지하고 UFC를 보고 있었기 때문이다.

"그렇지, 거기서 암바!"

"허허, 저 친구 정말 잘하는데?"

혜진은 그에 '남자들이란' 하는 표정을 지었다.

그러던 중, 갑자기 궁금한 게 생각났다.

"아, 맞다. 예전에 민혁이 검도랑 이종 격투기 되게 잘했다면서요?"

때마침 TV 속 경기가 끝났다.

"에이씨…… 졌네."

"허허, 아쉽군."

그리고 그제야 혜진의 말에 두 사람이 반응을 보였다.

"저야 모르죠, 전 민혁이 폭식 결여증 걸리고 이곳에 왔으니까요."

그 말을 대신 받은 건 이진환이었다.

"잘했지, 이종 격투기뿐만이 아니야, 검도, 양궁, 복싱. 못 하는 운동이 없었지."

그러던 중, 잠시 생각하던 이진환이 말했다.

"그 검도 금메달리스트 이다울이라고 자네들 아나?"

"크! 쌤, 세상에 금메달리스트 이다울 모르는 사람도 있나요?"

금메달리스트 이다울. 2년 전 치러졌던 올림픽에서 압도적인 검도 실력으로 금메달을 따낸 우리나라의 자랑이었다.

이진환이 작은 웃음을 지으며 말했다.

"그 이다울 군과 민혁 군은 동갑이잖나?"

"아, 그렇죠?"

"두 사람이 15살 때 비공식 대회에서 검을 맞댄 적이 있었지."

"오……."

"와, 진짜요?"

혜진과 창욱의 눈이 휘둥그레 뜨였다. 금메달리스트와 민혁이 한번 대결한 적이 있었다?

"그래, 그리고 졌네."

"……역시."

"크, 민혁이어도 이길 수 없는 상대가 있는 거지."

그에 진환이 고개를 갸웃하며 말했다.

"아니, 민혁 군 말고 이다울 군이."

"……에?"

"헐, 진짜요?"

"이다울 군이 유일한 라이벌이라고 생각했던 사람이 민혁 군이었어, 그런데 민혁 군은 별로 그렇게 느끼지 않았지만."

"와……."

"헐……. 대박……."

새삼 민혁의 대단함이 느껴졌다.

그러다 혜진이 말했다.

“그래도 지금은 이다울한테 지겠죠?”

그리고 이어서 그 말에 반응한 것은 오창욱과 이진환 둘 모두였다.

“글쎄.”

“글쎄.”

“……엥? 왜요? 시간도 오래 지났잖아요.”

그에 이진환이 아닌 오창욱이 쓴웃음을 지으면서 대답했다.

“민혁이도 매일 반복 훈련을 해왔잖아요.”

“그거 몸무게 유지하려고 하는 거잖아요.”

“그렇죠. 근데 민혁이는 살을 빼려고 검도도 하고 복싱도 하고 수영도 하고 하잖아요. 그리고 민혁이는 반복적으로 그것들을 계속하잖아요. ‘나를 극한까지 끌어올려야 배고픔이 덜하다’는 것 때문에요.”

“그렇죠?”

“비록 지금 민혁이 몸이 뚱뚱해서 잽이나 완투, 어퍼컷 아니면 검도를 할 때 휘두르거나 하는 게 다소 둔해 보일 수 있어요.”

혜진은 170kg 때의 민혁이 몸을 움직일 때, 그저 둔한 움직임이라고 생각했다.

하지만 아니다.

“실제로 민혁이 주먹 맞아봤어요?”

그리고 창욱은 가끔 그의 스파링 상대가 된다.

"……어마어마해요."

창욱이 이어서 말했다.

"그리고 수년 동안 민혁이는 몸무게 유지를 위해 어지간한 운동선수들 못지않은 특수 훈련을 해왔죠. 그래서 저는……."

오창욱이 말을 끌었다.

혜진이 다소 긴장한 표정으로 그를 봤다.

"예전에 민혁이가 그런 실력자였다면, 지금 올림픽에 나간다 해도 최소 이다울의 실력 정도는 낼 수 있을 거라고 생각합니다."

앞으로 나선 민혁은 연계 퀘스트 알림을 들을 수 있었다.

[연계 퀘스트 '숨겨진 신전으로'를 완료했습니다.]

[경험치 100,000을 획득합니다.]

[레벨업 하셨습니다.]

곧이어 퀘스트 창이 떠올랐다.

[연계 퀘스트: 그레모리의 시련]

등급: SSS

제한: 340레벨

보상: 시련 클리어 정도에 따라 달라짐

실패 시 페널티: 모든 스텟-10, 1주일간 경험치를 획득할 수 없음
설명: 숨겨진 신전에 도달한 당신. 그레모리의 시련을 이겨내라, 한 번의 시련을 이겨낼 때마다 원한다면 던전을 벗어날 수 있다.

민혁은 고개를 끄덕이며 앞으로 나섰다.
그리고 알림이 울렸다.

[첫 번째 그레모리의 시련이 시작됩니다.]
[앞의 두 마리의 오크 전사를 상대로 승리하시기 바랍니다.]
[승리할 시 마계 음식 재료 '마계 흑돼지의 삼겹살'을 획득할 수 있습니다.]
[승리할 시 경험치 200,000을 보상으로 획득합니다.]
[단, 다음 시련을 진행한 후에 시련에 실패할 시 모든 보상 목록은 사라진다는 걸 유의하셔야 합니다.]
[시련을 끝내시거나 혹은 마지막까지 이르셔야지만 적립된 보상을 획득합니다.]

민혁의 몸이 크게 떨려왔다. 보상 목록에 있는 것 때문이었다.
'마계 흑돼지의 삼겹살?'
마치 제주도 흑돼지 같은 느낌이지 않는가!
조금 아쉬운 점은 보상을 바로바로 주는 게 아니었다. 시련을 한 번 진행하면 그대로 종료하고 밖으로 나갈 수 있는데, 그때 적립된 보상이 주어진다. 한데, 만약 시련을 도전하다가

죽으면 보상도 사라진다.

때문에 자신 있다면 계속 도전하는 게 나을 수도 있으나, 가까스로 그전의 시련을 이겨냈다면 나가는 게 나을 터.

민혁은 발라카의 검을 허리춤에서 뽑았다. 그러자 앞에 있던 두 마리의 오크 전사도 똑같은 발라카의 검을 빼 들었다. 동등하게 맞춰진다는 건 무기도 마찬가지였다.

그리고 이어서.

"자자, 시작하시기 전에 커피 마시고 시작하지."

"오, 고마워요, 밴 어르신!"

밴이 민혁에게 잔을 내미는 동시에 카이스트라는 고무장갑을 '착!' 하고 꼈다.

발렌과 오크 전사 둘은 잠시 말을 잃었다.

그리고 이어 오크 전사 하나가 말했다.

"취이이익, 긴장감이라곤, 취이익, 쥐뿔도 없다."

"취이이익, 가만 안 둔다. 인간!"

민혁은 그 자리에서 아이스 아메리카노 스무 잔을 원샷 때렸고 카이스트라는 잔이 나오는 족족 빠른 설거지를 보였다. 물 없이도 가능한 놀라운 장인의 설거지 힘!

커피를 타준 노인을 보고 발렌이 물었다.

"그분이 네 가신인가?"

"네, 맞아요."

발렌은 말문을 잃었다.

혼자 진행하는 이 시련이 끝난 후, 앞의 세 사람이 함께 진행하는 시련이 기다리고 있다.

그리고 발렌이 밴을 모르는 건 당연한 일이었다. 밴은 '전설'이라 불리지만 얼굴을 아는 이들이 많지 않다.

또한, 밴 역시 당연히 발렌을 모른다. '검신 발렌'은 모든 게 감춰진 인물이기에.

"엄청나신 분입니다. 자그마치 전설이시라고요. 발렌 님도 커피 한잔하시죠!"

민혁은 오랜만에 만난 발렌이 반가워 커피를 권유했다. 그가 음식을 권하는 건 쉽지 않은데, 이런다는 건 그도 정말 반갑다는 의미다. 전에 그가 주었던 식기류들과 가스버너 같은 것들을 유용하게 써먹었었으니까.

그리고 그 커피를 맛본 발렌.

'커피의 '전설'인가……?'

세상에서 이렇게 맛있는 커피는 처음이었다!

'음식 좋아하는 민혁이가 저런 가신을 둘 만해.'

그와는 별개의 문제로, 저 가신과 키가 작은 피부가 까만 소년으로 그레모리의 시련을 헤쳐 나가긴 힘들어 보였다.

하지만 가장 중요한 건 바로 지금이다.

"자, 목 좀 축였으니(?) 시작할까요!"

그리고 오크 전사 두 마리가 앞으로 나섰다.

선공은 오크 전사 쪽에서 먼저 했다.

"취이익, 건방진 인간, 죽어라!"

탓! 쓔우우우욱!

빠르게 찔러 들어오는 검.

탱!

민혁이 가로로 쳐낸 순간, 옆에서 다른 오크 전사의 검이 곧바로 횡으로 베어진다.

그가 발을 비틀었다. 순간적으로 그의 몸 전체가 비틀어지며 검을 피해낸다. 그리고 조금 전, 검을 찔렀던 오크 전사의 가슴으로 힘껏 검을 찌르듯 팔을 움직인다.

수우우웅!

오크 전사가 가슴을 방어하려 했다. 하지만 그 순간, 민혁의 입가에 작은 미소가 감돌았다.

보통 오랜 시간 살아남기 위해 싸워온 이들, 또는 체계적 훈련을 받은 이들은 일반 사람과 다르다. 검이 움직이는 형태가 아니라, 팔의 움직임을 본다. 팔의 움직임을 보고 동선을 예측한다.

그리고 조금 전 오크 전사는 민혁의 팔이 움직이는 걸 보고 가슴을 방어하려 했다. 하지만 민혁은 그 상태에서 검의 궤도를 바꿨다. 즉, 민혁의 함정에 빠져든 것이다.

푸화아아앗!

민혁이 가뿐히 오크 전사를 베어냈다.

“취이익!”

녀석이 비명을 터뜨리며 가슴에서 피가 솟구치며 뒤로 물러났다. 그 순간, 민혁을 향해 다시 검이 휘둘러진다.

탓! 탓!

한 걸음 빠르게 움직이고 그 상태에서 높이 도약한다.

발로 가슴팍이 베여 비틀거리는 오크 전사의 가슴을 박차고 그 힘을 이용해 힘껏 자신을 공격한 녀석의 검을 세로로 내려쳤다.

콰지익!

"취익! 이, 인간. 빠르다……!"

검이 땅에 꽂힌 오크 전사. 민혁이 서둘러 접근했다.

놈이 서둘러 다시 검을 들어 올리려는 순간.

퍼엇!

오크 전사의 손을 민혁의 발이 힘껏 내리찍었다.

탱그랑!

검이 요란한 소리를 내며 떨어진다. 그리고.

푸지이이익!

민혁의 검이 오크 전사의 목을 꿰뚫었다.

"취이이익……."

목을 부여잡고 오크 전사가 천천히 허물어졌다.

그 모습을 본 발렌의 눈이 커다래졌다.

'세 번이었어……'

오크 전사들이 공격한 횟수다. 그 세 번의 공격 동안 빈틈을 만들고 공격을 성공시킨다. 세 번이라는 숫자는 시간으로 따지면 고작 4초 찰나의 시간이다.

발렌의 몸이 전율했다.

'……일반 이방인들보단 대단하다는 것을 알았지만 이 정도일 줄이야.'

그는 전율하고 있었다. 그리고 생각했다.

'어쩌면…….'

검신. 자신의 검술을 그가 배울 수 있을지도 모르겠다.

검은 마법사 알리. 국내 마법사 랭킹 1위에 빛나는 랭커 중의 랭커로 현재 하나의 던전을 탐사하는 중이었다.

그가 탐사하는 던전은 '저주받은 영웅의 해방'. 퀘스트를 받았기 때문에 클리어 중이었는데, 퀘스트 등급은 자그마치 'SSS 등급'이었다.

SSS 등급은 분명히 일반 퀘스트들과 달랐다. 일단 보상도 후한 편이었지만 깨는 것도 만만치 않았다.

사실 SSS 등급 퀘스트를 받은 이들의 숫자는 알려진 것보다 몇 명이 더 존재했다. 하지만 달성을 성공한 이들이 없다는 게 문제였다.

그리고 만약에, 이 SSS 등급 퀘스트를 아주 높은 점수로 클리어하게 되면 하나의 시스템이 발동한다. 바로 '왕의 전당'이란 시스템이었다.

이 왕의 전당이 발발되면 세계 유저들에게 알림이 울린다. 이 얼마나 영광스러운 일이란 말인가?

심지어 그것뿐만이 아니었다.

'SSS 등급을 왕의 전당 알림이 울릴 정도로 클리어한 유저

는 어마어마한 보상을 받게 되지.'

어마어마한 보상. 그 대표적인 예로 꼽을 수 있는 것은 바로 '반신'일 것이다.

반신은 유저들이 부르는 이름이었다.

현재 세계에서 신 클래스 몇몇 유저들이 '신'급 아티팩트 제작에 열을 올리고 있었다. 하지만 실제로 아직 성공한 이는 단 한 명도 없었다.

그와 반대로 이 반신 아티팩트 혹은 반신 스킬을 익힌 이들은 세 손가락에 꼽을 정도로 존재한다.

이 반신 아티팩트는 본래 '전설' 등급이다. 한데, 전설 등급 안에서도 그보다 한 단계 더 뛰어났기 때문에 유저들은 '반신 아티팩트' 혹은 '반신 스킬북'이라 명명해 불렀다.

'그리고 그것이 지금……!'

검은 마법사 알리에게 기회로 다가왔다.

이 SSS 등급 던전은 클리어가 무척이나 힘들었다. 국내 랭킹 1위의 검은 마법사 알리인 그가 고전을 면치 못하고 있을 정도였으니까. 몹 하나하나들이 마법 방어력이 얼마나 높은 것인지 여간 까다로운 게 아니었다.

하지만 그는 우여곡절 끝에 마지막 보스방 앞에 도달했다.

그 순간 알림이 들려왔다.

[저주받은 영웅이 나타납니다.]

한 사내가 걸어 나왔다. 온몸이 근육질로 이루어져 있었으며 한 손에는 두꺼운 몽둥이를 들고 있는 사내.

'헤라클래스가 모티브인 것 같군.'

이 던전의 이름 '저주받은 영웅의 무덤'이었다.

곧 검은 마법사 알리와 저주받은 영웅의 치열한 전투가 시작되었다.

검은 마법사 알리는 고위 마법사답게 완드에 7 클래스 마법 한 개, 6 클래스 마법 두 개, 5 클래스 마법 다섯 개를 저장해 놓았다. 남들이 듣는다면 경악할 것이다.

그리고 검은 마법사 알리는 이곳에 오면서 저장된 마법들을 아꼈다. 고레벨 마법사일수록 캐스팅 시간이 확연히 줄어들고 자신이 오른 경지의 3단계 밑의 클래스의 마법인 경우 시전 시간이 거의 없다 할 정도로 바로 발동 가능했다.

"파이어볼."

지능과 지력이 높은 만큼 알리의 파이어볼은 일반 유저들의 세 배 크기로 거대했다.

거대한 불덩이가 영웅을 향해 날아갔다.

퍼지익!

한데, 놀랍게도 영웅은 몽둥이로 내려치는 것만으로도 가뿐히 소멸시켜 버렸다.

'미친……!'

알리의 얼굴이 일그러졌다.

쿵쿵쿵!

놈이 달려온다.
“파이어 스톰!”
“파이어 월!”
화르르르르르륵!
불의 장벽이 나타나 알리의 앞을 가로막았다. 거대한 불의 토네이도가 알리의 몸에서 소용돌이치기 시작하며 거대해져 움직였다.
쏴화아아아악!
뜨거운 화염이 주변을 집어삼킨다. 하지만 알리의 몸을 보호하는 화염 장벽의 바로 앞에서 놈의 거대한 손이 뻗어져 나왔다.
“블링크.”
탓!
순식간에 거리를 벌린 알리. 그의 이마에서 식은땀이 주르륵 흘렀다.
‘역시 쉽지 않아. 하지만 오르고 말겠다. 왕의 전당……!’
이제까지 왕의 전당에 올라간 이름은 총 아홉 개였는데, 한 명의 정체 모를 ‘켄라’라는 두 글자로 이름을 올린 자가 자그마치 세 개를 달성했다. 그 외의 달성자들 여섯 명은 각각 한 번씩 이름을 올렸을 뿐이지만, 확실한 건 그들은 지금 각 나라를 대표하는 인물들이 되었다는 거였다. 그리고 반대로 우리 나라에는 아직 단 한 명도 오른 유저가 없었다.
알리의 눈이 차갑게 식어간다.

반대로 가슴은 뜨겁게 불타오른다. 우리나라 국민으로서, 또한 높은 곳을 보는 자로서.

왕의 전당은 꼭 오르고 싶은 곳이었다.

프화아아악! 푸화아아악! 푸화아아아악!

그의 주위로 수십여 개의 마법들이 떠올랐다.

그리고 영웅을 향해 쏘아져 갔다.

콰콰콰콰콰콰콰콰쾅!

30분 후, 결국 전투에서 승리해 낸 알리가 비틀거렸다.

'제발, 제발…….'

그러면서도 간절히 원했다. 부디 왕의 전당에 오르기를!

이어 알림이 들려왔다.

[히든 퀘스트 '저주받은 영웅의 해방'을 완료했습니다.]

[점수에 따라 보상이 주어집니다.]

[경험치 2,000,000을 획득합니다.]

[저주받은 영웅의 로브를 획득합니다.]

[스킬북 디스를 획득합니다.]

[광물 카르티늄을 획득합니다.]

[에피소드 퀘스트 '영웅의 의지'가 생성됩니다.]

"……빌어먹을!"

알리의 얼굴에 실망감이 떠올랐다. 왕의 전당에 오르는 것에 실패했다. 그리고 그는 그 결정적인 이유를 스스로가 자각하고 있었다.

'마력이 모자라.'

마력. 즉, MP가 모자랐다. 그의 MP양을 다른 유저가 듣는다면 경악할 정도로 많은 편이었지만 그럼에도 그는 부족하다고 느꼈다.

MP는 보통 자연 회복 혹은 포션을 통해서 채운다. 한데, 보통 마나 포션의 경우 복용 후 쿨타임이 체력 포션보다 압도적으로 더 긴 편이다. 또한, 자연 회복도 차근차근 회복되는 것이기에 느리다.

반대로 던전에 들어오기 전에 애초에 전체 MP양이 높았다면? 더 많은 마법, 강한 마법을 난사하며 빨리 클리어할 수 있었을 것이다.

왕의 전당에 오르지 못한 아쉬움.

하지만 곧 작은 한숨을 쉬며 픽 웃었다. 그나마 스킬북과 아티팩트는 만족스러웠다.

디스는 하늘에서 거대한 창을 소환하여 적을 타격하는 공격. 대미지가 어지간한 랭커들을 한 번에 꿰뚫을 수 있을 정도. 로브도 전설 등급 안에서 더 뛰어난 수준!

그리고 얻은 것. 에피소드 퀘스트와 광물 카르디늄.

'이것들은 뭐지?'

에피소드 퀘스트는 모든 게 '?'였다. 심지어 마계 광물도 '어디에 쓰이는지 알 수 없는 광물이다'라고 적혀 있다.

의문을 표하다가 알리는 생각했다.

'마력량을 높여야 해.'

그러기 위해선?

'천년설삼. 그걸 먹으면 마력량이 1.5배 상승한다고 했지?'

[첫 번째 시련을 완료하셨습니다.]

[추가 도전하시겠습니까?]

그 알림에 민혁은 고개를 끄덕였다.

"도전한다."

[경험치 200,000이 적립됩니다.]

[마계 흑돼지의 삼겹살이 적립됩니다.]

[두 번째 그레모리의 시련이 시작됩니다.]

[두 번째 시련의 경우 함께 온 가신, 유저와 함께 진행 가능하며 앞에 있는 던전을 클리어하셔야 합니다.]

[검신 발렌과 그가 추린 분대원 두 사람이 똑같지만 다른 던전에 들어갑니다.]

[검신 발렌과 그 분대원들이 클리어한 시간에서 20분 이상 격차가 날 시 시련에 실패하게 됩니다.]

[시련을 통과할 시 마계 음식 재료 '마왕의 대형갈치'를 획득할

수 있습니다.]

[시련을 통과할 시 경험치 400,000을 보상으로 획득합니다.]

[단, 다음 시련을 진행한 후에 시련에 실패할 시 모든 보상 목록은 사라진다는 걸 유의하셔야 합니다.]

[시련을 끝내시거나 혹은 마지막까지 이르셔야지만 적립된 보상을 획득합니다.]

'와……!'

민혁은 감탄했다. 인제 보니 알 것 같았다. 이 시련에서 나오는 재료들은 '제주도'에서 유명한 것들을 주로 넣었다.

특히나 대형갈치!

따끈따끈한 밥 위로 그 오동통한 살점을 올려 입에 넣으면 짭조름하고 부드러운 맛에 미소가 감돌지 않던가!

그렇게 민혁이 군침을 삼키고 있을 때, 그가 자신의 검술을 익힐 수 있지 않을까 하던 발렌은 아차 했다.

'……힘들겠군.'

방금까지도 그가 마지막 시련을 이겨낼 수 있지 않을까 싶었으나 가신과 유저가 함께 참여한다는 것을 보자 아니었다.

"히야, 이 빵 너무 맛있어."

"빵쟁아, 또 빵 먹느냐?"

빵을 먹는 카이스트라. 그리고 노인 밴을 보자 고개가 저어졌다. 물론 민혁 '최적화'로 구성된 멤버로 보였으나 전투로는 아닌 것 같았다.

이어서 발렌과 함께 던전을 공략할 두 사람이 나타났다. 그가 이끌었던 분대의 분대원 두 사람이었다.

그들은 발렌보다는 훨씬 더 전투 능력이 떨어졌다. 발렌의 경우 '검신'이라는 말에 어울리게끔, 압도적인 힘을 자랑했다. 그렇기에 분대원들은 사실상 큰 힘을 발휘하지 못할 거다.

하지만 발렌 자체만으로도 던전 클리어 시간은 엄청나게 빠르게 치러질 거다.

'이 시련 자체는 '그'를 뽑기 위함이다. 그러니 민혁이라고 해서 봐줄 순 없어.'

발렌은 최선을 다해 빠르게 클리어할 것이었다.

그리고 이어서 두 개의 입구로 두 팀이 걸어갔다.

"우리 영주님, 들어가시기 전에 원샷 한번 하고 가시죠."

"빵 맛있어!"

그리고 발렌은 생각했다.

'긴장감이라곤 눈곱만큼도 없어 보이는군. 휴.'

발렌은 한숨을 쉬며 던전 안으로 입장했다. 그리고 나아가기 시작했다. 그의 앞으로 레벨 350대의 몬스터들이 몰려오기 시작했다.

지도의 경우 340레벨대에 봉인이 풀리기 때문에 이 안의 몹들은 보통 340~500레벨대로 많은 편이었다.

"흩날려라, 풍(風)"

쐐에에에에에엑!

발렌의 몸 주위로 미약한 바람이 불기 시작했다. 이어 그 바람은 점차 그 크기가 거대해지기 시작했다. 그리고 앞쪽에 있는 몬스터들을 향해 날아갔다.

쫘쫘쫘쫘좌좌좌좍! 푯푯푯푯푯푯푯푯!

강력한 바람은 날아가며 땅까지 파이게 했고 바람이 지나가는 자리마다 몬스터들이 갈기갈기 찢겨 나갔다.

검을 갈무리한 발렌과 분대원들이 빠르게 달리기 시작했다.

푯푯푯푯푯푯!

그들이 움직이는 자리마다 몬스터들이 후두둑 죽어 나갔다.

그리고 이어서 보스방 앞에 도달했다.

촤아아앗!

보스방에서 발렌은 단 3분 만에 보스 몬스터를 사냥할 수 있었다.

'20분 걸렸군.'

즉, 민혁과 유저, 가신의 경우 40분 내로 클리어해야지만 시련에 성공한다는 의미였다.

이어서 발렌은 분대원들과 함께 천천히 걸어 나왔다.

그는 고개를 갸웃거릴 수밖에 없었다.

"……뭐지?"

밖에서 아까 그 세 사람이 두런두런 앉아 있었다.

"와, 민혁 님. 초코케이크랑 아메리카노랑 먹으니까 완전 맛있어요!"

"카이스트라, 네가 드디어 그 맛을 알았구나!"

"허허허, 우리 빵쟁이. 이젠 커피 맛도 알았군."

그에 발렌의 미간이 와락 일그러졌다.

'설마?'

질 것을 알고 애초에 들어가지 않았던 건가? 민혁은 그토록 나약했던 것일까? 할 수 없는 것은 시도조차 하지 못하는?

그는 자신이 검신이라는 걸 알고 있다. 그 때문에 시작도 하기 전에 주저앉아 버린 거다.

실망이었다. 그러면서 여기에 이렇게 두런두런 세 사람이 함께 앉아 티타임이나 하지 않는가?

발렌은 그레모리가 있는 걸 보았다. 하지만 화가 난 발렌은 지금 그레모리가 눈을 떨고 있다는 사실을 알지 못하고 말했다.

"민혁."

"넵, 교관님!"

"자네한테 실망이군!"

"……네?"

"어떻게 사람이 시도조차 하지 않나? 예전에 빵 열 개 때문에 허수아비를 치면서 해맑게 웃던 자네가 맞는가? 세상에, 질 것을 알고 도전조차 하지 않다니! 내가 자네를 잘못 보았군!"

"그게 무슨……?"

"자네 던전도 들어가지 않고 내가 들어가니까, 앉아서 이들이랑 히히덕거린 거 아닌가!!"

그 말에 민혁은 고개를 갸웃하며 말했다.

"저희 들어갔다 나왔습니다. 교관님!"

그에 발렌은 어처구니가 없어졌다.

무슨 저런 말도 안 되는 말을 하는가? 들어갔다가 나왔다? 그 의미는 자신보다 빠른 클리어를 했다는 의미였다.

그에 발렌은 화가 머리끝까지 올랐다.

"자네의 그 말이 맞다면 이제부터 자네가 교관이고, 내가 수련생일세!"

그리고 그 순간, 그레모리가 천천히 고개를 돌렸다.

그녀의 목소리는 격하게 떨리고 있었다.

"바, 발렌……."

화가 난 발렌이 고개를 돌려 그녀를 보았다.

이윽고 그녀가 말했다.

"……던전 클리어를 너희보다 빠르게 했다."

to be continued

Wish books
나는 될 놈이다
글쓰는기계 게임 판타지 장편소설
WISHBOOKS GAME FANTASY STORY
판타지 온라인의 투기장.
대장장이로 PVP 랭킹을 휩쓴 남자가 있다?
"아니, 어디서 이런 미친놈이 나타나서……."
랭킹 20위, 일대일 싸움 특화형 도적, 패배!
"항복!"
'바퀴벌레'라고 불릴 정도로
끈질긴 생명력을 가진 성기사조차 패배!
"판타지 온라인 2, 다음 달에 나온다고 했지?"
평범함을 거부하는 남자, 김태현!
그가 써내려가는 신개념 게임 정복기!

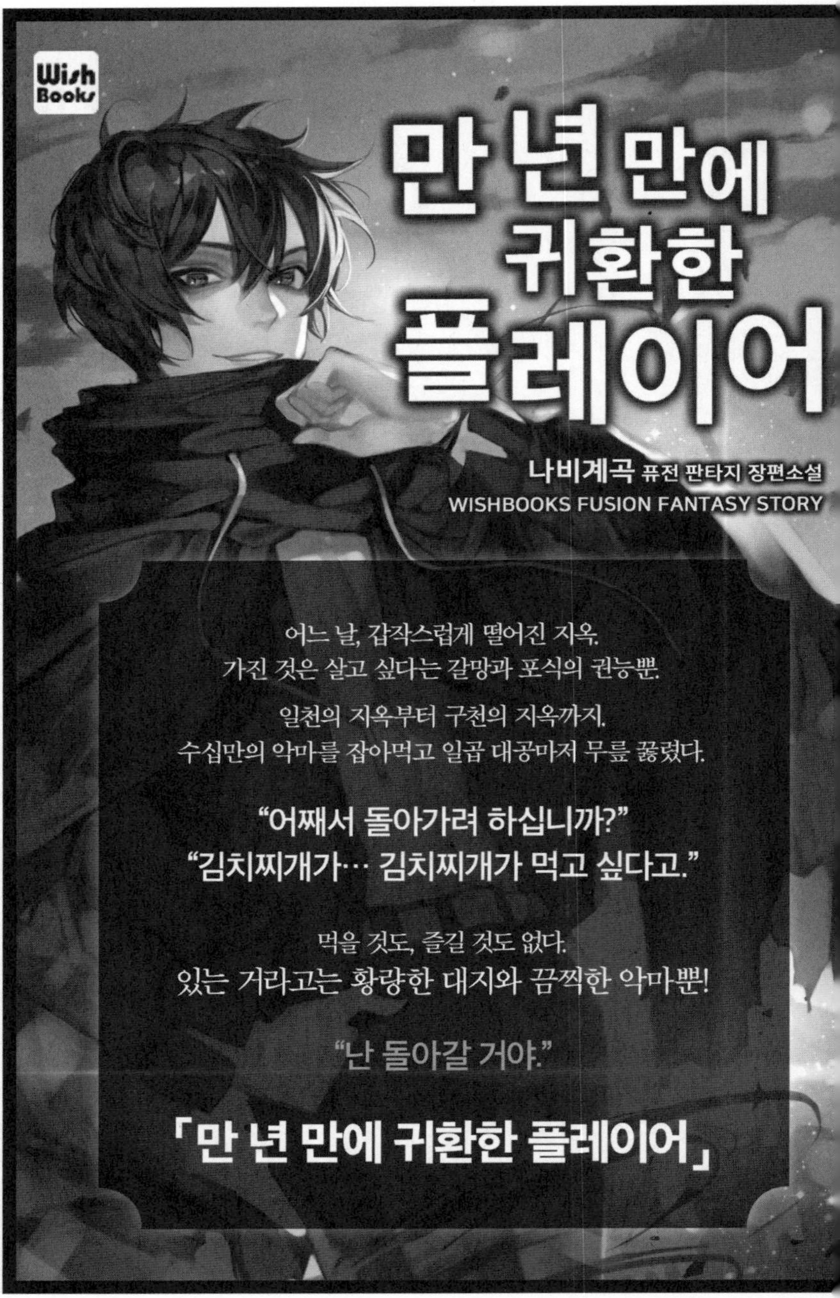
Wish Books
만 년 만에 귀환한 플레이어
나비계곡 퓨전 판타지 장편소설
WISHBOOKS FUSION FANTASY STORY
어느 날, 갑작스럽게 떨어진 지옥.
가진 것은 살고 싶다는 갈망과 포식의 권능뿐.
일천의 지옥부터 구천의 지옥까지.
수십만의 악마를 잡아먹고 일곱 대공마저 무릎 꿇렸다.
“어째서 돌아가려 하십니까?”
“김치찌개가… 김치찌개가 먹고 싶다고.”
먹을 것도, 즐길 것도 없다.
있는 거라고는 황량한 대지와 끔찍한 악마뿐!
“난 돌아갈 거야.”
「만 년 만에 귀환한 플레이어」